城市班主任

周开金◎著

四川大学出版社
SICHUAN UNIVERSITY PRESS

项目策划：梁　平　杨　果
责任编辑：孙滨蓉
责任校对：于　俊
书名题字：文旭东
封面设计：璞信文化
责任印制：王　炜

图书在版编目（CIP）数据

城市班主任 / 周开金著． — 成都 ：四川大学出版社，2021.4（2024.6 重印）
ISBN 978-7-5690-3608-4

Ⅰ．①城… Ⅱ．①周… Ⅲ．①长篇小说－中国－当代 Ⅳ．①I247.5

中国版本图书馆 CIP 数据核字（2021）第 057327 号

书名　城市班主任

著　　者　周开金
出　　版　四川大学出版社
地　　址　成都市一环路南一段 24 号（610065）
发　　行　四川大学出版社
书　　号　ISBN 978-7-5690-3608-4
印前制作　四川胜翔数码印务设计有限公司
印　　刷　永清县晔盛亚胶印有限公司
成品尺寸　148mm×210mm
印　　张　9.25
字　　数　248 千字
版　　次　2021 年 6 月第 1 版
印　　次　2024 年 6 月第 2 次印刷
定　　价　68.00 元

四川大学出版社
微信公众号

◆ 读者邮购本书，请与本社发行科联系。
电话：(028)85408408/(028)85401670/
(028)86408023　邮政编码：610065
◆ 本社图书如有印装质量问题，请寄回出版社调换。
◆ 网址：http://press.scu.edu.cn

自缘身在最高层

——读周开金老师《城市班主任》的一点体味

周开华

以前，我读小说，只要在一部小说里，有一件事打动了我，或有几句话启迪了我，警醒了我，我就十分高兴，认为读这部小说，有收获，没白读。

写小说不易，这是写过小说的人说的；写小说很简单，这是没有写过小说的人说的。周开金老师2019年出版了一部《乡村班主任》，今年又整理出一部《城市班主任》，这种写作速度，让人敬佩。

《城市班主任》这部长篇小说塑造了不少栩栩如生的人物形象。其中，作为学校校长的杨柳依，睿智，有思想，有担当，有亲和力，是一位值得教师信任爱戴的校长。学校提出的“融通”教育理念渗透在工作的方方面面，极大地促进了师生的成长和学校的发展，为城市文明建设添砖加瓦。

主人公李叶是当代优秀教师和优秀市民的一个典型代表。在平凡的岁月里，在神圣的岗位上，坚守自己为人的准则，奉献自己的光和热，到处播种着城市的良心：友善、包容、创造……

李叶有个朋友，在农村租了二十多亩田，修了一个十多亩的水塘。这些年，他吃上了自己养殖的生态鱼。他只喂稻谷、麦麸。生存是需要智慧的，不要一味地去怨天尤人。怎样规划自己的一生，使自己的人生过得有意义？应该挤时间去找一找坐标。假如自己都不愿意对自己负责，你还指望谁能对你负责呢？有人说，人，天性都是自私的，但我们的社会，为何有那么多心胸宽广、情操高尚的人呢？

写作《城市班主任》，作者是有思考的。比如，李叶爱那个叫全承远的学生，尽管这个学生一直给班里惹事，但他认为这是一个孩子成长中正常的现象。社会都允许一个成年人犯错，难道老师还不允许一个小学生在成长的路上摔跟头吗？任安老师呢，是敢发怒的。小说写道："任安听后，大怒。勤俭节约是中华民族的传统美德，也是学生守则所规定要遵守的。一个暴发户，也可以碾压教育？碾压社会审美？他要为黎小茗打抱不平。他跑到校长办公室，要求留下生活老师，并要求学生钱占鳌向黎小茗道歉，否则，就转到别的班上去。"

一部小说，可能就是一场讨论会，大家把各自的心里话说出来，把发生的事摆出来，然后，共同来探讨，想办法解决已经出现的问题。小说，是心灵的天空，也是平衡心灵的撒气筒，有了这个撒气筒，也就可以化解不少人与人之间的矛盾。小说历来被国家、被政府重视，也许就是因为它的社会功能，能帮助社会更好发展的功能。

小说中的另一位老师乔一兰，美丽而善良。她以事业为重，没有足够重视自己的健康，实在令人叹惋！她的早逝，足可以让人们的眼睛，让人们心灵的眼睛、审美的眼睛苏醒过来。生命短暂，事业永恒。还有更多的工作需要有爱心、有热情的人去完成。

"不畏浮云遮望眼，自缘身在最高层。"调整好我们的心态，历练自己的定力，便不会因为眼前的困惑与压力而迷茫，就能义无反顾地向着既定的目标前进。作为教师，就可以引导学生走得更远。

周开金老师在《城市班主任》中，给我们艺术地展示了悠长的城市教育画卷。在这幅画卷中，有许多我们熟悉的面孔、人情、往事、叹息和梦想。这画面是生动的，也是很珍贵的。

2021 年 3 月于成都

（周开华，成都市双流区作协主席，著作有《上帝日记》《天空不空》等）

目 录

引　子

“相信自己！”这是天都市邻岷市第五实验小学班主任李叶在他的QQ空间里写下的话。他之所以写这句话，也是因为有QQ好友批评过他，说他太懒了，过于沉默了。结果他就发表了这一句说说，填补了自己QQ空间的空白，说明他还有“改过之心”。大家知道他工作忙，于是，不再关注他的空间，倒是对他所处的地方和他所从事的城市教育多了些关注。

邻岷市原叫“迩岷县”，是天都市所辖的一个县级市。

传说是文化的摇篮。在传说这根瓜藤上，还能结出梦想的果子。传说蚕丛王建国后，利用岷江水利大力发展蚕桑，推广农耕，古蜀国渐渐壮大。到了战国时期，曾为蚕丛和鱼凫后代苦心经营日渐富庶的古蜀国被秦国兼并，成为秦国一统天下的雄厚补给地。最早的蜀国消亡，蜀地被划分成了大大小小几十个县邑。因靠近岷江建立城郭，所以，此地便被命名为“迩岷县”。

后来，有个县官说：“迩岷”发音与“耳鸣”容易混淆，为避免歧义，便改“迩岷”为“邻岷”。于是，皆大欢喜。“邻岷”与“灵敏”谐音，名呈吉祥。

历史只是按自身规律在发展，与“如果”无缘。读历史的时候，我们免不了扼腕长叹，只恨自己当时没有参与。当然，有这种心理的通常都是男儿，通常都是一股热血，通常都是纸上谈兵。

沧海桑田，邻岷巨变倒是真的。新中国成立后，历经改革开放四十余年，邻岷县已成西南地区经济发展的一个重要窗口，海陆空立体交通枢纽基本形成。随着城市化进程的快速推进，邻岷县成为一个集休闲宜居、运动时尚、文化传播、科技创新为一体的全国百强县。建有西南地区最大的湿地公园，在一万亩绿地森林中分布着“五湖四海”，好像充满活力的肺叶为城市输送无尽的能量；拥有全市一流的图书馆，图书网络覆盖全县各乡镇，书香墨韵蕴育心灵的栖息地；建有先进的体育馆，承接国内外大型体育赛事，运动和健康的氛围充满整个城市。当今，为了建设世界田园大城市，政府要求在各个方面要有大城市的规划格局，在行政区域命名上，不少地方的“县”升级成“区”，或者改“县”为“市”。自此，“邻岷县”正式挂牌为“邻岷市”。

作为县级市的邻岷市，目前全市本地户籍居民有八十万，但外来流动人口和暂住户口与本市人口相当，且呈暴涨之势。根据预测，在二十年内全市户籍人口将达到三百万左右。与之匹配的东南西北四条穿城大道名称也改成了世界各国首都名称。市政府以东的大道叫东京路，以西的大道叫华盛顿路，以北的叫莫斯科路，以南的叫堪培拉路。其他各镇的主干道分别以国内主要城市命名，如北京路、上海路、广州路、成都路等。从命名城市道路这事上看，这是一座有野心的城市。有人说，一座城市，一定要有欲望。怕就怕，一座城市成天睡眠不足，没精打采的样子。

自从改“县”为“市”后，所有的人变成了“市民”。单从称谓而言，面对外来人口，有的人也因此变得有点嘚瑟起来。当然，多数人觉得无所谓，因为行政区划改名的现象，多年以来已司空见惯。唯一还不习惯的只有一点，那便是容易将天都市的“市”与邻岷市的“市”混淆。还是“吃瓜群众”最有智慧，为了区分两个不同的“市”，他们特别做了习惯性的区分：当人们同时提及两个“市”时，“邻岷市”便叫作“小市”，邻岷市的上一级行政区划天都市是地级市，便叫作“大市”。不过，更多的人却有一种莫名的兴奋与沉甸甸的责任感，在心中勾画出这座城市未来的一幅幅绚丽景致。

如今，在城市化进程中，围绕教育这个板块，也发生了许多令人感慨的故事。

一提到邻岷市的教育，自然就让人想到那所小学，那所全市著名的第五实验小学。

邻岷市第五实验小学坐落在堪培拉大道南一段 153 号。学校位于堪培拉大道东侧，介于成都路、昆明路与上海路之间，上海路与堪培拉大道平行。学校占地一百亩，基本上是一个平行四边形。

远远望去，校园一片葱绿，最引人注目的风景是“树中树”。有明眼人见了这两棵树中树，只是点头，不说一字。两棵古老的银杏矗立在校园前大门一侧，相守千年，也有人把它们当成爱情树，称作这里的银杏王。除了它们的“高龄”让人刮目相看外，更让人称道的是在这对树上各自寄生了一棵大叶榕树。左边一棵银杏腰部下面长有一棵大叶榕，右边的银杏树干中上部长有一棵大叶榕。银杏和大叶榕相融相生，息息相通。大叶榕十分依恋银杏，据说已有十几个春秋。到了冬季，银杏历经辉煌后归于寂静，光秃秃的树枝上仅存秋天的几片记忆；可树身上寄居的大叶榕却依然郁郁葱葱，散发着浓郁的春天气息。十年前，千年银杏便被“大市”园林局确定为特别保护的树木。银杏王的四周，簇拥着不少年轻的银杏。银杏成了校园中主要的树种。在邻岷市，银杏被确定为市树，并建有几条银杏大道。银杏的得名，缘于树上结的果。果子除掉外面的皮囊，就看见了像杏子似的银白色果实。因此，老百姓把银杏树也叫作“白果树”。人们情有独钟的还是这两棵银杏王，历经千年风霜雨雪，乐享岁月静好；春如翡翠，秋似黄金；全身是宝，从不炫耀；喜纳万物，毫不孤傲。

古朴又现代的校园，东西南北四条宽阔的通道将整个校园连在一起。十多年前，李叶从丘陵小镇调到这座城市第五实验小学时，就清楚地知道，这座学校享誉全省引人探询的两件事就是“文庙”和“校长世家”。一是这所学校原址是一个书院，有两百多年历史；二是近百年以来，这里的校长出自教师世家，代代相传，四代从教，四任校长。

最初的书院约二十亩，建有文庙。庙宇分三大殿，第一殿为商子殿，供奉着孔子的高徒商瞿。商瞿曾在邻岷县传道讲学，教化乡民，死后葬于此地。邻岷官吏百姓心中甚是感念他的恩德，故尊称其为“商子”，建殿塑像纪念，世代不绝。第二殿为圣人殿，供奉孔子。第三殿为文曲星殿，供奉文曲星君。书院办学以来，倡导推崇“仁孝礼智信”理念。

五四以后，推行新学。政府改造书院，扩展至五十多亩，增加到十来个班。从欧洲留学回归故里的刘诗乡先生被聘为县国立小学的第一任校长。诗乡先生谨遵政府兴学要旨，宣扬“教育救国”论。乡绅商贾筹资凿引岷江水，一条小河——通江河穿过校园，四季流水潺潺，校园更添生机。

抗战期间，爱国将领冯玉祥来到邻岷县，主持爱国献金会，进行抗敌动员宣传，当时会议地点就定在县国立小学。将军的抗战决心感染了众人，人们的爱国热情也深深地感动了冯将军。全县百姓踊跃捐款捐物，不少有志男儿矢志报效国家，积极报名参军。让诗乡校长一生引以为自豪的是本校有五名教员也毅然投笔从戎，其中一位教员杨洪义后来成了他的爱婿。

新中国成立后，县国立小学改名为书院小学。根据城市发展规划，书院小学扩展至一百亩。诗乡先生退休在家颐养天年，杨洪义到省委宣传部工作。诗乡先生的女儿刘书真继承父志，担任校长，造福桑梓，呕心沥血为邻岷县培育了一批又一批人才。

二十世纪八十年代，学校更名为“邻岷县第五实验小学”。更令诗乡老先生感到欣慰的是，他的外孙杨启蒙有志于教育，从师范毕业回到家乡任教，后来成为第五实验小学校长。

十年前，杨启蒙健康每况愈下，向教育局打了辞职报告。教育局向政府做了推荐汇报，举荐杨启蒙之女杨柳依担任校长。杨启蒙也三番五次做女儿的工作，动员女儿杨柳依离开大学教师岗位返回家乡从事基础教育。

最初，杨柳依并不十分情愿，因为她即将由副教授晋升为正教授。但听了祖母的一番讲述后，就下定决心回来了。

抗战最艰苦的日子，身为共产党员的杨洪义，已是部队中颇有战绩的上尉连长了。一天，他们驻扎在一个村子，他带着一个通讯兵去侦察地形，碰见一位老妇人在哭泣。经过询问，才知道：国民党部队的一个炊事员，用一块银元买了她的柴火。老妇人没料到，自己几个月翻山越岭打柴换来的银元却是假的，无法买到救命粮。杨洪义急忙摸遍全身，却没有一文钱。原来给牺牲的连队弟兄家中寄钱，身上的钱已用光。他将目光转向通讯兵，通讯兵说已有两个月没有领到饷，身上也仅存一块银元了。杨洪义说：“先把钱借给我，等发饷后就还你。”

农妇接过银元，千恩万谢地走了。

杨洪义将假银元揣进上衣兜里做纪念。两人继续前行侦察。突然，前方埋伏的鬼子一排枪打过来。通讯兵急忙掩护他，他们俩都中弹倒地……

杨洪义醒来时，看见许多士兵围在身边。原来，听到枪声，副连长带队上来，一阵激战，歼灭了鬼子小队。

杨洪义大腿负了伤，还觉得胸口有点胀痛，伸手一摸，上衣口袋被枪弹撕破了，那块假银元掉下来，他捡起来一看，银元已被子弹打得凹陷下去，有了一个坑凼。是这块银元救了自己的命！杨洪义猛然想起了通讯兵，他挣扎起来，走到通讯兵身旁。通讯兵身上多处中弹，已奄奄一息。

杨洪义扶起通讯兵。过了一阵，通讯兵才慢慢睁开眼睛，用微弱的声音说道："我本想等抗战胜利后，回老家当个教员，看来不行了。"说着，他又吃力地从上衣口袋里掏出一支笔交给杨洪义："连长，我的家在邻岷县凤凰乡柳河沟。请你替我将这支笔带回去，交给我哥的儿子做纪念。侄儿叫张三多，名字是我给取的，是希望他凡事都要'多思，多做，多问'。叫他好好读书，学得本领，不再受外敌侵犯……"

"兄弟，你放心!"杨洪义紧握着通讯兵的手，心中悲愤无比。通讯兵的手渐渐变凉，双眼慢慢闭上了……

杨洪义捧着那块假银元，泪水止不住地往下流："好兄弟，这是一块救命银元。也是你救了我！我记住了你的嘱托。我会替你实现心愿的!"

全国解放前夕，已升为少将旅长的杨洪义率部起义。解放后，他亲自回到邻岷县寻找通讯兵的家人……

"我们这一家人欠了邻岷乡亲多少情啊，要努力替那个通讯兵实现他的遗愿——科教兴国。孙女啊，小学不小，从这里可以直通你从事过的大学教育。"在祖母刘书真声泪俱下的恳求中，在她深思熟虑的嘱托中，杨柳依看到了小学教育灿烂的前景……她点了点头，用纸巾为祖母拭去了泪水。刘书真转忧为喜，抚摸着孙女的秀发："这下好了，我们家终于出了四代校长!"

1. 转 学

这个暑假，是李叶遇到过的最漫长的假期。漫长得几乎让人嗅到了一种血腥的味道，可疑的是，这种血腥味道是从自己的胸腔里飘出来的。

李叶本不姓李，因家中有两兄弟，大哥随父姓，他随母姓。据他还有一说法是，他敬佩引导他人生前行的恩师们！为实现当教师的心愿，一心育桃李，他要誓做李子树上的一片叶子。在他的脑海中，时常会浮现出一幕幕景致：冬季，为了保护李树，李树叶子悄然离去；春天，为呵护李花，只待果实孕育出来时，叶子才伸出双臂相拥李子，然后陪伴李子慢慢长大……

李叶现在是天都市邻岷市第五实验小学四年级三班班主任，负责语文教学，兼任学校办公室主任。他还是天都市语文学科带头人。

父亲于七月去世。让他感到痛苦和遗憾的，莫过于那句“子欲养而亲不待”所概括的人生最大的酸楚！

唯一让他感到欣慰和自豪的是父亲留给他的可以传承发扬光大的遗产：父亲的挚爱、坚韧与实干。

至今留在李叶脑海中的几个场景仍然那么温馨感人：四岁的他骑在父亲脖子上看戏。乡里街上的川祖坝庙子旁边有个简陋的戏台，穿着花花绿绿衣服的人在台上穿梭打斗，台下阵阵喝彩，他觉得很有趣。李叶五岁那年，老家生产队在晒谷场上开大会。

会前，晒场上还有少量晒干的稻谷没入库。一个好事者提议，用一根老竹子做的千担将装有稻谷的四箩筐串起来，说比比谁的力气大，能把这约莫四百斤的谷子担起来。不少人望而生畏，只有三个中年人走到箩筐前面。第一人试了一下，脸红脖子粗，两腿打战，没有担起来。第二个人使尽力气担起来，踉踉跄跄地走了几步便放了下来。最后是父亲上场，他吃力地担起四箩筐稻谷，慢慢走了四十几步才放下来。父亲赢得第一，引来全场的欢呼和掌声，也成了全家人心目中的英雄。当天回家，父亲喝了一碗米汤，竟高兴地在饭桌上流利地背出了毛主席写的“老三篇”（《为人民服务》《愚公移山》《纪念白求恩》）。七岁那年的一个清晨，李叶到自家的包产田去捉蝗虫，竟然发现父亲一个人已将一块五亩大田里的稻谷割了一小半。谷子晒干后，除去秕谷，父亲便急着到乡粮站上公粮。于是，带着李叶，父亲撮满四箩筐谷子，先挑两筐走三百米停下，叫李叶守着，然后去挑后面两筐，就这样依次传递着，硬是一个人将公粮挑上了街。李叶结婚那年，父亲很干脆地给了他五千元。事后，他才知道，家里想尽办法，其中一半钱是父亲悄悄向亲戚借来的……

这一天，李叶在家收拾完毕，就要出门。

“您是李老师吧？”李叶刚推开门，就发现有一个中年妇女站在门口。企盼的眼神，困倦的面容，一身洁净的衣服有些褪色。她身后有一个个子较高的男孩，背着有些瘪的书包，呆呆地站立在一旁，看着他，脸上挂着一丝忧愁。

“是的，我叫李叶。请问你找我有什么事吗？”李叶边说边点点头，正准备关门。

“李老师，我是一个进城务工的农民，叫晋三姐。我的老板叫我来请您帮忙！他说，您是个好心人，当年他的儿子被一所重点学校劝退后，到了您班上读书，七年后考上了北京大学。我实在不甘心，这么大一个城市，有这么多所学校，我只想给儿子求一个读书的座位！但是现在，我们已走投无路了，请您帮帮我们母子俩！”这个自称“晋三姐”的妇女刚说完，竟要拉着儿子跪下去。

以前讲究的人家或名门望族都会在自家神龛供上“天地君亲师”的牌位。但是，李叶觉得自己还够不着牌位上的那个“师”。

李叶赶紧弯腰扶住了晋三姐母子：“不要这样！有话慢慢说。”

李叶反手推开了门：“请进去坐！”他觉得晋三姐或许还有不少话要说，于是决定让她进屋细谈。

看到屋里的强化木地板，晋三姐有些犹豫。

李叶说：“不用脱鞋。”

“有没有鞋套?”晋三姐问道。

李叶想了一下，递了两双鞋套给晋三姐。

这几年，随着国家城镇化进程的加快，不少人涌向城市购房定居。本地户籍人口剧增后，最先受到冲击的便是教育。公办学校本来按教育部要求消除大班额，趋向小班化，但事实上，为了实现老百姓子女有学可上和上好学的愿望，不少班已突破五十人。邻岷市现有的学校生源不断增加，各校的学位不足，政府也在人口稠密区域规划新的校址。进城务工子女数量年均达两千多人，市中心学校无法安置，只得采用随机摇号的办法往周边学校分派。

一些不符合条件的外地户籍学生想捐资入学，学校按政策规定都不收钱，不收人。

这一年，是晋三姐与丈夫离婚的第二年。儿子全承远随父全友忠在老家就读。她在城里打工这几年，切身感受到儿子现在读书的地方的教育水平无法与邻岷市相提并论。而且，前夫已跟村里的人外出修路，没人照管儿子学习。全承远的奶奶也没法配合学校教育。于是，她跟前夫私下商议，将儿子接到自己身边，希望儿子将来有出息。开始，全友忠并不同意，因为儿子是他家的根。“老话说得好：人不出门身不贵。难道你想儿子像你一样窝在老家，混不出个人样吗？俗话说：树挪死，人挪活。现在树也可以挪活了，人不挪就非死不可。难道你没听说吗？有钱人的娃儿都抢着出国了。你全友忠的儿子至少也应该出乡嘛！儿子是你全友忠的种，将来你百年归山后，若他没有半点儿出息，他怨你，不给你披麻戴孝端灵牌，我咋办？如果我们对他这辈子尽到责任，做到问心无愧了，他将来不给你披麻戴孝端灵牌，我第一个就不答应!”听了前妻的一番话后，全友忠沉默不语，默认自己是无力供养儿子上好的学校了。如果儿子留在老家，就成了名副其实的“留守儿童”。只要儿子过得好，只要儿子认自己这个老子，哪怕离开自己，离开这个家，他全家的“阵地”依然不会“失守”。前妻的态度在他心里放了个定心丸。经过前思后想，全友忠勉强答应了，但还是提了个条件，他随时可以到城里去看望儿子。

晋三姐在一家水果店打工，老板没有给她买社保，也没签用工协议。她提过要求，老板说，小店是小本经营，这几年生意不景气，许多人买东西都网购了。如果硬是要求买的话，就得走人。当遇到检查时，老板还要求她给打掩护。她就自称是老板的亲戚，临时来帮忙的，便支吾过去。她也悄悄去寻过餐饮、保洁等工作，都是如此待遇。思来想去，她还是留了下来。因为她想到，如果儿子能进城来上学，一早一晚的作息时间与自己在水果店上班的时间冲突不大，照料儿子读书更为方便。

挂在租房墙上的日历已撕到八月二十日，儿子入学的事还没有着落，晋三姐成天心急如焚。炎炎八月，每隔两天，她就请假去城中或城边公办学校教学咨询，可没有一所学校能接收她儿子这个四年级的转学生。

连连碰壁后，晋三姐将目光转向民办学校。

邻岷市有九所民办学校，相比之下，育才九义学校、平民国际学校和百姓实验学校三所民办学校教学质量较好。

育才九义学校的口碑最好，但学位紧张，距城中心较远。于是，晋三姐决定到平民国际学校和百姓实验学校去看看。平民国际学校招生办的工作人员笑容可掬，热情地把一瓶瓶矿泉水递给前来报名的家长。听说全承远要转学来读四年级，工作人员询问道："你们去东方成才学校培训过没有？"

"没有。"晋三姐如实回答。

"我们学校要对所有转学来的学生绝对负责。入学前，都要摸底测试一下，怕你的孩子跟不上班，对他树立自信心不利。所以，建议最好去培训一下。我们会安排老师根据你家小孩的实际情况，进行私人定制的个性化培训。"

"交钱不？"晋三姐一直遵从家传训诫：先说断，后不乱；买卖不成仁义在。

工作人员一听便哈哈大笑："世上没有免费的午餐。当年，孔子办学堂开讲，学生也要交束脩的。"

"什么是'束脩'？"晋三姐是一个好学之人，当年她爹重男轻女，不肯为她交学费，她读完初中就辍学了。

工作人员为她解惑道："'束脩'就是腊肉之类的，相当于今天的学费。"看到晋三姐点头后，他又继续说道："钱是必须要交的。老师也是人啊，你懂的，城市消费有多高！他们也要吃饭，要住房。"

晋三姐尴尬起来，便直接问道："培训要多少钱？"

“不多，一个星期工作日，一千。”

“‘一个星期工作日’是多少天?”

“五天。”

“能不能少一点?”工作人员的回答并没有得到晋三姐的认同，她认为五天一千元，太多，太狠!

“这里又不是菜市场，还讨价还价?”工作人员不屑道。

“哦，那我考虑一下吧。”

“行，得抓紧，报名的不少，没有名额就麻烦了。”

事情的结果是，晋三姐没有把儿子送去培训。因为，她下来又打听了一下，这一千元仅仅相当于门票钱，进门后，还有建校费、实验费、学杂费、午间代管费、一年八套校服费等要交，这一串天文数字骇得她后背发凉。

她始终想不通，这么高昂的费用，竟会有那么多的人趋之若鹜，连学校的大门都快要被挤破了。这一夜，她在出租房里失眠了。她感到自己被这座城市边缘化了，被抛弃了！她进城已有三年，为这座城市的发展不辞劳苦挥汗如雨。她梦寐以求要成为这座城市的一分子。不能成功，她决不甘心！她披衣起床，轻轻推开儿子的房门，看到酣睡中的儿子，又感到了一股力量。

她踱步出门，外面一排排路灯发出一团团光芒，将夜幕下的城市染得暖暖的。月亮慷慨地将银光洒在大地上，让她联想起第一次跟着同学们来到乡镇最热闹的一条街上，在一间简陋的歌厅里唱歌的情景。其中有首许美静原唱的《城里的月光》给她留下了难以磨灭的印象，特别是那句“城里的月光把梦照亮”在她少女的心里荡起了一阵阵涟漪。那时，就有不少疑惑在困扰着她：城里的月光与乡下的月光有什么区别吗？为什么有那么多的人都想要涌进城市啊？为什么乡下的月光不能把梦照亮呢？当时，好像有种来自远方的声音在召唤着她快快离开农村。自打那以后，她就向往到城市去。竟然有一天，她在梦境里成了一个城里人!

坐上两层公交车，带着爹娘去品尝有种怪味的咖啡。父母喝不惯，又带他们去快餐厅。爹娘夸赞炸鸡腿还不错，就是薯条太败家，老板心太黑。老家地里一锄挖下去，就是一大碗马铃薯，也不值几个钱。后来，她又在城市里安家生子。周末，带着儿子去游乐场，逛商场，进书店，小日子过得甜甜蜜蜜……曾有一个邻居对她爹说，受亲戚之托，要在乡下找一个实诚的女孩做儿媳妇。她当时欣喜若狂，以为自己有点走运！可当她了解到这个青年不能自食其力，全靠当官的爹娘庇护，她就主动放弃了这点幻想。再后来，便与自己的同学全友忠成了亲……今晚的月亮，会不会把我的梦照亮？她打定主意，再难，也要熬下去！

第二天，她又请了半天假，决定再到百姓实验学校去碰一碰运气。

“请你先填写一张情况统计表！”百姓实验学校招生办的工作人员开始十分热情，但在简单地询问了晋三姐的情况后，就冷冰冰地将签字笔和一张表递给晋三姐填写。表上的内容不复杂，只有几项：家长姓名、学历、职业、收入、联系电话。工作人员又叫全承远去做一个心理测试。临走前，工作人员对他们说，两天后听通知。

过了两天，收到百姓实验学校发来的短信：“尊敬的家长：我们学校不适合您的孩子，请另择他校。感谢您的参与！”

这条信息如一个爆炸的炸弹，将她震晕了：这该怎么办？怎么办？最后一条路被堵死，儿子就只得返乡当留守儿童。她看了一下时间，上午十点过一刻。于是，她跑到百姓实验学校，要亲耳听到学校领导亲口说出一个准信才死心。进校后，她问了一下学校教务处的位置，然后迅速赶过去。

教务处一个领导模样的人接待了她，她说自己怀疑学校的短信发错了，是不是将发给别人的信息发给了自己？那个领导查了一下她填的表，说道："没发错。我也觉得你的孩子不适合在我们这所学校读书。"

"什么原因呢?"晋三姐于心不甘，想问个水落石出。

"算了，原因就不说了，免得彼此面子过不去。"对方轻描淡写地说道。

这一下，晋三姐无话可说了，她的心从三伏天的扇子上直接掉落在三九天的冰窖里。其实，她不明白，她要说什么，回头一想也是白说。

晋三姐像丢了魂落了魄似的走出百姓实验学校大门，有一个人大步流星地跟上去，来到她面前。他一身西装革履，风度翩翩，面带笑容："大姐，我是这所学校的一名老师，叫刘男阳。"

"'刘南洋'？你留过学?"

"大姐，我没留过学。我爸给我取这个名字的意思是刘家的男孩要有阳刚之气。"

"哦，原来是这样。"晋三姐若有所悟。

"你是不是给你家孩子报名来了?"

一听说是学校的老师，且这位老师又主动关心自己，晋三姐心中再次升起了一团希望的火花。她决定再恳求一下这位刘老师，于是简略地将自己报名的经历给刘男阳讲了。

"大姐，你是不知道其中的奥妙！我悄悄地告诉你，我们学校有个规定：读我们学校每年要交八万元学杂费。"

刘男阳的解释，揭晓了填表内容和心理测试的谜底。晋三姐听后就蒙了，她喃喃地说道："这……这……这样的学校，我们普通老百姓的娃娃没资格读啊!"

"大姐，你别着急！算你运气好，遇到我了。你孩子读书的事，包在我身上!"接着，刘男阳压低声音跟她讲，先交一万元给他去打点，保证能读上书。如果以后孩子的学习成绩拔尖，要交的费用还会减免很多。

并且，刘男阳还不断地启发晋三姐：“俗话说，人无远虑，必有近忧。你不能鼠目寸光，只看到自己的鼻子尖尖。你想，为什么那么多人愿意抱钱来读这样的学校？难道是他们傻吗？难道是他们家里的钱多得连屋子也装不下吗？不是，绝对不是！那是因为这样的学校是所有学校中的潜力股啊！将来，这些同学资源是多么的稀少珍贵啊！不少人非富即贵，大家有什么事，单凭着同学这层关系，就可以相互帮衬。”

“我市有几所普通学校，一年才收四千元，那就十分便宜，可你愿不愿意送娃娃去呢?”见晋三姐没有答话，刘男阳感到自己的话取得了成效。于是，他又趁机给晋三姐讲了一个《名画》的故事：以前，有一个懂事的儿子因为交不起上学的四万元费用，决定辍学。家道中落的母亲拿出箱子底的一幅名画，叫儿子拿到集市一个摆地摊的人那儿问值多少钱，摊主看不上这幅有点破损的画，生气地打发了他。儿子垂头丧气地回来，母亲叫他到一个书店去。孩子回来很高兴：店主说这幅画可以装点门面，给价一百八十元。母亲叫儿子再到典当行，儿子回来很兴奋，因为老板出价十八万元，说价钱还可商量。当母亲叫儿子到博物馆时，儿子回来竟无语了，那里给价一百八十万元。最后，母亲卖了画，孩子上了学。这个故事说明：选择不同的环境，人生的价值就大不相同。

“我不想去普通学校那里。”晋三姐沉思了一下，摇摇头说道。

“对啰，这就叫一分钱置一分货！那些三流学校的学生，将来许多时候，连自己的事都没法弄好，哪里还有什么能力来帮助别人，回报家庭，奉献社会?”

刘男阳的话深深震撼了晋三姐的心，为了儿子的前程，打定了主意的她想把老家的房子卖了。若将来混不下去了，就是卖血，也要供儿子读书！

病急乱投医，晋三姐赶紧回去，向老板借了钱，表示以后用她的工资抵扣。

第二天上午发生的事情出乎晋三姐的意料。

派出所接到报案，将刘男阳当场抓获。刘男阳竟然是一个骗子，被他欺骗的还不止晋三姐一人。晋三姐交给刘男阳的一万元已被挥霍了一半。

晋三姐继续对李叶说道："老家人说'男怕入错行，女怕嫁错郎'，可倒霉的事却全落在我家了！当初，我男人学的是补锅和盖房，哪晓得形势发展得这么快！现在谁家的锅一坏还不是当废品卖了或扔了，谁还拿去修？以前的茅草屋、小青瓦房全都建成平房和楼房，补锅匠、泥瓦匠全部下岗。叫他跟着包工头修建房屋，就是打小工，一天也要挣一两百元。他却说，以前好歹别人都会叫他一声'师傅'，现在要落得跟在别人屁股后面听人使唤的地步，太丢脸面，他不干。结果，成天沉迷于抽烟、喝酒、打牌，成了我们当地的'三鬼'：烟鬼、酒鬼、赌鬼。说他他不听，劝他他不改，无可奈何，我只好和他离了。

"我的最大愿望就是要和儿子一起成为城市人。虽然现在我还是一个农民工，却不甘心在农村待一辈子。城市的教育、城市的医疗、城市的交通，是乡村无法比的。我下定决心在这里继续奋斗，为儿子创造一个好的成长环境。后来，水果店老板听说了我的情况后，很是同情我。于是向我推荐了您的班，说您是他在邻岷市认识的最好的老师。他的小孩曾在您班读过，一个不是很想读书的娃儿在您的鼓励下，考上重点中学，后来还到北京去读书了。于是，我就冒昧地来打搅您了！对不起，耽搁您了！"

"不要这么说，别客气！"听了晋三姐的陈述，李叶心里也是沉甸甸的。他知道晋三姐说的那个老板的儿子，叫彭俊才，是从他班上走出去的第一个北京大学学生。他从没有在人前说过是他培养出来的，只是当年别人不愿意接收这个学生时，他与之交谈，发现了这个学生的巨大潜力。

农民工，已成了这个时代新名词之一，他们为城市的建设发展功不可没。同在一片蓝天下，生存环境的差异，决定了人们各自不同的命运。他决定竭尽所能地为晋三姐实现她的愿望尽一点微薄之力。

紧接着，李叶同晋三姐母子愉快地交流了一阵。然后，他将自己的想法同晋三姐说了，留下电话，送晋三姐母子出了小区。

待晋三姐母子离开后，李叶立即给自己所在的四（三）班其他教师拨通了电话，准备召开班科老师碰头会。李叶是这么想的，距离开学只有五天，如果班上的老师都同意全承远转到班上来，那晋三姐回到曾经的夫家将儿子的书本及生活用品带来，来回两天，再休整一天，时间虽然紧迫，但来得及。

此时正值暑假。按学校计划，学生报名前三天，教师集中进行政治学习和业务学习。班主任通知开个碰头会比其提前了一天，大家估计可能有什么紧要的事情。

这次碰头会来了四个人：乔一兰，数学教师，四（二）班班主任，天都市学科带头人；吴一凡，英语教师，兼学校外事办主任，邻岷市教坛新秀；阳刚，体育教师，邻岷市青年优秀教师；张三少，思品教师，兼学校总务处主任，邻岷市优秀教师。张三少就是抗战牺牲的那个通讯员的侄孙，其父张三多在天都市解放后，被杨洪义当作烈士的后代接到城里来读书。张三多继承了叔父的遗志，当了一名教师。他沿袭叔父的做法，给儿子取名为“三少”——凡事要“少说、少等、少推”，张三少也完成了二祖父的遗愿，当了一名教师。另外，音乐、美术、科学、计算机老师还在外地，临时接到通知，无法赶回，特地请假。

“记得几年前，网上疯传了一条新闻：我们的一个大都市，就因为户籍原因，没有能够接纳一个外地学子参加中考。这名外地学生只得在家自学三年高中课程，在无缘国内高考的情况下去了国外，最终被国外一所知名大学录取。这也成了那个城市短时间不能抹去的伤痛，这真的值得我们每一个人反省。我记得当时，我们班的老师对这件事都表示十分痛心。”李叶在会上首先旧事重提。

“许多工作我们没有现成的模式可借鉴，不少事都只得摸着石头过河，难免有遗憾的事发生。”张三少在班科老师中年纪最大，他接着班主任的话说道。

“往事不堪回首!”身着蓝色丝裙的乔一兰以女性特有的温情在言语中溢出了惋惜之情。

“这实在是扎心了!”身着一套牛仔装的吴一凡，感同身受。

“这还不是有的政府工作人员不敢担当造成的。不拘一格降人才，讲了那么多年，作用不大。有的地区搞地方保护主义，或将人分成三六九等的思想依然存在……”身着短袖的阳刚一张口，话语就像机关炮一样放了出去。

“不必说远了。”李叶插话阻止阳刚继续表达下去，“国家提倡我们关注困难群体，关注不能只停留在口号上，要看行动。今天，把大家请来就是要告诉大家一件事，想征求一下大家的意见。”接着他就把晋三姐想把儿子转到城市学校读书的事简略地陈述了一遍，还介绍了目前了解到的有关全承远在原学校的大体情况。

类似全承远要转学的情况以前大家都没有遇到过，于是，都没有表态。

“大家知道现在我们的家长有多焦虑。就像晋三姐所说的那样，她们这一代，就想让孩子有个好的前程。对此，我们表示理解和尊重。对美好生活的向往与追求，也是社会文明进步的原动力，这也暗合了我们教育培养人的终极目标。”

乔一兰接过李叶的话头说：“我个人觉得，全承远是个单亲家庭的孩子。对他，我们要更多地给予关爱。在这方面，我们城市教育有一定的优势。”

“我也赞成李哥和乔姐的观点。我们现在的城市高楼林立，可是，要是让大家都觉得现代城市是冰冷的水泥加钢筋筑成的，没有一点温度，那最终会逼人逃离的。如果晋三姐愿意待在这座城市，说明她看到了这座城市的希望，那我们就帮她实现这个愿望。”阳刚发表了自己的意见。

吴一凡说：“既然遇上了，就尽一份心，出一份力，力所能及做些对个人、对国家都有益的事。我个人觉得，接纳全承远，可以彰显我们这座城市的胸怀，让他们感受到我们曾经领略过的城市温情。在座各位，除了张哥和李哥外，我们的原籍都不是邻岷市，可喜的是我们将这里当成家，成了这里的主人。”

“你们说的都很实在。我想补充的是，我们学校也应培养各种各样的苗子。全承远有一定的体育特长，我们这里的训练肯定比他原来的学校要系统、要科学一些。希望他能获得接受良好教育的机会，也让小阳抓住这个机会为上一级学校培养优秀的艺体苗子。”张三少换了个角度来表达自己的想法。

“艺体人才要讲天赋，选才也是可遇而不可求的。张哥，您说得太好了！争取抓住这次机会，实验成功。”阳刚接过话头表了态。

听了大家的意见后，李叶心里感到一阵轻松，但是作为班主任，他还是要全面考虑科任教师和全班的发展。于是，他说道：“我很高兴，大家都想到一起了。但是，请大家再想一下，还有没有什么我们没有想到的困难?”

“李哥，我没有什么可担心的。我主张全承远来校后，利用他的长处来增强他的学习自信，以后的事就水到渠成。”张三少说道。

“李哥，我不担心全承远的学习基础怎么样，学习跟得上跟不上，这些问题我们自己可以想法解决。凡事您都敢去开个先例，我担心这件事学校通不过。”乔一兰说出了自己的担心。

李叶知道乔一兰话语所指。前年，他率先在班上搬走垃圾桶，创建“无垃圾教室”，就闹得全校沸沸扬扬，甚至传播到市教育局、市政府去了。当时，不少家长反映到教育局，说李叶标新立异，加重学生的负担。一天，有个一年级的学生背着满满的一书包东西回家。家长发现，儿子早晨出门时背的书包回来“长胖”了，好奇地打开一看：嗬，吃了花生、瓜子和袋装食品等留下的各种垃圾就占了一半！就连学校有的班主任也觉得此举给他们引来了不少麻烦。当时，班级以外的人中，只有校长和一（三）班班主任石竟公开支持他，不少人保持沉默。当然，二（三）班的全体科任教师都表示赞同，一是净化了环境，二是培养了节约的品质。

对那些指责，李叶毫不在乎。他再次对此事发表自己的观点：“我没有倡导大家像我这样。我做我想要做的，绝没有一点要别人苟同的想法。”

结果，一年坚持下来，全校竟然都不见了垃圾桶的影子，此举也得到家长们的认同，还受到省教育厅领导的表扬。

“我还担心其他班有人说闲话，说我们接收乡下学生，让他们过得不自在。”吴一凡道出自己的想法。

“我和小吴的想法一样。就怕有人会搞类推。”阳刚附和道。

“一兰老师的担心可以理解，目前不少人的态度是：多一事不如少一事，少一事不如没有事。像对待全承远读书这件事，我们若视而不见，充耳不闻，也不怕别人说三道四。可是，教育是一项良心工程。既然晋三姐已找上门来，我们做教育的人就应该帮助她们母子。从某种意义上讲，就是帮助我们学校，帮助我们这座城市，帮助我们这个社会，这丝毫没有夸张。

“小吴的想法很好，提醒了我。我们接纳全承远，之所以要这么做，理由已在开始时说明了。但对待此事，我们也需要变通处理。全承远是一个特例，是个案，不需要复制，更不需要推广，所以我们不能大张旗鼓地宣传。这样，就不会给其他班级带来压力，也不会影响到其他学校。我想从学校管理的角度来讲，现在只能把他作为一名旁听生留在班上。学籍暂不处理，待他进步后，再做转学处理。此事，大家无异议后，我再向杨校长汇报。

“小阳谈到的不科学的类推假设现象，是以前特殊年代里产生的一种不正常的思维习惯。凡事一旦用上假设类推，就会变得捉摸不定，有的事如果用上乘法乘方来计算，后果很严重。比如，有人会说我们收了一个全承远，万一又来一个‘宋承远’‘唐承远’怎么办？你们不必过虑，我会找杨校长谈。各位老师，感谢大家对我工作的支持！就让时间证明：我们接纳全承远不会错。”

在学生报名前三天，李叶敲响了杨柳依的办公室。

“请进！”杨柳依看见李叶来了，立即起身微笑着说：“李主任，请坐！”

当年，李叶是在杨柳依担任校长的第二年调进五小的。经过几年的观察了解，杨柳依准备提拔李叶当教务处主任，李叶却婉言谢绝。他深知，一旦走上行政岗位，每周参加的会议，每月迎接的检查，单是写材料这一项都会让他应接不暇，势必会影响自己热爱的教学工作。当他被评为天都市学科带头人时，天都市某校的一位校长是杨柳依的亲戚，他对杨柳依说，想将李叶调到他的学校并委以重任。杨柳依回来对李叶提及这件事，李叶表态，目前他不会离开五小。过了一年，李叶被学校推荐为天都市优秀班主任。学校中层换岗，杨柳依动员他担任办公室主任，过一段时间后提拔成副校长，李叶仍没答应。过了几天，杨柳依又做李叶的思想工作，从学校的建设到改革，勾画出了一幅幅蓝图，说得李叶心潮澎湃。杨柳依再次提到外校校长要重用他的事。

李叶决定给校长一个定心丸，表态说："杨校长，您放心！只要您在这里，我哪里都不愿去。我不学冯谖，我没有其他念头。学校历史悠久，声名卓著。我和很多老师一样，觉得在学校里，有时尽管有疲倦的感觉，但心却一点儿也不累。"

杨柳依听后笑道："谢谢！李老师，您不是冯谖，我也不是孟尝君田文。您看这样好不好，为了学校的发展，就挂一个中层，当办公室主任怎么样？因为学校接待较多，对外好作宣传，也不算怠慢来访者；对内也可为学校行政管理分一些忧，为老师们服好务。另外，还便于开展一些教育教学联盟工作。我也知道，您曾拒绝过别的单位，放弃了当公务员的机会。当办公室主任，在别人看来，根本说不上是什么官，还是屈才。"

人生，就是这样，熊掌和鱼不可兼得。幸福的获得必须以付出为前提。

李叶心里矛盾着，但他感受到了校长的至诚，同时，也知道这所学校是他成长发展的平台。他也没觉得这办公室主任是个官职，便没有再拒绝。

"士为知己者死，女为悦己者容"，这句话流传千年，从古至今，闪烁着人性的光辉，依然被人们传诵。

"杨校长，您很忙。我就开门见山地说了哈！"李叶有时很委婉，但这次却很直接。他简单地谈了一下班上老师同意接收全承远借读转学的事。

杨柳依没有正面回答李叶提到的事情，而是将这几天的一个读书心得分享给李叶："我想先跟您交流一下这几天我的学习感悟。前几天，我看了一位大学教授写的《教育谨防拉丁美洲化》，上面谈了不少触目惊心的案例。

"目前，在不少地方，高收入群体的子女离开公办学校，连有的公办学校校长的子女也进入了民办学校。不少民办校学费高昂，生源好、收费高，招来好的校长和老师。近年来，省上公办重点学校也有两个校长辞职，去民办学校就任。学生在民办校读实验班，享受个性化的优质教育。这样，短期内就出现民办学校的良性循环。

"国家正在千方百计消灭贫困代际传递。我在想，处在社会底层的人，他们的子女要如何才能有机会获得幸福生活？唯一有效的途径只有靠教育，只有知识才能改变命运。"

"杨校长，您的分析很有见地！虽然这种现象眼下对我市小学教育波及不大，但我们自己不能掉以轻心。"李叶听后，心里十分宽慰，他已隐约感觉到杨柳依会同意接收全承远了。

"是的。李主任，我们虽然不能过多地改变目前存在的一些现状，但可以做一些实质上的探索，做一些试验，让处于不同境遇的学生待在一起，丰富学生的人生体验。教育是最大的善事，尽量让所有人能切身享受到教育的公平和普惠。我原则上同意您班接收全承远，但从全局来看，为避免不必要的麻烦，这类问题就不在教代会上讨论了。"

"谢谢您！"李叶轻松地走出了校长办公室。他急于要把这份喜悦分享给晋三姐，他似乎看到了全承远紧锁的眉头舒展了，脸上绽开了一朵花。

"儿啊，我们遇到贵人了！你能到城里来读书了！"在水泥玻纤瓦盖成屋顶的低矮房子里，在液化气炉子上炒完菜的晋三姐听到了手机的提示音。她打开手机，看到一条新信息。信息内容是李叶让她三天后带儿子去四（三）班报名。她心跳加速，欣喜若狂，一把将正拿着筷子的儿子紧紧地搂在怀里，将这个天大的喜讯告诉了儿子。

隔了一会儿，全承远从母亲怀里挣开，望着母亲，眼里仍有一丝疑惑："娘，是真的吗？"他觉得幸福来得太突然了。

"娃儿啊，是真的！你惊不惊喜、意不意外？"晋三姐将手机上的信息递到儿子眼前，全承远看了一眼，又揉了一下眼睛，再看了一眼后，不住地点着头，然后猛地跳起来，拍手大声喊道："哇——我要在城里读书啰，我要在城里读书啰！"时间快到午后一点了，此刻，他却没有半点饥饿的感觉。他喊了两声，一回头不禁愣住了，看见母亲低头抹泪。他缓缓地来到母亲身边，轻轻地抚摸着母亲的背，低声喊道："娘——"

过了一阵，晋三姐突然转身叫道："承远，给我跪下！"

全承远一下子感到有些茫然，但还是顺着母亲的意跪在地上。

"看着我，你给我发誓，要好好听李老师的话，把学习搞好！若有违背，任由家长打骂！"

全承远举起右手："我发誓：要好好听李老师的话，把学习搞好！若有违背，任由家长打骂！"

晋三姐同时将这个喜讯告知全友忠，叫他也赶快回家一趟，并说随后回家将儿子读书的相关学习资料、生活用品搬到城里。

"你先前要离婚，我不拦你！也怪友忠自己不争气。但是，你现在要把娃娃带走，那不行！绝对不行！"全承远的奶奶谭素香紧抓孙子的手不放，若是这一放，怕是仅存的一点念想也会烟消云散了。

原来，因学校的事没定下来，晋三姐便推说是带儿子到城里玩。而这次要去报名了，只得向老人家道出实情。哪知谭素香却坚决反对。前两年，谭素香的老伴去世。不到一年，大儿子又病逝。大儿媳妇带着孙女改嫁他乡，再也没回来过。如今，晋三姐又要带走家中唯一的孙儿，无异于剜去老人的心头肉。儿子在外打工，孙儿又不在身边，她倒成了真正的“留守老人”。丧夫丧长子，小儿子又不成器，孙子又要远去，可谓雪上加霜，人生的辛酸怎么那样多？个中滋味又有谁能知一二！

“娘啊，你要为你的后代想一想嘛！你知道你儿子已经定型了，只有孙子还有盼头。我是费了九牛二虎之力，承远也是托了奶奶的福，才遇到了城里那么好的学校，那么好的老师！如果这次不去，那仅有的一点儿希望就泡汤了！你孙子就会在田间地里摸爬滚打一辈子。”晋三姐说着说着，眼泪就流出来了。

“你不要说了，城里有学校，我们乡下也有学校，承远照常可以读书的。老话说得好，一方水土养一方人。不消你说，我全家的孙儿，哪个不心疼！”谭素香仍不松口，还一把将孙子推进屋里，反锁起来。

“娘啊，你老知道，今年上半年，承远班上就换了两个代课老师。他说跟去年的张老师讲的不一样，听不懂。”

“听不懂也不怕，反正又没有交过一分钱。村里的娃儿哪个不是宝？人家都过得，我们有啥子过不得的。”谭素香仍是寸步不让。

“娘啊，我不想跟你说了，就叫你孙儿出来，叫他自己说，究竟是愿意在乡下读，还是到城里读？”晋三姐觉得没法说了。

“那也不行，他一个小娃儿家家的，懂得啥！”谭素香仍然执拗道。

“娘啊，我跟你跪下了！你心里有气，我都晓得。任你打我骂我都行，可你不能误了承远的前程啊……”晋三姐跪在地上号啕大哭。

母亲的哭声把屋里的儿子也惹哭了。“咚咚咚——”屋里的全承远敲着门，大声哭喊道："奶奶，放我出来嘛！娘，你快打电话给爹！"

儿子的话提醒了晋三姐。她停住了哭诉，从地上爬了起来，拨通了全友忠的电话："你这个死鬼，怎么还不回来啊！"手机里传来了全友忠的声音："马上到，马上就到了！"

从工地赶回来的全友忠劝慰母亲一阵，谭素香还是怨气未消，怒气冲冲地打开门后，捶胸顿足地哭起来："我上辈子造了什么孽啊！怎么命就这么苦啊！你们的事，从今以后我再也不管了，你们想怎么样就怎么样！"

全承远见母亲使了个眼色，轻轻地走到奶奶面前，拉着谭素香的手说道："奶奶，您别气了嘛，我星期天有空就回来看您！这次我进城后，会好好读书哩。"

此时，谭素香的心情稍微好了一点，扭过头，还是没好气地回了句："那是你自己的事。"

晋三姐想到日后老人将时常过着形影相吊的日子，一股心酸也涌上心头。临走时，再三叮嘱全友忠："娘年纪大了，你要经常回家，好好照顾她。"

看着晋三姐母子连背带提地带着大包小包的东西，一步一步地走远，谭素香怅然若失，心里空落落的，犹如亲临生离死别一般，眼泪禁不住又涌出来。突然间，她竟然大声喊道："承远——"这一声，充满了凄凉惶恐和企盼等待，好像使出了浑身的力气，她要将深埋心底的希望呼出去再唤回来。

全承远忽然听到奶奶的呼喊，一下子停住了脚步，抬头看着母亲。晋三姐没有说话，只是努了努嘴，示意儿子过去。

全承远放下手中的东西，他忘不了昔日奶奶对他的怜爱。飞奔到谭素香面前，双手紧抱着谭素香，轻声叫道："奶奶……"这两个字含着深情，带着哭腔，眼泪随着喊声涌了出来。

"孙儿，乖！别哭，奶奶又没死！"谭素香早已是泪眼迷离，用颤抖的手摩挲着孙子的头，苦笑着，她不知用什么恰当的话语来表达此时复杂的心情，便借用了乡村人惯用的那包含着最重的分量、最狠毒的幽默和最宽广最豁达的言语来劝慰自己的后代。

“奶奶，您也别哭!”

过了一阵，谭素香推开全承远：“走吧，你要听你娘的话，听老师的话！做个有出息的人。”

“奶奶，我记住了。奶奶，我是您的乖孙儿，我会经常回家来看您的!”全承远依依不舍挥着手走了。

谭素香没有再说话，只是苦笑着点了点头，有气无力地挥了挥手。

看到眼前的情景，身为儿子和父亲的全友忠，悲喜交集，莫可言状，呆立在一旁不知所措。

谭素香看了儿子一眼，催促他前去帮忙，一定要亲自把孙子送到车站……

新学期开学第一天，四（三）班的教室里多了一套课桌椅。早读课时，同学们议论纷纷。

“大家来猜猜，这张桌子是用来做什么的?”班上快嘴文娱委员刘亚兰首先发问道。

“叫我猜嘛，一定是要增加一个人!”吴罡强抢先回答道。

“纯粹是废话一句。大家猜，究竟是什么人？老师还是学生?”刘亚兰继续引导发问道。

“是老师呗。”班长赵天宇说。他知道，经常有人来班上听课，如果放一套桌椅，就省去搬来搬去的麻烦。

赵天宇的个子较高，却是班上年龄最小的学生，五岁入的学。当时，直接进入李叶所在的二（三）班。据说，他的入学还引发了学校的一场争论。当时，听说赵天宇要直接到二年级插班，还是一个副局长的孩子，有的二年级老师表示不太愿意接收，一是怕万一孩子学不好不便跟领导交差，二是怕孩子跟不上学习进度影响了自己班上的教学成绩。教务处提出一个疑问，年龄不到就要入学，是否违反义务教育法？按教育局原来的规定，年龄差一天都不能入学。曾有家长为了保证孩子在九月一号上学，硬是在八月三十一号选择了剖宫产……更不要说还要跳级。当时赵天宇的父亲是邻岷市公安局副局长，其母是邻岷市一中英语老师。为稳妥起见，赵天宇的父母到学校考察，通过与杨校长的交流，非常赞同学校的办学理念。接下来，准备选择李叶所教的班，因为几年前，他班培养了一个北京大学苗子。赵副局长又径直到了二（三）班的教室，发现李叶班上的门边和门框贴了一层软胶皮，在通往教室后面的储藏阳台有一扇玻璃门，门上贴了一张“小心玻璃”字样，而且这字与一般学生头高距离一致，于是决定选择读李叶所教的班。

杨柳依听说孩子家长要求从二年级读起，并指定要到李叶班时，决定来一个“双向选择”，叫李叶和乔一兰来测试一下。李叶顺手将当天的《邻岷日报》拿过来，叫赵天宇读一篇千字报道，竟然没有读错一个字。他又很有兴致地叫赵天宇随意讲一个故事给大家听。赵天宇绘声绘色地讲了一个格林童话《大拇指》。李叶满意地对校长说，估计孩子的识字量达到三千。乔一兰想，既然小孩子要读二年级，就将一年级下学期的期末试题拿来给赵天宇做，不就了解了他的数学水平么！一张一百二十分的试卷，除了选择题错了两道，丢了四分，其余全对。

一年后，赵天宇被大家选为班长，同学们还赠予他一个“学霸”的别称。

“不一定，我说是同学。”学习委员楚盈盈说道。传闻楚盈盈有一个代号叫“转学专业户”，她的这个名号绝非浪得虚名。在天都市教育系统，一提及全市最大慈善家楚贤成的女儿，不少学校都知道她以前是因转学而出名的。对楚盈盈而言，一年不转学，那绝对是奇迹！对此，凡是接收她的学校都感到头疼，自然她家里人对此更是焦虑不堪。有人统计，她在学前教育阶段，就转了十二个幼儿园。读小班时，是被转园；读大班时，是她主动转了三次园。

最让人无可奈何的是读小班的第一个星期，她就被转园三次。

第一次，父亲送她去幼儿园。当全班小朋友刚刚安静地在教室里坐稳时，楚盈盈突然冒了一句："爸爸妈妈不要我们了！"一下子，班里就像木耳片在锅里炸开了，"哇啦哇啦"哭倒一大片。开学伊始，各个班的保教老师都在，各楼层还增加了一个保安和行政值守，结果，新增力量全部汇集到楚盈盈班上。安慰的安慰，找纸巾的找纸巾，忙倒一大片。在吃午饭时，楚盈盈尝了一口，又冒出一句："这饭不香！吃不到家里的饭了。"结果，又惹哭不少娃娃。午睡时，她又说床太硬了，又弄得不少娃娃哭个不停。接连两天下来，她就被转学了……

楚盈盈是去年才转学来李叶班上的。她知道，慕名而来想转学到班上的大有人在。

"是帅哥还是美女？"刘亚兰抛出了第三问。

不待回答，就听到有人喊了一声"老师来了"，众人迅速各自归位，打开了书本。

"哇，还有点儿酷！"这是刘亚兰传出的声音，音量小，但听得清。

众人目光齐刷刷地转向门口。李叶身后跟着一个高个子的男孩，仅比他矮一个头，估摸有一米六。黝黑的脸，略带腼腆，身体壮硕结实。穿一身青色的衣裤，一双黑白两色球鞋。

"同学们，我给大家介绍一下，本学期，我们班上增加一个新成员。"李叶习惯将班比作一个"家"，他说班上的每一个人都是家中的一个成员。刚说到这里，赵天宇带头鼓起掌来。全班同学火一样的热情映红了全承远的脸，他要把这种温情传递下去，怯生生地向大家行了一个鞠躬礼："谢谢同学们!"

"这位新成员叫全承远，他是一位优秀的短跑选手，也是一名足球爱好者。从今以后，大家就相互帮助，共同学习，一起进步。"再次的掌声表示他们对这个新成员的接纳。对全承远来讲，那掌声充满了家乡三月花开的气息，他认定这个班就是他的新家了！同时，他也有些纳闷儿：李老师怎么知道他擅长短跑，还喜欢踢球？

下午放学，李叶照例到班上去巡视一下。学生们跟他在教室门口打过招呼，陆续离开了。等没有人从他身边走过时，他进了教室，发现教室后排还有一个人，那个人正是全承远。

"全承远，放学了，你怎么还没走？"

"李老师，我……我……"全承远欲言又止，一只手放在书包里。

"有什么事，愿意告诉我吗？"李叶在全承远对面的座位坐下来。

"李老师，这是我娘店里最大的苹果，她选出来，叫我送给您！请您一定要收下！我娘说，您为我读书的事操了不少心。没有您，我不可能坐在这间教室里。"全承远看到李叶脸上露出了和蔼可亲的笑容，便没有半点拘谨，也不再犹豫，一下子将书包里的红苹果拿出来，站起来，双手递到李叶面前。

多么淳朴的家长！多么纯真的孩子！李叶心里明白，这个苹果得收下。投桃报李，是中国人骨子里不断流淌、延续传承着的善良。对此情意，他不能怠慢，要谨慎地珍藏。"谢谢你！谢谢你娘！以后，就不要这么客气了！"李叶站了起来，将苹果放在左掌心，嗅了一下："真香!"

全承远喜形于色，蹦跳着跑开了。

望着远去的全承远，李叶心中的一个规划越来越明晰了。

“李哥，班上丰亮的妈妈要求他转学。她说打您的电话没接，就打到我这儿来了。”开学后第三周的星期二，李叶刚在办公室处理完全承远和丰亮打架事件后，乔一兰打来一个电话。

“她说什么原因没有?”李叶看了一下手机，没有显示有未接来电，嘴上没说破，心里却猜想到另一个原因。

“没有。”乔一兰想不出丰亮要转学的理由，这样的事，她是第一次遇到。在邻岷市想转到李叶班的人倒是很多，就是还从来没有遇到过不想在他班上读书的人，况且，又是在新学期中途转学。

2. 苹 果

本学期第三周星期一。一大早，四（三）班的教室里就快坐满人了。

楚盈盈进来，看见许多人已在自己的座位上读书。刚坐下，听见丰亮在跟刘亚兰等几个同学谈论着全承远的家长里短。丰亮的父亲是邻岷市的房地产开发商，据说在全市成功人士排行榜上排得上前五位。

“一日之计在于晨。这么宝贵的时间，你们却拿来八卦那些没有意义的事，太无聊了！”

一听到学习委员也在关注自己谈论的话题，丰亮更是带劲了，眉飞色舞地说道：“告诉你们，我上周发现的一个秘密！”一听说有什么“秘密”，楚盈盈也有些好奇，很多同学放下课本，把目光转向丰亮，等待着答案的出现。

“你们不知道，我们这样的名牌学校，好班，更是不容易进来的。我就想不通，为什么全承远这个穷小子也能来我们班？结果，原来是……”丰亮欲言又止，显出神秘的样子。

多数人没有说话，只有两个急躁鬼在催促他“快说”，“快说”！

“原来啊，是他向李老师行贿，收买了老师……”

“啪——”丰亮冷不防挨了一巴掌。他抬头一看，原来是吴罡强打的。

“你这个家伙敢在背后说李老师的坏话，看我不打死你这个‘戏精’!”吴罡强火冒三丈，怒不可遏，脸都有些变形了。

顿时，很多人惊异的表情转换为愤懑的议论：“是啊，是啊，怎么能说老师的坏话呢!”“李老师是我遇到过的最好的老师!”“别以为他家有几个臭钱，就欺负同学，乱说老师!”……

这时，丰亮觉得太丢面子，竟然哭起来。

一见这情形，赵天宇忙过来劝道：“同学们，都冷静一点。有话好好说。”

“是嘛，我又没有乱说，怎么随便打人。你们不信，等全承远过来，你们检查一下他的书包里有没有苹果就知道了!”这下，丰亮哭得更凶了。

大家听了丰亮的话，都感到很惊诧，有些人脸上露出半信半疑的神色。全班同学都时不时有意无意地盯着教室门口，期待着全承远的身影早早出现。

一会儿，全承远一阵小跑来到教室，突然看到大家齐刷刷地将目光投向他时，他也觉得奇怪：自己并没有迟到啊，这是怎么啦？他下意识地打量自己周身上下，今天也没有穿奇装异服。按惯例，今天学校要举行周一升旗仪式，大家穿的都是校服。更奇怪的是，大家的目光像是胶水黏在他身上一样。当他走到座位时，大家的目光也跟着转移过去，有人的脖子和身子都转了一百八十度。他一下子感到很不自在，又弄不清是什么原因。不管怎样，他还是坐稳了，拿出早读的书来，然后把书包放进抽屉里。

这时候，座位上的丰亮坐不住了，他起身来到全承远课桌旁。

“你有什么事儿吗?”全承远好奇地问道。

“我当然有事儿。”丰亮用挑衅的目光看着全承远，“把你的书包打开。”

“凭什么?”全承远觉得莫名其妙，不知丰亮的用意。

“你是不是心虚了?”丰亮追问道，“你敢不敢把书包打开让大家看一下?”

“给你，看就看，有什么大不了的!”大家没有估计到全承远会将书包递给丰亮。

哪知丰亮在书包里果真找出了一个红红的苹果来：“大家看看，这是什么?”

“就是一个苹果嘛！谁没有见过啊!”“嘻嘻嘻，是脑子进水了？大惊小怪的!”开始，同学们看到丰亮手里拿着的苹果，不明就里，并不觉得有什么特别的；但后来看到全承远，发现他的脸变红了，就觉得可能会有别的什么了。

全承远一直认为，他带苹果只是他和李老师之间的故事，肯定不愿意别人知道这件事。他想一把抢过苹果，但丰亮手一偏，身子往后一仰，他没有抓到。他还是不明白丰亮的用意，便质问道：“你拿我的苹果做什么!”

“开始，你没来时，他说你拿东西收买李老师!”吴罡强一语点明丰亮的用意。

“他说的是真的吗?”此时，全承远从脸红到脖子，他指着吴罡强问丰亮。

“当然，是我说的。难道不是吗!”丰亮得意扬扬，满不在乎地摇晃着脑袋。

“你娃娃简直是欠揍！胡说八道!”全承远忍不住了，如果他承认这件事，对老师，对他都不好。况且，事实上根本不是那么一回事，他不允许任何人来玷污他尊敬李老师的纯真情感。他猛地从椅子上跳出去，扭着丰亮的一只手，大声喊道：“拿给我!”

“打起来了!”“打起来了!”有不少人吼了起来。

“全承远，你松松手。大家请安静，不要影响了隔壁班同学的学习!”赵天宇急忙劝说道。

丰亮没有交出苹果，全承远也没有松手。

“同学们，静一下。请大家动脑筋想一下，现在是什么年代了？一个苹果算得了什么？好多人放在家里，说不定都放蔫了也没人去吃哩。一个苹果连稀罕物都算不上，它还能收买人？连我们学生都不可能被收买，还能收买老师？你们有谁相信？这简直就是一个天大的笑话，丰亮的言行纯粹是在贬低我们的智商。”楚盈盈站起来说道。

大家觉得学习委员的话令人信服，都向丰亮投去不屑的目光。不少人瞬间释然，觉得此事索然无味，不再关注，又打开书朗读起来。

“哎哟——”突然听得丰亮惨叫一声，大家又抬起头来，看见全承远松开丰亮的手，捡起掉在地上的苹果。丰亮的左手垂着，脸上露出痛苦的神色。

“你怎么啦?”赵天宇过去询问道。

“我的手臂断了。”丰亮的眼泪也流出来了。

听到丰亮的话，大家停止了朗读，茫然地看着丰亮和全承远。

全承远这才感到害怕，知道自己闯祸了。他望着班长赵天宇，意在求助。

在李老师的安排下，他和班长结成“一帮一”的学习小组。现在，他们已成了一对好朋友。

开学第一天中午，李叶在办公室里准备明天的教案。赵天宇进来，对他说：“李老师，我想写一本书——《他叫全承远》。”

“好啊！你说说自己的想法。”李叶鼓励道。

“我是这么想的，全承远的生活经历跟我们很多同学都不一样，如果我把他和我们的故事写出来，那会很有趣的。”赵天宇将心里的想法一一道来。

“行，想要写好，就要多观察交流，多多积累。我看，就安排他和你坐在一起，你在学习上也方便帮助他。”李叶赞赏了赵天宇的想法，并顺便给予了指导，还布置了任务。

自此，赵天宇和全承远几乎成了校园里形影不离的好朋友。

赵天宇对全承远说：“走，我们两个先把他扶到医务室。楚盈盈去找一下李老师。”

四人正要出门，李叶来了。他简单询问了情况，就叫大家不要担心，认真早读。他估计丰亮是伤了筋骨，可校医学的是内科。于是，李叶立即与李华联系，叫她帮忙在骨科挂个号。

李华是李叶的妻子，在邻岷市第一人民医院工作，是内科副主任医师。

李叶叫赵天宇和全承远将丰亮送到学校地下停车场出口，便去向张三少借车。李叶开车出来。打开车门后，赵天宇和全承远二人将丰亮扶进车后排坐好。李叶叫他们先回教室，然后径直到了医院。经医生检查，丰亮的胳膊脱臼了。医生先对他的脱臼部位进行了闭合复位处理，然后给他敷了特制的膏药，上了夹板，又开了内服的消炎药，嘱咐回去一个星期不要剧烈运动，就可恢复。

李叶付费取药后，将丰亮扶上车。问他是否需要回家休息，丰亮说要回教室听课。李叶表扬了他：“男子汉，好样的!”

丰亮颈上吊着绷带大步走进了教室，像是一个从战场上凯旋的英雄，看不出有半点儿的伤悲，反而带着骄傲的神情。李叶跟在他身后，进了教室，叮嘱大家：“同学们，今天班上有了个伤病员，大家要对他‘三心二意’：有同情心，多关心，献爱心!小心还要加注意，保证大家都满意!”

教室里笑声一片，只有全承远笑得勉强，因为这个“伤病员”的诞生是他的“功劳”。

中午，李叶分别把赵天宇、丰亮、全承远叫到学校花园里，具体了解了今天早晨发生的事情。等赵天宇走后，李叶对丰亮说："丰亮同学，你要相信全承远同学，也应该相信我。事情不是你想象的那样，你误会了。"

丰亮从学习委员的话中也觉得自己误会了老师和同学。一个苹果的事，实在太荒唐了！他向李叶道歉："李老师，我错了。我对他就是有点儿羡慕嫉妒恨，认为老师偏爱他。他刚一来，您就安排他跟班长挨着坐，我在这儿都三年多了，还没有跟班长同桌呢，这样就刺痛了我的心。有一天，我无意看见您从教室里拿了个苹果，又见全承远跟着出来，就编了这件事。我以后坚决改正。"

"真是个傻孩子，老师爱着你们每一个人，手心手背都是肉啊。你的基础比全承远好，以后，你也要尽可能地帮助他。同时，要把心思放在学习上。好了，你去休息吧。我再找全承远说说话。"李叶眼里充满了慈爱。

"李老师，您别骂他，全是我惹的祸。"丰亮走了两步，又转过身来，好像有点不放心似的。

"别担心，走吧。"李叶心里乐了。这些孩子有时幼稚得可笑，又天真得可爱。

不等李叶开口，全承远就承认了自己的过失。李叶严肃地说道："我知道你心里有委屈，但你也要冷静下来想想，哪些是该做的，哪些是不该做的。"

"他说我不要紧，但说您的坏话，那就不行！我当时一性急，没想别的什么，只想把苹果夺回来。"全承远说道。

"好了，只要你以后改了这性子急的缺点就行。下来再总结一下这件事，想想以后遇到类似这样的事该怎么做。"

李叶回到办公室，想到丰亮受伤的事，得马上与他的家长联系一下。

丰自鸣听说后，赶紧给丰亮的母亲打电话。丰亮的母亲是丰自鸣的第三任妻子，名叫吕美艳，本科学历。二人婚后三年多，丰自鸣又告诉她，公司里有个女孩怀上了他丰家的骨血，如若不答应跟她结婚，女孩就会去警方报案，说是强奸了她。如果判了刑，丰家就完了。为了儿子的前途，吕美艳忍痛割爱，与丰自鸣私下协议离婚。有时，丰自鸣隔三岔五地过来看一下他们母子俩。现在第四任老婆盯得紧，所以，这件事情就叫吕美艳到校处理。

吕美艳听说儿子受了伤，心急如焚地赶往学校。五小大门口一辆豪华跑车轮子停下了，喇叭却响个不停。保安急忙出来，进行劝阻。哪知吕美艳从车上下来，大声嚷嚷："我是四年级三班的家长，我儿子让人给打伤了，快让我进去！"保安解释道："车不能停在校门口，若要停，请登记后停在地下停车场。"吕美艳窝了一肚子的火，听不进保安的话，还想开进去。

"再在这儿扰乱校园秩序，我们就要报警了！"保安下达了最后通牒。

"就是警察来了我也不怕，难道打人的还有理了？"吕美艳继续胡搅蛮缠。

"谁打人了？"这时，李叶出来了。他刚一见吕美艳，就觉得似曾相识。

"李老师，这就是您班上的家长。"一名保安指着吕美艳说道。

"你是？"吕美艳也觉得眼前的这个老师面善，却一下又似神经短路般想不起来了。

"我叫李叶，是丰亮的班主任。"李叶面带微笑。

吕美艳听了李叶的自我介绍，过去尘封的记忆霎时打开：十年前，当她怀着儿子丰亮时，李叶正是自己的租客。想想自己那时对李叶的羞辱，如果他想起那些辛酸的往事，他能够饶得过自己吗？俗话说：君子报仇十年不晚，今年刚好就十年了！真是山不转水转，水不转人转，竟想不到现在转到他手里了。她原本是来兴师问罪的，不料情势急转直下。一时之间，把当初设想好的说辞全忘掉了，竟也前言不搭后语地说道：“李老师，您是想告诉我丰亮的事吧。以前是我不对，您不会记恨我吧？他爸忙，就叫我来了。最近丰亮的表现好不好？”

李叶听了她的话觉得有点儿没头没脑的，也不便追问，只是请她到办公室里坐下说。吕美艳说，就站在这里说说就行，不耽搁老师上课。她嘴上推说家里还有急事，心里更急着早点离开此地。见她不愿进校，李叶也不再勉强，就三言两语把今天发生的事叙述了一遍。吕美艳原本的计划被打乱，听了李叶的叙述后，觉得儿子的伤没有大碍，便说道：“这件事是丰亮引起的，小孩之间有些误解也正常，他的手臂养几天就没事了。感谢李老师！我有事就先走了。”“行，谢谢您！丰亮受了伤，这几天你们做家长的就要多辛苦一下了。”望着车子远去的踪影，李叶觉得这个家长素质还不错。折回办公室的路上，他寻思着吕美艳看见自己时说的话，想着想着，恍然大悟：她就是自己当年刚来到邻岷市租房的房东！一定是十年前的往事引起了家长的误判。以前家长会她从未到过场，来的要么是丰自鸣，要么就是丰自鸣的司机。

放学回家，全承远把米淘好倒进电饭煲，然后去做作业，等着母亲回来弄菜。饭后，全承远将今天自己在班上的表现向母亲坦白了。晋三姐听了，问道：“那个同学是不是比你矮小？”全承远点点头。晋三姐突然厉声吼道：“跪下！”全承远规规矩矩地跪在地上。晋三姐抓起家里的蝇拍，狠狠地抽在儿子身上：“你是不是仗恃你长得又高又大，就欺负比你矮小的同学。你难道真想成为‘四肢发达，头脑简单’的人吗？即使他误会了你，说了老师的坏话，你也要心平气和地坐下来与他讲理啊！你若处理不好，有班干部；班干部处理不好，还可以找老师。结果你自作聪明，自作主张，把事情搞砸了，就满意了吧？幸好，没有把同学打成残废，若是他残了，你能去养他一辈子吗？你怎么这么不争气啊，难道要像你父亲一样没出息吗？”打在儿子身上，却痛在娘的心上。爱之深，恨之切。晋三姐边打边流泪。她要把在以前丈夫身上没有实现的愿望寄托在儿子身上，不希望再有什么丝毫的闪失。

等母亲打骂结束后，全承远爬起来，将浑身无力的母亲扶到椅子上坐好：“娘，我错了，不该惹您生气！”

“马上写保证书，明天跟我去跟老师赔礼。养不教，母之过。”晋三姐缓过气来说道。

这天下午，吕美艳在家里如坐针毡。有几个姐妹打电话来叫她打麻将，她都没去。她的脑子里一直在转换两个场面的镜头，一个是她已经卖掉的出租房，一个是学校；领衔演员两个：李叶、她；主要演员：李叶的老婆、李叶的儿子、丰亮。真是冤家路窄，时光老人总喜欢给人类开玩笑。若知今日，何必当初！她决定把今天的事告诉丰自鸣，再商量下一步儿子读书的事该如何处理。她拨通了前夫的电话，接电话的却是丰自鸣的现任老婆钟丽芳。“哟，原来是三姐啊。我家丰总呀，现在忙得很。离都离了，以后就少打点电话来骚扰，自己的事自己做主嘛!”对方奚落的话语气得她将手机摔在地毯上，但是，她马上又反应过来，这怎么只是自己的事呢？不行，也是他的儿子，他怎么能袖手旁观呢！于是，她拾起手机，又将电话拨了过去。结果电话还是钟丽芳接的。这一次，她先声夺人：“小钟妹妹，赶紧告诉丰总，他儿子受了重伤，再不回来，就危险了！”她故意将丰亮受伤的事说得严重，是要钟丽芳引起重视，叫丰自鸣一起想办法，分担自己的压力。钟丽芳心里明了，按丰自鸣的说法，在他的四任老婆中，吕美艳的肚子是最争气的，其他三个生的都是女孩儿，只有丰亮是根独苗苗，才能传宗接代。于是，不敢怠慢，便告知了丰自鸣。

刚打完电话，就见丰亮回来了。吕美艳轻轻地拉过儿子，问道："今天妈忘记来接你了。你怎么这么快就回来了?""妈，是李老师叫我坐张老师的车回来的。"平时，丰亮都是坐公交车到校的。今天，儿子受伤，是可以去接的，自己却纠缠在那些琐事上，反倒将正事疏忽了。她万万没想到，是班主任亲自安排老师送儿子回来。她还是充满疑虑，忍不住问道："儿子，李老师问过你什么没有?" "问过。"吕美艳听后，心里一惊，紧张地问道："问了些什么?""李老师问，我爸爸在办公司，一定忙，有没有时间来陪我学习。"听到这里，吕美艳心中疑虑减少了，她一直担心李叶会将以前租房的事告诉儿子，若是那样，自己在儿子心中的形象就会瞬间塌方。

"你是怎么回答的?""我说，爸爸很少回家。李老师又说，家长精力有限，要我自觉。""你这个娃娃太老实，你就该说，你爸经常回来关心你的学习。""怎么能对老师撒谎呢?""唉，算了，你爸也是个不称职的父亲。"

丰自鸣赶回来，听了吕美艳讲今天儿子的事情和以前李叶租房的经过后，也觉得当年做得太过分了。吕美艳怕儿子吃亏，想转学。丰自鸣开始并不同意："一是现在的学校好，二是李叶不可能把儿子怎么样的。如果他胆敢泄私愤，收拾儿子，那就算违背师德，我们是可以投诉他的。"

"你是装疯卖傻呀，还是真的懂不起?他可以不打不骂，可以不问不理，让儿子坐'冷板凳'，放弃对儿子的培养。对此，你也打不出什么喷嚏来，还找不到什么把柄。"吕美艳将自己心中的担忧一股脑儿地说出来。

老婆的话让丰自鸣联想起一件事来：有一次，他和同学齐之乎谈论起师德的重要性时，齐之乎有一句论断："如果学生遇到一个师德不过关的老师，自己又灰心放弃，便不再好好学习了，那么，对老师来说，他只是损失了一个学生的成绩而已；而被老师放弃的学生，这个学生的损失就可能是百分百，他的一生就可能被误了!"

现在听了吕美艳的猜想，丰自鸣无语了。商量后，还是舍不得离开五小，离开李叶班，决定再试探一下李叶的态度。但又不好直接找他，怕碰钉子。于是，就叫老婆跟乔一兰说要转学这件事，算是投石问路。

星期二中午，李叶在办公室修改第二天的教案。门卫打来电话，说晋三姐要来见他，他看办公室没其他人，就叫她来办公室。

一会儿，晋三姐和全承远来了。刚进办公室，晋三姐就叫全承远跪下。李叶赶紧阻止了："不能这样，全承远的事我已经处理了，他也不是故意的。"

"李老师，托您的福，他才能到这么好的学校来上课。结果，他倒好，只晓得给您惹祸。"

"全承远同学在班上表现好，最近又被选为学校足球队队员，每天下午放学后集训一个小时左右，基本功和技巧都掌握得很好。阳老师对我说：全承远有潜质，肯吃苦，好好训练，是个好苗子。说不定以后还可以进市队，进省队。承远，你要加油啊!"

听到老师的表扬，全承远的头渐渐抬高了。他看着李叶："我会加油的。"

晋三姐听了，情绪也由阴转晴，问道："李老师，我不懂足球，是不是就像电视里面那些比赛啊?"

"也不全是。我们学生组成的少年足球队，一是锻炼身体，二是为将来国家队选拔储备人才。现在基础文化学科是不能放弃的。在这里，我给你们一点建议：以后，有机会到别的地方去，也绝对不能放松学科知识的学习，就是将来成了专业球员，仍然离不开文化的。”

“李老师，就是要踢足球，全承远也要在这里读书。”晋三姐心里现在只认可五小。

李叶笑着安慰道：“不要担心什么，好学校多的是。只要是能学到知识的地方，都可以去的。”李叶见没有什么急事，就叫全承远回教室休息。晋三姐问起那天丰亮所花的医疗费用的事，李叶说只用了一百多元，已给了。晋三姐坚持要给，李叶就没有再推辞。

刚送走晋三姐，李叶觉得有些困了。正准备伏在桌上眯一会儿，就接到乔一兰打来的电话。他明白丰亮家长打算让儿子转学的症结所在，却不便给乔一兰坦言。谢过乔老师后，只说了句：“我了解一下再说。”

此时，他睡意顿消，斜靠在椅子上，静静地闭目养神，心中却似大海的波涛一样起伏着。本是依稀的记忆，却因吕美艳的出现，变得清晰起来。忘是忘不掉的，该不该出一出那口胸中曾淤积过许久的恶气？不论是代表教师这个群体，还是站在个人的立场，都可以师出有名严厉地教训那个曾经瞧不起而且羞辱过教师的人……不知为何，李叶的心情反倒变得沉重起来。这一下午，他都有些心绪不宁。

“怎么办？怎么办！”吕美艳第一次感到惶恐了。从下午到晚上，丰亮的家长都没有接到李叶的电话，他们觉得事态严重。

“东方不亮西方亮，黑了南方有北方。我就不相信，离开邻岷市，就找不到好学校！”丰自鸣拿起手机打算托齐之乎帮忙。

齐之乎与丰自鸣曾是MBA培训班同学，现在是天都市规划建设局基建处处长。曾担任过天都市教育局人事处处长，在天都市各区（市）县的教育部门，他的关系自然多。

齐之乎听了丰自鸣的话后，劝道："丰总啊，你的孩子在我同学班上就读，你还有什么不满足的？你的要求究竟有好高？小学生独立性差，经常转学会让他很难适应陌生环境和教师的教学。这么多年来，李叶是我们同学之中人品最好的。"

"哎呀，齐处，你不知道，他的人品是好，可我儿子他妈、我以前的老婆的人品不好呀！"丰自鸣有苦难言。

"怎么回事？你快说说，你以前老婆和李叶之间到底发生过什么？"齐之乎感到十分好奇。

接着，丰自鸣简单将以前李叶租房的事说了一遍。齐之乎听后哈哈大笑，笑过之后又说道："李叶还是我的结拜哥，你们不要以小人之心度君子之腹。这件事你们不要急，我敢打包票，三天之内，李叶定会给你们一个满意的回复。"

听了齐之乎的话，丰自鸣和吕美艳悬着的心才算放了下来，但心头还是有一丝不踏实。

要是这件事出现在十年前，血气方刚的李叶或许会让吕美艳难受一阵子。而今，时过境迁，已经过了不惑之年的李叶，虽然没有超凡脱俗，但是他的修为提升了，境界也变化了。如果凡事都锱铢必较，睚眦必报，对过往的俗事仍然耿耿于怀，还要以牙还牙的话，那他跟当年的吕美艳就是同一层次的人。既然已经放下了，又何必再提起来成为新的累赘？冤家宜解不宜结。

第二天，大课间时，李叶直接拨通了吕美艳的电话："丰亮同学的家长您好！我是李叶。昨天听乔老师说，你们有想丰亮转学的打算。我想，如果是因为十年前的小事引起的，就没有必要。那一切都过去了，我们就让它过去吧。况且，丰亮与那件事没有丝毫关系，‘无辜’二字更无从说起。请相信，丰亮既是您的孩子，也是我的学生。爱护下一代，家长与老师是同心的。如果您对我们的教育有什么好的建议，倒是欢迎您提出来。”

“是是是，谢谢李老师！”吕美艳听了李叶的话后，知道李叶是不会亏待儿子的，李老师不记仇，太好了。她兴奋得马上将此好消息告诉了丰自鸣。

星期天，丰亮去医院检查。他的手臂恢复得很好，不再用夹板与绷带。医生叮嘱，左手臂暂时还是不能太用力。

第四周星期一晚上，丰亮从书房走到厨房，端了一小盘切好的苹果出来，放在坐在沙发上看电视的吕美艳面前：“妈，您辛苦了！请吃我给您削的苹果。”

吕美艳惊讶得瞪大了眼睛：“这是你削的?!”盘中果肉块均匀地摆放着，上面插了几根牙签，淡淡的果香扑鼻而来。

“当然是我削的。这是今天我们李老师教我们的手艺。马上，我再用第二种方式削一只梨给您看。”丰亮显得很得意。

今天班会课，讲台摆了四个苹果，每个学生桌上也放了一个苹果。李叶站在教室中间讲道：“同学们按周末放学时的要求，今天都准备得好。请大家把水果刀拿出来。”

“今天，我们这节课就是学习削苹果。我先问一个问题：谁在家里为父母削过水果？请举手?”结果，只有赵天宇、梁好和全承远三个人举手。“那好，说明其余同学还削不来。以前削不来，没关系。父母平时都忙，我们回家后，可以削个水果给他们，以表示对他们的爱。更重要的是，表明大家在我们班上，是学到了一种规矩——学到了孝道的。不懂孝道的人，长大了容易变成农夫怀里那条咬人的蛇。”

“同学们，讲桌上的这四个苹果，是全承远交给我保管的。

我对他说过，如果他学习努力了，他每周可以带一个苹果来。今天恰好凑成四个，拿来做样品。我们一起感谢他!”

掌声驱散了学生们先前仅存的一丝疑惑，掌声给了全承远更多的鼓励！他在掌声中感受到了前所未有的快乐。

“下面，先由我来演示一下，我是怎么来削苹果的。然后，请三位同学来展示一下，他们是怎样削的。最后，请大家用自己带来的苹果练习一下。把削苹果和孝心结合起来，比一比，看谁做得更好。

“戴上手套，将水果清洗后放在盘里。左手握紧水果，右手执刀。对没有果柄的水果，就从果头或果尾削起。刀口向内，刀固定不动；左手握紧水果，并推动水果按逆时针旋转。进刀不能太深，削皮从上到下，手慢慢推，刀慢慢进。一会儿就可以完成。如果在不方便洗手的情况下，留皮可以保持卫生。削的人手可以不接触果肉，吃的人握住一头一尾留有皮的地方啃。也可以削成小块放进盘子，用牙签挑来吃。”

梁好选了一个果柄还在的苹果，她一刀下去，削出的果肉像一块晶莹的玉，果皮像一条弯曲的五彩蛇，美丽极了！她一手提着果肉，一手拿着一条削下的果皮，台下的同学们瞪大了眼睛，纷纷夸赞道：“厉害!”“厉害!”“点个赞!”“点个赞!”

“梁好同学的削皮方式，是针对有果柄的水果削的，这是一种全削皮的做法。她心细不急，用力均匀。不伤手指，不伤果肉。是目前班上削皮比赛第一名!”在班主任的点评下，梁好露出了开心的笑容……

丰亮戴上手套又削了一个梨子，最后将果柄递给母亲。吕美艳高兴地夸奖儿子道：“太能干了!”“比起我班的劳动委员来说，我还差。她是一刀搞定!”

“可以了，可以了!”吕美艳放下梨子，爱怜地将儿子搂在怀里。

金黄的银杏树下，一群学生正忙着给停在路边的车辆拍照。

这段时间，五小师生围绕“培养小学生的社会实践探究能力”这一课题，如火如荼地开展各项活动。

东京路。“住手！照什么照，赶紧给我删了，否则就把你们的相机给摔了！”有一个人跑向一辆劳斯莱斯，边跑边吼道。

“叔叔，您别误会！我们是五小四（二）班的学生，正在收集不同的车牌号码，是根据数学老师的提议做的。”原来，学习小组的成员正在搜集数字编码材料。

“是真的吗？”那人将信将疑地扫视了几个学生一眼。

“是真的，不信，您看看！”组长将相机屏幕打开，翻出了一张张各式各样的车牌号来。

“哦，原来是这样。你们走吧！”

“叔叔再见！”

“再见。”

刘亚兰代表课题组的同学向班主任交上《告别电子游戏》的研究小课题报告。报告内容包含典型个案分析、电子游戏的危害、电子游戏的不良影响、采访纪实、结论与呼吁。其中有两个案例吸引了很多人：

案例 1：赢了却高兴不起来的机器人大赛

今年暑假，我们课题组大部分同学参加了“中韩青少年文化交流夏令营”。令人难忘的是在韩国的工业园区举行的一场中韩两国学生机器人大赛。

比赛时，由双方队员各自挑选一个机器人，然后操控自己的机器人与对方的机器人进行摔跤比赛，先倒地者为输。第一场，刘亚兰与一个韩国女孩比赛，中国队赢；第二场更是精彩，中国队员按键的手指快得让人眼花缭乱，他指挥着机器人左右旋转，上下翻飞，这场又赢了韩国队。大家觉得中国队太给力了，不少中国学生欢呼雀跃，我们课题组的同学心里也感到无比的自豪。

赛后我们采访了韩国几个老师和同学。问他们的学生爱打电子游戏不？他们说，偶尔玩一会儿，但不常打。特别是他们成人开发的游戏软件，主要是用于出口赚外汇的。他们不叫孩子打游戏，主要时间用在看书上。

案例 2：有自制力的人会走得更远

近年来，加拿大蒙特利尔大学专家研究证明：长期玩动作类电子游戏会使大脑海马体里的灰质下降，意味着玩家更有可能得抑郁症、精神分裂症等疾病。

国外科学家做过一个实验：将一个学前班的 10 个孩子分成 10 桌，每桌放 3 颗糖。活动规则是 5 分钟后才开始吃糖的人还会得到 5 颗糖的奖励。后来，在监控视频中发现：不少孩子在两分钟后挡不住糖的诱惑就动手拿着糖吃了起来，还有孩子担心别人把糖吃完后会来抢自己的糖，也提前吃了。结果，只有 3 个孩子得到了 5 颗糖的奖励。30 年后，科学家跟踪发现：这 3 个孩子中，有两个成了企业家，一个被选为州长。这说明有自制力的人会走得更远。远离电子游戏，可以做更多更有意义的事情。

这个星期天，城市文明小课题研究小组成员梁好、全承远、吴罡强、赵天宇一起来到华盛顿路的文远图书馆。

“好大的图书馆啊！”全承远抬头一望，发出了惊喜的赞叹。

几个学生跑到馆前，赶紧掏出本子和笔将简介抄写下来：

> 文远图书馆，占地五十亩。馆内读书大厅四层，建筑面积两万平方米，藏书一百万册。设施按照国家一流馆标准配置，设少儿图书阅览区、儿童活动区、电子资源阅览区、盲文阅览区、读者休闲区等。儿童图书馆区域一千平方米。

进了一楼，赵天宇叮嘱全承远和吴罡强说话声音要小，走路要轻。靠窗的一排条形沙发上坐着一个老太太，戴一副秀琅镜架的眼镜，正在看书。赵天宇突然想起母亲告诉自己的一件事，说是大前年从悉尼回来一个老太太，叫余淑珍，是一位归国华侨，喜欢戴一副秀琅镜架的眼镜。她当年定居澳大利亚，后来丈夫去世后，思乡心切，决定叶落归根。她不顾子女再三反对，回到了生养她三十年的故乡。余淑珍读过大学，特别喜欢阅读，每周固定有六天上午到图书馆来读书。

赵天宇将这件事简单地转述给了小组的同学，大家决定前去和她交流一下。

“余婆婆，您好!”

余淑珍抬头看见几个戴着红领巾的学生站在自己面前，便将书签夹在书内，合上书，激动地说：“孩子们，快坐到我身边来!”

同学们分别坐在老人的两边。

“孩子们，你们也是来看书的吗?”

“婆婆，今天，我们城市文明研究课题小组是来参观，收集资料的。”赵天宇主动回答说。

“好啊，好啊!你们现在读书条件好了，真是幸福。”余淑珍满面笑容。

“婆婆您好!听图书馆的工作人员说，您常来这里看书，真值得我们学习哩!”梁好也开始搭话。

“婆婆，听说您以前住在国外?”全承远问道。

“是的，住在澳大利亚，你们听说过吗?”余淑珍问道。

“我们当然知道。去年，我们学校的少年合唱团到澳大利亚访问演出过，特别是表演的四川清音《背起书包上学堂》得到观众的热烈欢迎。我们班长去了。她，梁好也去了。”吴罡强指着梁好说道。

余淑珍抚摸着梁好:“你们这么小就出国了，真是了不起!”

“余婆婆，听说您已经回来住一段时间了，请问您对我们的国家有什么感受呢?”梁好仰头问道。

“现在祖国变好了，变得让我这个老太婆都有点不相信自己的眼睛了。前年回来时，我想着我离开时的穷亲戚的生活还困难，就收集了一大袋洗得干干净净的，舍不得丢弃的，大多穿过一两次的旧衣服带回来，结果被侄儿子拿去捐给了慈善机构在小区摆设的旧衣服回收箱子里。我的儿女断言过，说我回来住不满三个月，就会打道回府。最初，我心里好像也没有什么底，结果，回来后，单是这个图书馆就让我流连忘返了……”

听到余淑珍的话，大家心里十分自豪。

“余婆婆，在读书方面，您对我们提点建议好吗?”梁好又问道。

“建议啊，一是要多读书，每个人都应该养成读书的习惯。多读书，可以开阔视野。今天许多的人物，许多了不起的人物，他们的经验，他们的人生价值，都写在书里。向有能力的人学习，可以让自己走得更快。二是学会读一本书，或一篇文章。长时间地，十年，二十年研读一篇自己选定的好书、好文章，可以快速地提升自己的能力。如果一个人没有深度和高度，就是在读书上出了问题。我知道的，很多人活了一辈子，他的肚子里，是没有一篇文章的。”

大家听了余淑珍的指导，得到了新的启迪，不住地点着头。

全承远对余淑珍说了自己心里刚刚产生的一个念头："澳大利亚的袋鼠是短跑能手，我是学校的短跑冠军，将来，我要争取与袋鼠比赛一下！"余淑珍听了，露出慈祥的笑容："好啊，小伙子，到时我一定安排我的儿女来接待你！"

"太好了！谢谢婆婆！"全承远笑得很甜，同学们都乐了。这时，图书馆里的人越来越多，同学们与余淑珍道别。梁好特地要了余婆婆的电话，全承远留意了梁好的这个举动，大家轻轻上楼去参观。

莫斯科大道北京路七段。六（一）班"爱我城市"实践组的同学正在与一个交通投资公司的工作人员商量。学生说："你们不能将空调外机和挡杆装在盲道上！"公司已将原来这块人行道旁边的一个临时停车场腾出来专门供市民停车，在出口修了收费岗亭，安装了空调。空调外机和伸出来的挡车杆阻断了盲道。

哪知那个戴着红袖章的工作人员爱理不理地说道："这是市政设施，不管我的事！我只负责收费。"

"你要反映啊！""把这个拍下来。""这些东西放在那儿，有盲人来怎么办？"

听到七嘴八舌的议论，那个负责收费的工作人员满不在乎地说："什么'盲人'？我一点儿也不忙！你们哪天见过有盲人路过这里？"

"有一天，我在华盛顿路四段看见一个盲人走到一个转弯的地方，焦急地举起了棍子在空中乱舞。边舞边喊道：'路哪？路哪？'原来，因为重新挖沟埋水管，将盲道毁了，盲人便寻不着路了。幸好有个叔叔路过，将盲人带了过去。"有个同学讲了自己在公交车上目睹的事情。

"即便有导盲犬，盲道还是有用，要保留。这是一个国家、一座城市文明的标志。”班长说道。

“班长，我刚才在网上查到了。请看：一只合格的导盲犬，一般费用在二十三万元左右。好贵哟!”一个女生拿着手机，几个人伸长脖子去看。

“叔叔，您看吧!”班长把手机递到工作人员面前说，“收入低的盲人，还得靠盲道哩。”

这时，那个工作人员的态度变了，说道：“要得，我马上向上面报告。”

在这个时间段，邻岷市各机关部门、各镇全力投入全国文明城市复查验收的准备工作。在距检查还有两个星期的节骨眼上，网上突然出现了一条很不利于验收工作的帖子。突然，气氛紧张起来了。

3. 市 民

“这一定是有人在故意挑事！赶快抓紧好好查查。”邻岷市市长满脸怒容，对秘书科科长交代工作。正值全国文明城市复查评估的收官阶段，一个网站发出一段小视频，内容是一个外国人肩扛一个外国小孩在邻岷市东京路五段 108 号路口等红绿灯，他们正在全神贯注地看着一个中国人闯红灯。旁白音和下面一串字幕为：当着老外闯红灯，国人真不怕丢份。建设文明城市难，市民素质待提升。

帖子已经在国内的一些微博、论坛上传播开来，还有一百多人跟帖了，发表了一些对邻岷市文明城市建设的言论。邻岷市政府新闻发言人明确表态，对此事高度重视，及时整改，增添举措，力求实效。要不断解决文明城市建设工作中发现的个别不文明现象，和衷共济，勠力同心，建设美好的城市家园。邻岷市宣传部随即针对不文明现象组织网民进行讨论。

……

风景这边独好：@大海男　个别人不文明的现象影响不了整体。前不久，瑞典也报道出现了拐卖婴儿的人贩子。但不能否认瑞典确实是世界公认犯罪率较低的国家。

黄土高坡：我去年到纽约，也看到了有一些美国人过马路闯红灯的现象。

无奇不有：听说，邻岷五小的校长是一位很有担当的有智慧的女性。

阿文：@无奇不有　点个赞！是的，她担任校长十多年了，就来了20多个国家和地区1000多号外国人来该校学习取经哩。

春华秋实：她是邻岷市的骄傲。她把以前老校长的教育精神发扬光大，提出的“融通”教育思想很有见地。

瞿上城：@春华秋实　“融通”是啥子意思嘛？

杨柳河：@瞿上城　“融通”即是“融合古今中外，通达未来世界”。换句话说，就叫“融古今，通未来；融中外，通世界”。

华哥：高（图）！高（图）！高（图）！

香妹：献花（图）！献花（图）！

东方木：赞（图）！赞（图）！赞（图）！

夏花：听说，杨柳依的祖父是抗战英雄！

秋叶：@夏花　是啊！杨校长的父亲是学者，他给女儿取的名字就出自《诗经》。

夏花：厉害（图）！

牧马山：听说杨校长原是大学教授，为了报答家乡，毅然回到邻岷市教小学。几年后，还评上了省特级！

江安河：现在五小搞的“新市民教育”研究课题已升为省级课题。

航空港：@江安河　“新市民”的内涵是什么？

江安河：@航空港　“新市民”有两层意思：新时代条件下的市民和刚失去土地后进城的农民。目前，研究效果好得很。

金马河：@江安河　真的假的？我想去看看！

……

第二天，大市和小市各种媒体纷纷报道第五实验小学新市民教育的成绩，全国其他媒体进行了转载。这是一个灵活处理舆情、成功化解危机的案例。

紧接着，邻岷市委组织部和宣传部联合发文，要求全体市民睁大眼睛，拿着放大镜找问题，及时发现不文明现象，及时整改，表现出建设文明城市的积极姿态和谦逊风范。这一举措受到国家文明城市复查专家组的高度肯定。

一天中午，邻岷市华兴镇的一对夫妇大山和小禾来到城里购物。城里主要街道都悬挂着标语，在华盛顿路七段 57 号一家店铺门口挂着一幅标语："让文明站在诚信的枝头上微笑，笑满邻岷城"。大山在系挂标语的一侧店铺停下，特意指了指店名，小禾看见了——黑店，会意地笑了笑。现在是大白天，二人要进去看个究竟。

老板夫妻二人笑脸相迎，眉开眼笑地给他们介绍推荐，撺掇他们慢慢试穿。倒水，递烟，发糖，忙个不亦乐乎，热情得让人觉得若不买一件都非常难为情。

这是一家服装店，里面挂的摆的全是黑色产品，从帽子到衣裤到鞋子，清一色的黑。

标价不算太高，零售价为"亏本大甩卖"：三折。估算下来，一件衣服大约二百元，看起来不贵。

小禾不喜欢黑色，便叫丈夫选一件上衣。大山见妻子不买，就踌躇起来。机不可失，见此情景，女老板不停地夸奖道："我做生意以来，从来没有见过心肠这么好的美女哟！这一定是帅哥前世修来的福哟！难得遇到有这么合适的，买东西就讲个'缘'字。这里的东西都大减价了，机会不是天天有，该出手时就出手。"女老板宣传鼓励的同时，男老板就快速进入出货程序，询问了大山平常穿的大小规格，然后挑了件上衣，带着大山去试衣。

大山在试衣间穿上新衣服，顺便拉扯了一下衣袖衣襟衣角，感觉还合身。当他把手插进两个衣袋时，突然感觉有纸一样的东西。摸出一看，啊，一边装有一百元！他的手颤动了一下，凝一下神，把钱放进了衣袋。下意识扣了两个扣子，发觉衣服是斜绷的。再凝神一看，啊，原来是将扣子扣错位了。过了一会儿，他若无其事地走出去。

“帅哥觉得怎么样？”“合适，合适。”

“那就拿着吧。可以给现钱，也可以扫码支付。”

小禾将钱付了，二人出了门。

“你们等一下！”刚走了几步，女老板追了出来。

“什么事？”小禾觉得纳闷儿，回头问道。

“今天，我男人卖了一件衣服，当时我不在柜台，他刚才说，好像将钱随手放在刚才帅哥穿的这件新衣服里了。”女老板指着大山说道。

“开始，我无聊时，顺便在这张纸上画了画，还抄下了那两张人民币的编号。你摸摸，看有没有？”男老板跟着出来，手里还拿了一张纸。

大山的脸顿时红了，知道因一时贪念中了圈套。但是，他还是沉住气回答道：“我不知道有没有钱……”接着，他摸了左边的口袋，没有；又摸了一下右边的口袋，摸出了两张百元钞票，果真如同男老板说的那样。

“嘿嘿嘿，不好意思哈！”老板诡秘地笑了笑，拿过钞票走了。

这种设圈套搞促销的手段是极不光彩的，这是一个不文明的案例。

某家银行，自动取款机旁边明明有垃圾筐，却有人在存款后，将纸币捆扎带随意扔在地上。这些人口袋富了，脑袋却穷了！

围绕“新市民教育”研究课题，这几日，五小的小学生正忙碌着。他们几个人或十多人一组，利用休息时间，穿梭于城市的大街小巷、商场小区。

东大街。环境调查组的楚盈盈正在拍摄一张照片：一个打扮时髦的中年妇女在吐痰，她牵的萨摩耶犬在拉屎。她跟着跑过马路，挡在了妇女前面：“您为什么不讲文明？随地吐痰，狗也不管好，随地拉粪便？”

“你这个小娃娃多管闲事！我和我的狗想咋的就咋的，关你啥事！”

“您不知道三年前我们市就被评为全国文明城市了？”

“各位爷爷奶奶，叔叔阿姨，大家说说看，她做得对不对？”这时，同组的几个同学开始争取在场市民的声援了。

“啊，她是谁，你们同学都不知道哇？他的老公是我们市的一个大土豪，他们家光别墅就有五座呢！”有个老太太走近说道。

“是的，听说这个土豪姓‘丰’，有四个老婆，生了四个娃儿，好像在两所小学读书呢。不晓得这是第几个老婆……”

突然间，楚盈盈打量了妇人一眼：“您是吕阿姨吧？”楚盈盈想到班上的丰亮，还想到以前听父亲提过本城的企业家的事，于是就猜了猜。

这个人真的是姓“吕”，叫吕美艳，她是邻岷市企业家丰自鸣的第三任老婆，只是离婚多年。丰自鸣第一任老婆的女儿的确曾经在五小读过书。

楚盈盈的话对吕美艳来说多少有些震动。大庭广众之下，吕美艳有些尴尬。“你们几个学生娃娃讲文明，做得好！难道我不知道该怎么做，还需要你们来教吗？”这时，吕美艳看见一个警察正在往这边走来，她决定尽快离开这个是非之地。于是，边说边走，悻悻离开了。

周围有几个围观的市民，为学生们竖起了大拇指。

楚盈盈脸上挂着笑容。她刚走几步，突然听到背后有人大声地嬉笑着，回头一看，只见两个小学低年级学生站在一辆轿车里面，头伸出全景天窗。她急忙上前拦住轿车："小同学，别闹了，危险!"车刹住了，司机摇下窗子说："谢谢!"又回头叫两个孩子坐下，系上安全带。

邻岷市新城小区17幢一单元22楼3号。

一个十来岁的男孩子在按门铃。

按了四次，每一次的门铃都在重复地唱着同一首歌曲《小兔子乖乖》："小兔子乖乖，把门儿开开，快点儿开开，我要进来……"欢快的旋律在少年脑中呈现出一幅幅美妙的图画。

在阻隔的世界里，这首曲子却似一条条虫子在噬咬着一根根敏感的神经。

当第四次铃声刚结束时，3号门打开了。

"你找死啊!"一个长着络腮胡子的中年汉子恶狠狠地扇过来一巴掌。

霎时，少年的脸先是红了，紧接着半边脸又肿胀起来。少年先是痛苦地捂住脸，后来缓缓地从裤包里掏出手机，拨了一个号，又拨了一个号……

开完会的邻岷市副市长回到办公室，刚坐下，就接到市外事办主任魏胜岚打来的电话："你是不是该叫公安局派几个人去将殴打学生的人抓起来审讯，再治罪?"

"谁敢殴打学生？在哪里，报案没有?"

"在新城小区。我这不是在向你报案吗?"

"你怎么直接就捅到我这儿来了?"

"因为那个学生是你的儿子!"

身兼公安局局长的副市长听到这儿，心里沉了一下，停顿片刻说道：“伤得怎么样?”

“伤得怎么样，我怎么知道!”

“你不要急嘛！先将事情搞清楚再说。”

“当真不是你身上掉下来的肉，一点儿也不急。你要搞清楚，他不仅是你的儿子，而且是一名学生，往大了说，他可是国家的未来!”

“千万不要把事情弄大了。可以通过居委会，或是派出所来处理这件事，你不要插手!”

“知道了!”

“叭——”对方传来电话挂断声。

“小袁，你打个电话到新城小区居委会，听说有个学生被打了。或是叫那个辖区派出所去看一下。”副市长向秘书交代完毕，有点心神不定地翻开当天的《邻岷日报》。

星期天，李叶正在做家务。客厅里飘过一阵歌声，原是放在客厅里的手机响起的音乐铃声。他急忙放下抹布，在水龙头下冲了手，擦了两下，疾步跨过去接听。电话那端传来一阵哭泣声，他心里一怔，听出对方是他班的班长。

“赵天宇，别急，慢慢说，出了什么事?”

“李老师，我被打了……”

“谁打的? 怎么回事? 伤得重不重? 你现在在哪里? 别担心，我马上赶过来。”

“华，我有事外出一趟。”他简单询问了一下情况后，就在一张便笺上快速地写了一行字，关上门出去了。

李叶停好车，来到新城小区。这是一个拆迁安置的老小区，围墙外也停满了各种小车。正大门上一幅宽大的布标映入眼帘——“文明先行，邻岷盛景呈锦绣”。在门卫处登记后，转了几个弯来到 17 幢。楼前，已聚集了一大堆人。

“听说楼上的老吴又打人了?”“才放回来几天嘛，怎么手又痒了?”“唉，谁知道到底是怎么回事？老吴也是一个挺讲义气的人，一般不会乱动手的。”“哎，你们不知道，听说这回老吴打了一个学生娃儿，该是摊上事儿了……”“哟，社区当官的来了!”“算了，别说了。”“看，警察也来了!”

一听警察来了，人们停止了议论，自然分开了一条道，一起注视着警察往里走。

从人群中穿过，社区主任和派出所的民警进了电梯。李叶也跟着来到电梯口。

刚出 22 楼电梯，李叶就听见左边传来一阵咆哮声：“不要以为你们是警察，就可以随便抓人。我不怕你们!”

环顾了一周，这层楼是一梯四户，右边是 1 号、2 号，那 3 号就在左边了。

几步转到左边，门框上标着 3 号。门上倒贴着一个大大的“福”字，还贴了副春联：右边是“吉星高照满堂春”，左边是“五福临门运气旺”，横批是“福照家门”。李叶瞥了下这副对联，皱了一下眉。看见门已敞开，里面站满了人，刚才那吼声应是从这里传出来的。

“咚咚咚——”李叶敲了敲敞开的门，吸引了众人的目光。

“李老师——”“李老师——”……

众人纷纷跟李叶打了招呼。

社区主任和派出所所长跟李叶相互点点头，没有讲话。

那个高个子络腮胡手里提了把菜刀，看到李叶，眼就直了，张口喊了声“李老师”，手里的刀便停止了舞动。

突然一个胖乎乎的男孩冲向络腮胡，抓住握刀的手猛咬了一下。

“哎哟!”“咣当”一声，刀掉在地上。

人们还没反应过来，就听得胖男孩喊道：“哪个叫你打我的好哥们儿班长？我叫你打！叫你打!”

李叶仔细一看，原来这个胖男孩是自己班上的学生吴罡强，被咬的络腮胡就是他的父亲吴彪威。同时站在这间客厅里的还有班长赵天宇、梁好和全承远。

此时，门外传来一阵呵斥声：“吴彪威，你真是光头儿打伞——无法（发）无天了！是不是想‘二进宫’了？先给我抓起来拘留几天再说，刚出来就打人。”

众人抬头一看，一个穿警服的人走了进来，只听派出所所长喊了声：“宁局您来了?”“我接到市政府的电话，能不来吗?”那个叫“宁局”的人用冷峻的目光扫视了整个屋子。他实际上是邻岷市公安局副局长，只是接到了一个工作人员的电话，就扯虎皮拉大旗。

听了两个当官的对话，派出所的一名警察上前就要铐吴彪威：“先到派出所说清楚。”

“谁敢抓我爸!”听得一声大叫，但见吴罡强飞快地捡起了地上的菜刀，挡在吴彪威面前。

“慢！等一下。”李叶洪亮的声音在客厅里震荡。

李叶现在算是邻岷市的一个教育名人，在场的副局长没发言，那个警察也没动作了。

李叶建议，先把这件事的来龙去脉搞清楚再说。他想，当着儿子的面铐父亲，这种做法太残忍了，况且开始在电话里询问过赵天宇，感觉这件事并不严重，是可以当场处理妥当的。

宁副局长知道李叶是赵副市长儿子的班主任，语调也低了，赞同说：“好，我们就来个现场办公。”同时吩咐派出所所长：“你来处理，待会儿，向我汇报。”说完，出门走了。

“可以，可以。”社区居委会主任也赞成。

“主任，所长，请允许我先来问一下！”此时的李叶倒像个调解员，得到许可后，李叶开始挨个询问。年轻警察在做笔录，社区主任也在一旁做笔记。

赵天宇先上场：“李老师，我们城市文明小课题研究小组成员今天的任务是寻找我们市里出现的不文明的现象，能帮着改正的就及时纠正。我们到了新城小区后，小组成员分别到不同的单元去。我到了这个单元，就发现了有的人家挂的春联不合要求，最明显的是上下联不分，上下联在门框的左右位置贴反了。开始，我在十二楼看到一户是‘天赐祥瑞鸿福聚，府来卿云万事安’，发现上下联贴反了。我按门铃，出来一位大叔，我给他说了后，他很高兴地和我一起将对联取下来，重新贴好。可是，不料，到了吴罡强家里时，他爸竟然什么都没问，就打了我。于是，我才给您和我妈打了电话。”说完，他显得很委屈。自从他读书开始，家里家外，他算是一个乖孩子，从未受过别人的打骂。

事件中的另一个重要人物吴彪威见到李叶后，立刻像变了一个人似的，声音也变小了。

他在狱中时，就是李叶带着儿子吴罡强在每年八月八日那一天，带着礼物去探望，还跟他聊上一阵子。正因为这样，他后来表现积极，减刑了。他提前出狱回家时，已是满头白发的母亲对他说，孙子被人欺负时，李叶老师帮了大忙，并叮嘱他这辈子都不要忘记李叶老师的大恩大德。

读一年级时，吴罡强每天放学都要去街道边放的垃圾桶捡塑料瓶子，然后拿去卖，凑到几元钱后就去买零食。

有一天，李叶开车接着李华回家，突然发现吴罡强在一个垃圾桶旁边哭。他停车上去一看，发现吴罡强额头鼓起一个包，眼角还有血迹。“罡强，你怎么啦?”听到老师关切的询问，吴罡强哭得更伤心了：“李老师，我被一个老头儿打了……”原来，他在垃圾桶里找到的空塑料瓶，被一个也在拾捡垃圾的乞丐给抢了，还把他推在垃圾桶上撞伤了……

“快，扶他上车！我们快去医院给处理一下，伤在眼角，很危险。”

听了李华话后，李叶又重返医院。消毒，包扎，打破伤风针。拿完药，李叶又亲自送吴罡强回家。

刚出狱的吴彪威找工作无望时，又是李叶帮忙借钱给他去买了一辆二手三轮车……

此时，吴彪威低头给李叶讲了今天这件事的经过。

音乐，对有的人来说，犹如一股清泉。而对吴彪威来说，却有一段摆不脱的梦魇。那是四年前，只念到小学五年级的他有幸被邀约参加小学同学会。

在一个宽敞的大厅，有四批人在轮换着唱卡拉OK。乘着酒兴，他唱了一曲《一分钱》：“我在马路边，捡到一分钱，把它交到警察叔叔手里边……”同学们纷纷送来掌声。吴彪威顿时感觉有点“星”的味道了，他捏着话筒唱了一曲又一曲。

邻座的一对小青年眼里似在冒火，觉得他是一个不合时宜的“歌霸”。

此时，他又点了一首《大海航行靠舵手》，刚唱了一句，就看见邻座那对小青年站了起来。他隐约听到那对小青年在嘀咕，女的骂了一句，他没听清楚。男的紧跟一句“傻瓜”，他终于听明白了。

两个小青年正要离去，吴彪威伸手拦住了。

“你们在说我什么?”吴彪威睁大血红的眼睛，眼珠子都快蹦出来了。

“你难道没听明白吗?”男青年轻蔑地说，心爱的女人往往能激起身边男人的斗志。

“你给我再说一遍!”吴彪威不甘示弱，当他的自尊受到挑衅时，他会为了捍卫尊严而不顾一切。当年他喝酒时对岳父冒了句粗话，他的妻子叫他跟岳丈大人道歉。他不肯，后来反倒把妻子打跑了。

“你就只会瞎哼哼两句过了时的老歌，我就说你‘傻瓜’了又咋的?”此时的男生也没有想到接下来会发生什么。

“你才是‘傻瓜’，看我不整死你这个傻瓜!”

“叭——当——”震耳欲聋的巨响从音箱发出，回荡在大厅，尖利刺耳。

麦克风被吴彪威狠狠地摔碎了，女子见势不妙，拉着男友想跑。但是，已经迟了。不等小青年反应过来，吴彪威那拳头旋风般地砸在男子的脸上。男子一声惨叫，捂住眼睛，鲜血渗出指缝。“我就要教训这个不知天高地厚的小子!”这时，吴彪威心中还不解气，口中叫嚷着还想扑过去，却被班上几个男同学给拉住了。

“太冲动了！冲动就会受到惩罚。看你怎么收场!”班长气得急跺脚，连忙叫人送男子上医院。

年轻女子愣了一下，拨打110后，上去扶着男子。

顿时，吴彪威酒意全消，他知道惹麻烦了，反而出奇的镇定。他先向同学们鞠了躬：“谢谢大家！谢谢班长！这麻烦是我引起的，与大家无关。只是希望以后，大家方便时，替我管管我儿子，叫他不要学我，好好读书!”“唉，早知今日，何必当初!”不少同学替他惋惜。

过了一会儿，警车到了，吴彪威戴着手铐上了车。

这件事的结局是：男子的眼睛残了一只，刑事附带民事诉讼，吴彪威蹲了三年牢，拆迁时政府补偿了两套房，只得卖一套房来赔钱……

往事不堪回首。自此，吴彪威不再唱歌，也厌烦别人在自己身边唱歌。他看电视节目时，一遇有唱歌的画面，立马换频道。

他给儿子立了规矩：回家不许按门铃，只能敲门。

不料，今天，赵天宇连按四次门铃，犯了他的大忌。

“真是太荒唐了！现在小区文明公约明明写着：串门时，不敲门，按门铃。你的心病是不是太重了，也太可笑了！”居委会主任首先发言道。

“小吴啊，我虚长你几岁，就随便说说我的想法。居委会主任说得对，门铃是社会文明进步的标志。你想，当年我们的门是链扣带上将军锁，那时的生产力落后。后来，改用球头锁、手摇锁。不管怎么说，串门时都得敲几下。如今，在门上安装了门铃，那是既不用力，又不影响别人，这多好。所以，赵天宇同学按门铃是没错的。”李叶先对吴彪威说道。

“是哩，是哩，有门铃不按，那门铃设计来有什么用!”派出所所长也表示赞同。

“今天，我们只就刚才发生的事来说，小吴你打赵天宇是不对的，作为成人的你有些冲动，应该道歉，并保证以后不再出现类似事情。”李叶看着吴彪威说道，“我送你一个门铃，普通铃声，不带音乐。”

看到李叶这么宽容，吴彪威满口是感激的话，并念叨着“无所谓”“无所谓”。

接着，李叶转身对赵天宇说：“天宇同学，你的想法很好，也没有什么过错。中国有句古话叫‘事不过三’。当你按了三遍门铃，没有人出来应承时，就可以暂停不管了。至少应想到两种情况：要么是房主人不在家，要么是房主人不想开门。今天回去后，你可以召集班委和全班同学商量讨论一下，我们下一步的新市民教育研究学习过程中，还需要注意哪些问题。”

赵天宇一直是个乖巧的孩子，他不住地点头。

“你的脸伤着没有？”李叶又关切地问道。

“没事了。”赵天宇摸了一下脸，感到没起初那么疼了，脸上肿起的地方也慢慢散了。

“小同学，对不起！我不该那样对你。”吴彪威向赵天宇道过歉后，又对儿子说：“罡强，马上带路，我们俩人送你同学去卫生所搽点药水。”

“算了，还是让我们带他到医院去检查一下，也好向上级汇报。”所长发话了。

“也行，这样让大家都放心。”李叶表示同意。

“所有开销都算我的。”吴彪威赶紧表态。

“果真有事，你是跑不脱的。”派出所所长撂下一句话，带着赵天宇出了门。

众人出门后，吴罡强气得连连拍打着吴彪威：“老汉儿（父亲），您怎么今天又犯错误了？”

“你娃娃也犯错了！疼得老子鬼火冒。”吴彪威摸了一下儿子咬过的地方。

“您又在说粗话了？满嘴‘老子’‘老子’的！”

“好，好，看在你亲娘的份儿上，我以后争取再改好点儿。”

一提起娘，吴罡强就眼泪汪汪：“您还我娘来！您还我娘来！”

坐在沙发上的吴彪威早有悔意，怪自己当初一时冲动，将妻子赶跑了。俗话说：男人如柱，女人如梁；有柱无梁，不成一房。如今，家里是两个“光棍”在一起，那个日子过得是寡盐少味，残缺的家哪像个过日子的样子？

此时，他眼眶红红，看到儿子的模样，心里酸酸的。他对吴罡强说道："强娃儿，怪你爹不好，我们从今以后，都要像隔壁谢大婶说的，不蒸馒头争口气。只要我们变好了，你娘觉得家里有希望了，她就会回来的。"吴彪威望见酒柜上方玻璃格里放着的结婚证，隐隐约约地感到，妻子回来，破镜重圆还是有可能的……

听到父亲的话语，吴罡强像是在黑黢黢的夜晚发现了亮光，他上前紧紧抱着父亲的腰，吴彪威也搂住了儿子的头，两个人一大一小在客厅的沙发上默默地抱作一团……

"赵市长，经医院检查，您儿子没什么事了！"

"宁副局长，以后不要叫我'赵市长'，这件事让你操心了！没有别的情况吧？"

"是是是，赵副市长，这件事是我应该做的！别的没什么大的事情了，本来，我们是想把那个吴彪威给抓起来教训一下，但是李叶那个家伙，啊，不不不，是李叶老师阻挠了一下。这件事，我想，得暂时忍一下。"

"忍一下好啊，退一步海阔天空嘛！这件事，李老师做得对。大事化小，小事化了嘛！这件事就到此为止吧。"

"是是是，这件事就听赵副市长您的！"

又是一年春风绿。下午放学时，李叶向办公室走去，放眼一望，校园中的银杏不经意间早已吐绿。枝条上挂满了一串串翡翠，晶莹剔透。他正陶醉美景中，忽然接到邻岷市委组织部的一个电话，叫他到组织部办公室去一趟。

李叶到了组织部后，副部长满面含笑地请他坐，一个工作人员为他沏上茶。

原来，赵副市长跟市委市政府建议，在全市持续开展一场“新市民教育”活动，市委市政府采纳了他的建议。“新市民教育”活动由市委组织部社区委员会牵头着手策划实施，办公室设在市教育局。组织部与杨柳依联系，请她谈谈学校已经开展的“新市民教育”课题研究成果，杨柳依推荐了李叶。

到组织部后，李叶和副部长谈得很热烈。过了两个多小时，李叶起身告辞。

离开组织部后，李叶一边走向停车场，一边打开手机，看到有两个未接来电。他急忙先给校长回电话。

电话里传来校长焦急的声音：“李主任，您直接来市一医院，您班的吴老师出事了，正在医院抢救。我和阳刚老师在医院等您!”

4. 困 惑

李叶听了校长杨柳依的电话后，脑袋“轰”地一下，心里“嗵嗵”跳个不停。他喘了口气，稳定情绪，发动车子。

杨校长说的“吴老师”就是他班上的吴一凡。吴一凡虽说长得有点儒雅，但是并不娇气，还挺有想法的。记得吴一凡曾对他说过，他在大学里就给自己设计了一个教学职业规划：要用十二年的时间，从小学到初中再到高中，把这三个学段的英语课教个遍，将这三个学段的英语知识联通融合，无缝对接，为学生学习找到一条有效的路径。

吴一凡没有透露他怎样才能达此目标，但李叶相信事在人为，也许他可以的。这世上的许多不可能，可不就是天才、怪才搞出来的吗?

吴一凡是国内名牌大学的高才生，他放弃了来校选招的省城重点中学，与恋人西门玉来到邻岷市。西门玉在邻岷市找到了工作，吴一凡选择了邻岷市第五实验小学，也应聘成功。两年后，外事办主任魏胜岚很欣赏他的英语才能，想为单位招揽人才，便动员他去考公务员。他只是说他的志趣已定，不再更改，并且开玩笑地说道：“我到您那儿工作了，谁来教您的儿子?”魏胜岚思索一下，也对，名师出高徒嘛，于是作罢。

后来，吴一凡跟李叶谈了很多关于他自己的事。工作上的事，吴一凡没得说，他还是小市的英语学科带头人。让李叶感到心情沉重的事，是吴一凡的经济压力太大。吴一凡和西门玉都是靠助学贷款才完成大学学业的。本来，吴一凡已被学校推荐保送到另一所大学读研究生，因为经济困难，就放弃了，决定先工作再读研。工作一年后，他考取了在职研究生。每个月，还要节约一部分钱还贷款。因为老家在外省，在小市还无力购房，现在每月除开租房等费用后，所剩无几。

来到医院，看见校长和体育老师阳刚均在病房里。整个病房有两张床，一张床空着。杨柳依告诉他：经过抢救，吴一凡已无大碍了，只是尚在昏迷中。

李叶以一个班主任的身份，对杨校长表达了感激之意，并承认自己工作上有失误。杨校长说，以后大家工作上都要更细心一些，特别是学校，不能只让马儿跑，却不关心马儿吃没吃草。

一小会，李叶觉得整个房间在旋转，空气好像一窝蜂似的跑出去了，让人一下子感到呼吸困难；鼻子像泡在酸菜坛子里一样，酸酸的。当李叶的意识缓过来，就想到了杨校长。

“杨校长，您是学校最忙的人。您先回去休息，我和小阳在这里照看一下，有什么会及时跟您汇报的。”李叶看了一眼阳刚说道。

“对对对，杨校长您先回吧！”阳刚也跟着说道。

“好的，那我就先走一步。有什么，请及时通知我！大家都忙，你们也要注意休息。等会儿他醒后，你们要了解一下情况，并好生安慰安慰他。不管咋样，也千万不能走绝路。年纪轻轻的，要看远一点。”

等杨柳依走后，李叶向阳刚了解这次有关吴一凡的事情。

阳刚晚饭后，在公园里散步。他已习惯每天到公园里走一走了。小市规划修建的城市公园在大市周边十分有名，已成为小市一处亮丽的风景。

这一天晚上，他正在公园湖上的栈道上走着，看见不远处有个人影晃动一下，就掉在水里了。顿时，前面聚集了一圈人，传来一阵喧闹声，听得有人大呼小叫道："有人跳水了！"有人在打110，有人在拨120，还有人向电视台提供新闻线索。阳刚不假思索，一阵冲刺，来到人落水的地方。水中已见不着人的踪影，只见湖面上出现的水圈和气泡。他把外套解开一扔，跳入水中。一会儿，他把落水人托了起来，心中一怔，惊讶地发现竟然是吴一凡！他稍做急救处理，便背上吴一凡往医院跑去……

经过一番抢救，吴一凡呼吸恢复正常。只是因在水中撞上石头，头上有道伤口。医生说，要等一阵，病人才可能苏醒。

阳刚松了口气，才拨打李叶的电话，听到提示关机后，又拨通了杨校长的电话。

杨柳依刚到病房，电视台和报社有几个记者就赶来了。她们嚷着要采访当事人，要报道救人的英雄。

杨柳依将目光转向阳刚，阳刚连连摆手。对阳刚的表现，杨柳依点了点头。她走出病房，挡在了门口。

话筒伸到杨柳依面前："杨校长，听说跳水者是您学校的老师？"

"这位记者，请注意您的说辞！是'落水者'，而不是'跳水者'。"

"那，我们想采访一下救人的英雄。"记者不想放弃，改换了话题。

"见义勇为，是每个公民应尽的义务。对我们教师来说，这也是很平常的事。对此，他谢绝采访。请理解！"

"病人需要休息，请回吧！"医生也过来挡驾。

刚把记者打发走，李叶就赶到了。

杨柳依走后不久，昏迷中的吴一凡在医院里喊出了第一句话："玉儿，玉儿……"两行泪水从他的眼角流了出来。

听到吴一凡的声音，李叶与阳刚俩都松了一口气，急忙靠拢过去，而吴一凡并未睁眼，又晕过去了。

"李哥，一凡好像是在喊一个人的名字？"阳刚看着李叶说道，希望能在李叶嘴里得到证实。

"是的。玉儿是小吴的女友，叫西门玉。他们是同一所大学的同学，当年西门玉在学校里读的是工商管理专业，目前在邻岷市一家银行工作。据说，她已和小吴分手，要和一个小伙子结婚。小伙子家里拆迁获得了一笔赔偿款，开了一家小超市。他表姐也在西门玉所在的银行工作，于是把西门玉介绍了给了表弟，据说下个月结婚。"

"小吴这次落水，肯定是为情所困了。难道他们没有感情基础吗？这个女人真是个见利忘义的人！"阳刚为吴一凡抱不平。

"不要指责，爱情是同频共振的东西。有人偏重感情，偏重幸福，有人偏重财富，偏重生活，都正常。如果两人的认知不在一个频道上，分手就不是奇怪的事情。哎！应该说他们还是有爱情的。来到我们这座城市上班后，二人因手头拮据，合租了一个套二的房屋，共同生活也有四年了。唉！毕竟现实就这么残酷。记得当年我们读鲁迅先生的小说《伤逝》时，都为子君与涓生的分手感到遗憾。他们二人曾经也是真心相爱的，可最后为生活所迫，也不得不分开了，只给人们留下了一段美丽而凄婉的爱情故事。"

"李哥，您说的是。记得三毛也说过：爱情，如果不落实到穿衣、吃饭、数钱、睡觉这些实实在在的生活中去，是不容易天长地久的。不过，时代不同了，真正的爱情应经得起贫穷的考验。"

"爱情偏重精神的范畴，虽然精神高于物质，但精神又依赖物质，必须以物质为基础。有时，在强大的物质面前，精神也会变得萎缩而脆弱，不堪一击。《伤逝》里面就有一句话：‘人必生活着，爱才有所附丽。’尽管时代不同，但我们对爱情不能只用一个标准去苛求任何人都那样去做。”从不少人的经历中，李叶知道许多爱情都会遇到不少的磨难，真爱的确不易。

“爱情的下一站就是婚姻，婚姻将爱情华丽的服装换成了厨房的围裙。比如在我们周围，工作几年的一对夫妻，基本生活标准是按揭一辆普通的小车、按揭一套两居室的商品房，如果这些难以办到，那么日子就过得艰难了。”阳刚也谈出自己对爱情与生活的感悟。

二人交流了一阵，突听得吴一凡在叫他们。二人急忙靠过去，吴一凡挣扎着要坐起来，李叶叫他躺下。

“我没事了。不好意思躺在这里。你们怎么到这里来了？是谁救了我？”吴一凡觉得脑袋还是晕沉沉的。

“是阳刚救了你。”李叶将邻床的一个枕头拿过来让吴一凡靠着，阳刚又摇动手柄将床升起来。

吴一凡伸出手紧紧地抓住阳刚的手：“谢谢！谢谢！”

“小吴，我们都是兄弟。我劝你一句：以后别再这么冲动了！人世间，爱情也不是唯一。”阳刚也是快人快语。

“小吴是年轻人，冲动也没啥。我也曾冲动过，冲动是年轻时代血管里流淌的一个符号。”李叶笑了笑，又去倒了杯热水递给吴一凡，“其实，你还不算是最冲动型的。世界上，真正算得上‘冲动型’的当数俄国的大诗人普希金。据说普希金为了捍卫爱情，与情敌决斗而死。不过，那样代价太大，让世间过早失去了一位文学巨匠。按理说，你也是性情中人，又受过西方文化的影响，对爱情的理解或许比我和阳刚更深一些。”

李叶讲名人的逸闻趣事舒缓了病房的气氛。

“对深爱过的人，既然你暂时不能给她所期望的，更应放她一条路。感情经得起风雨，却经不起平淡。当拥有已经是失去，就勇敢地放弃。”阳刚劝说道。

“我对她发过誓，要努力创造我们美好的未来。唉，我在爱情上是个失败者!”吴一凡还是耿耿于怀，心有不甘。

“小吴，这件事，你不要太自责。爱情有时很浪漫，有时也很现实。当两个人的爱情观产生差异时，分开是自然的，不存在谁对谁错，也谈不上谁成功，谁失败。再说，现在有些女孩子是很现实的，你能让她等多久呢？有句话说得好：‘山川载不动太多悲哀，岁月经不起太长的等待。’”见吴一凡没有吭声，李叶又说道：“记得，你曾经称道过《我不怪你也不恨你》这首歌曲写得好，体现了当今城市人的豁达与理智。”

当你用一个无情决定，
粉碎了我对你的痴心。
多年以来，
我的万般柔情，
换来你给我的冷剑穿心。
既然爱已走到了绝境，
不如让你自由地远行。
忘了当初的美好约定，
就让这段感情停留在梦境，
我不怪你也不会恨你……

吴一凡自然不会忘记歌手冷漠那如泣如诉的歌声。

有一次，他与西门玉在公园的草坪上，就一起聆听过，学唱过。

“如果将来，我们分手了，你会不会记恨我？”西门玉躺在吴一凡的怀里，将手机里的音乐关了，仰头问他。

“别说这些不吉利的话。”吴一凡觉得自己的心冷不防被旁边的荆棘刺了一下。

“你回答嘛，我说是‘如果’‘如果’!”西门玉拽着男友的胳膊不停地追问道。

“‘如果’?‘如果’也不要说! 以后也别再问了!”吴一凡挣脱西门玉的手，推开女友，猛地站了起来，他对“分手”这个词太敏感、太忌讳了。他大多时候浪漫，有时却显得固执。他坚持认为：爱情不是儿戏，付出的一定是真心。他走出几步后，回头看到女友在抹泪，又于心不忍，转身表示歉意：“我太认真了，你不要放在心上。”接着又安慰女友一阵，但他却有一种不祥的预感，隐隐地感到他们的爱情会出现裂隙。

在公园的绿道上，一黄一红的身影穿梭在树林里，蹦跳在花丛中。吴一凡全身是一套黄色的运动服，骑着一辆小黄车；西门玉身着一套红色运动装，骑着一辆小红车。红色在前面奔跑，黄色在后面追赶，如两匹年轻的骏马在公园中穿行，青春的气息在林间湖畔飘荡……来到邻岷市后，吴一凡每逢周末，都要安排一天时间陪西门玉骑车，或坐公交，或打的到本市的山山水水去游览，山岭、湖泊、江河、古镇、寺庙、公园里留下了他们串串足迹，回荡着他们阵阵笑声，定格过一幅幅青春的瞬间。现代图书馆里，那明亮的窗棂也曾映照出他们沉思的表情。

“我们不当房奴!” “我们不当车奴!” “我们不是啃老族!”“我们是月光族!” “我们不是贵族!” “我们是贵族的祖先!” “我们现在是跪族!”“我们明天是坐族!” “我的玉儿——”“我的一凡——”“哈哈哈……”“咯咯咯……”

青春的誓言激荡起河水浪花翻腾，青春的歌声应和着蓝天鸽哨悠扬。青春就是这么潇洒，肆无忌惮；青春就是这么浪漫，无所羁绊。

“我用电脑。”租房内，西门玉为考级做准备。

“好的，我用桌子。”吴一凡在填写评选先进的材料。

不知过了多久，西门玉提醒道：“哟，快十二点了。”

“那我马上去做饭。”吴一凡应道。

“亲爱的，我们都有点儿累，叫外卖吧！”西门玉过来搂住男友的脖子，在他脸上亲了一口。

“行。”吴一凡掏出手机，西门玉又给了他一个吻……

三年一晃而过。他们的小打算才实现了一半，还清了助学贷款，买了一台电脑、一架钢琴、一部单反相机，而按揭小车的愿望还没实现，按揭房子的梦想还很遥远。甚至，他们曾经计划的不再当“跪族”，争取早日聘请钟点工来服务，当上“坐族”去做自己喜欢的事的想法，也落空了。间隔两天就要跪着抹地板，简单、机械、重复，这样的日子实在有点儿辛苦，青春的时光消磨在这些琐碎的事上太不值了。

一天，西门玉下班回来，把包往沙发上一撂，就过来抱着在厨房做饭的男友：“我想买一个机器人回来。”

“干什么？”

“扫地拖地啊。我们银行的同事都买了扫地机器人，她们说很方便的。”

“算了，我们还是再当一届‘省长’算了！”

“当啥‘省长’哟？”

“我听李哥说，我们班上有个学生埋怨他父母舍不得给她买东西，这样省，那样也省，这不就成了‘省长’么！”

“你就是个‘省长’！‘省长’‘省长’‘省长’。”女友边说边胳肢着男友。

“别闹了，我投降！”调皮的女友把吴一凡挠得左躲右闪，吴一凡只得求饶。

“那好，你就当个短期‘省长’，以后我们抹地板就来个‘石头剪刀布’，或者买个骰子回来掷大小!”

“行行行，都行……”

前段时间，他准备和女友骑单车出去玩，西门玉第一次明确反对：“不骑了！一凡，你可能没有听我们同事说过，在城市骑共享单车给人的印象吧?”

吴一凡没有注意到女友表情的微妙变化，仍是笑嘻嘻地问道：“亲爱的，说来听听!”

“第一次骑，是浪漫；第二次骑，是赶时间；第三次骑，则是穷酸！她们说，如果买不起四个轮胎，就宁愿走路。”

“这是什么混账话!”吴一凡有些不满，但说完后也沉默了。过了一会儿，才说：“那我们打个车。”

“嗯。”西门玉点点头。

这一天，西门玉的情绪不高，二人坐在桥边一侧的椅子上。她向男友倒起了苦水：“我们单位一个同事经常在我面前炫耀，她用的口红是美国的，香水和包包是法国的，风衣是英国的，只有别墅才是国产的。其实，她的学历只能算本科肄业，有什么了不起嘛!”

“算了，不要跟她计较攀比了。各人有各人的生活，我们自己的生活与别人不相干。”吴一凡也想不出能让女友高兴的话题来。他心里明白：人的社会属性是群居的。既然没有生活在真空中，那么一点儿都不为群体中的各种现象所困扰是不可能的。

“我有时独自走在大街上，突然有一种奇妙的感觉，这座城里只有一个穷人。我前望后望，左看右看，最终发现：那个人就是我，是我是我还是我!”

西门玉最后一句话引用了《牵挂你的人是我》这首歌曲的唱

词，将吴一凡逗乐了，不知咋的，笑过后，他的眼里竟闪烁着泪花。

“一凡，我突然想到一个快速摆脱贫困的办法。”西门玉欲言又止。

“说来听听。”

“如果……如果……”西门玉吞吞吐吐地，不便往下说。

“你快说嘛！”吴一凡催促着。

“我说了，你可别生气哈。”见男友点头后，西门玉说道：“这是我的一个闺蜜说的，你那么英俊又有才华，你去找一个富婆，说不定还会资助我脱贫呢！”说完，她笑了，但笑得很勉强。

不知是不是女友在试探自己？但吴一凡听后，竟然没有发怒，反而微微一笑：“电视剧《蜗居》里的海藻当小三后，一下子就拥有了宽敞的房子。不择手段上位，确实是个别人心里快速致富办法之一，但不适合我。”他已听出女友话中有话，直觉告诉他，他们的爱情发生了危机。

贫困是一把利刃，会将许多美好的东西杀死，甚至连爱情和亲情也无法幸免。

过了几天，西门玉下班回来，说行里给每个人分配了拉存款的任务，是业务考核的重要指标。吴一凡知道，这无异于全民招商，对没有关系没有背景的人来说，那些数字只能是天方夜谭，却可以成为当今有的管理者认为的最有效的管理艺术之一。

那一晚，他们都没有像往常一样说太多的话。吴一凡的内心深感无助而无奈，只能静静等待命运的裁决。西门玉却不愿意再这样活下去了，上天太不公平了！青春易逝，特别是对女人。

如今，这座城市让吴一凡遭遇到了伤心事，打碎了他原有的一些梦想。但他不能就此被现实打败，他要振作起来，成为这座城市优秀的主人！想到自己先前的冲动行为，有点儿小儿女情长，没有大丈夫气概，实在有些不应该。他默默地低下了头。

“小吴，我再啰唆一下，此事你千万无须后悔，无须自责。暂不要过多地想这件事了。我给你背一句我读高中时最喜欢的一句印度名言——‘只管走过去，不必逗留着去采了花朵来保存，因为一路上的花朵会继续开放的。’或许，真正的爱情还在前面等你呢！”李叶轻轻地拍了拍吴一凡的肩膀。

吴一凡点点头，没说话。过了片刻，他抬起头来，说他想出院了。

李叶叫阳刚去问一下医生。

过了一会儿，医生过来说：“吴老师的伤已清创处理好了。不过，再输一组液消消炎，观察一晚，以防伤口感染。若明天早晨没什么异常，吴老师就可以回去了。”

大家对医生说着感谢的话。

医生笑道：“文卫是一家，你们也辛苦。不必客气，李老师的爱人也在我们医院呢。”

大家又彼此聊了几句。医生走后，吴一凡催促李叶、阳刚回家休息。李叶叫阳刚陪着吴一凡说说话，自己去医院食堂打了两份饭菜来，然后告别二人，找李华去了。

阳刚走后，吴一凡打开电视，以排解心中的孤寂和忧伤。一段熟悉的歌声飘进耳畔，若有若无，缠绵悱恻：

……世间万千的变幻
爱把有情的人分两端
心若知道灵犀的方向
哪怕不能够朝夕相伴

城里的月光把梦照亮
请温暖他心房
看透了人间聚散
能不能多点快乐片段

城里的月光把梦照亮
请守护他身旁
若有一天能重逢
让幸福撒满整个夜晚……

此刻，吴一凡的心还在隐隐作痛。不过，此时歌声在他心里引起了共鸣。

不知怎的，脑中又浮现西门玉回租房搬东西的情景。

“一凡，谢谢你这么多年的陪伴！我要去追求我想要的东西，我也衷心祝福你找到自己的幸福!”西门玉提着收拾好衣物的两个箱子。

“谢谢！我送送你!”吴一凡强作欢笑，他知道一切都已无法挽回。

“谢谢你！不必了。他在车里等我。再见!”西门玉似笑非笑道。

看着女友离去的背影，吴一凡伤心欲绝。西门玉那高跟鞋发出的“哒哒哒”声响，每一步都像是踏在他心坎上。他无力地靠在出租屋的门框上，身子沉重地往下坠，竟然瘫坐在地上……

“我英俊，却无法潇洒；我有才华，却不能换来金钱；我付出了真心，女友却移情别恋！真是英雄末路，连心爱的人都无法挽留啊!”他挣扎起来，冲向厨房，抓起一瓶二锅头酒直接灌了下去，瞬间就觉得天旋地转，什么都不知道了……那一晚，他是躺在地上度过的……早晨，额头发烫，头疼欲裂，跌跌撞撞向医院走去。这一天，他请假……

“娜拉走后怎样？所以为娜拉计，钱，——高雅地说罢，就是经济，是最要紧的了。自由固不是钱所能买到的，但能够为钱而卖掉。”吴一凡想起了鲁迅先生说过的这句醍醐灌顶的名言，自己怎么竟然给忘掉了！爱情固然不是钱所能买到的，但也能够为钱而卖掉……一针见血，谢谢先生的一双慧眼！

一会儿，病房的窗外飘来一个醉汉一步三摇的吼声：“世人万千种，缘分莫强求；伊人如彩虹，缘去不再有……”这声音回旋在吴一凡耳旁，他感觉到好像冥冥之中有人特意来点化他的，或许是巧合……不过，渐渐地，他感觉到西门玉宛如一道彩虹，在遥远的天边化作缕缕云烟飘散了……

他的呼吸变得匀称，心情也慢慢沉静了下来。

李叶找到李华，恰好李华下班。车上，李华含情脉脉地问先生：“今天怎么有空来接我？”李叶就把吴一凡的事简单地说了一下。李华心里也不平静了，她忘不了当年进城时的窘景。

城市的文明、城市的繁华吸引着它周边的人们。十年前，李华跟李叶商量，儿子大了，要为他以后的前程做一些准备。李华的父亲提醒小两口，不要老待在一个小天地里自我陶醉，年轻人更要出去挑战自己。老人的忠告使夫妻二人达成了共识：不断提升自己，才可能让充满活力的精神生命之水永不枯竭，才会为社会奉献更多的力量。二人打定主意：调动，搬家。

李华的同学举荐她来邻岷县第一人民医院工作，当时医院院长看了她的简历，非常满意。李叶到五小应聘，经过笔试、面试，他在语文学科排第一。拿着调令的当天晚上，他在书房里，写了一篇日记：“……搬家是人类社会文明进步的体现。自从原始人从树上搬到地上后，渐渐成了世界的主宰。每一次搬家，都孕育着新的希望……”

初来县城，人生地不熟。李叶将以前学校退给他的集资款一万元用来交了房租，买台冰箱，置办一套液化气炉具。

房东是一个姓吕的女人。据说，这幢五层的楼房都是她家修建的，共有四个单元。李叶住在五楼，一套三居室，清水房，只有两通：水和电。当时全城三居室的房租均价三百元，吕家离学校不远，自视为学区房，租金为五百元。

不到三年，房东说要涨房费。当时，李叶就与房东商量，能不能少涨一点，自己与爱人的收入不高，上有老，下有小，自己的岳父岳母长期患病。

哪知，那个姓吕的女人挺着大肚子，心胸却很小，并且盛气凌人地说道：“你们家有困难，关我什么事！我这里又不是慈善机构，要搞施舍。要说困难，我们家丰总经常说，在比尔·盖茨面前，谁个胆敢说自己有钱？”

她字字句句都呛得李叶说不出话来。过了一会儿，李叶忍着问道：“你打算涨多少？”

“涨两百。一个月七百，一分钱也不能少！”

“多了，比别人的都贵。你这儿相当于是清水房，又不带家具。”李叶心中迅速地默算了一下，现在他的工资一个月拿到手的只有一千多点，李华的接近两千，但开销太大。岳父有肝病，岳母有肾病，自家父母也要赡养。平时，人情世故随礼就有不少的花销。

“我知道你们教师是有点儿穷酸，嫌贵了，就搬出去！”姓吕的女人语气充满奚落刻薄。

“我们教师穷关你什么事！又不在你家锅里舀饭。搬就搬！”李叶心里憋屈，他觉得对方太欺负人了，针尖对麦芒地回敬道。

“那好，你要记住搬走的时间。”

“不用你提醒!”李叶转身“哐当”一声重重地关上门。

“小心点儿，损坏私人财产是要赔偿的!”吕姓女人带着夸张的口吻说完，“嘿嘿”笑着下楼了。

李叶回到寝室里，从抽屉里翻出租房协议，看了看，距到期时间还有六个多月。

日子就是这样，天天难过天天过。每到周末有空时，李叶都要到房屋中介去逛逛，一直都没有看到合适的。

时间一晃就是数月。一天傍晚，李叶参加省外一周培训结束回来。刚走到租房的底楼，眼前的一幕让他惊呆了：李华抱着儿子哭着一团，铝锅、被子、书本、碗的碎片、筷子等东西扔了一地，一片狼藉。

“怎么回事?”他的脑袋有些懵了，真的不相信自己的眼睛。

李华哭诉道：“女房东今天带来一个人，说我们租房协议上写的到期前一个星期就得搬出去，今天已经超过一天，影响了她们续租赚钱的生意，就把我们的东西扔了一些出来。李果从洗手间出来，看见他的书本被摔烂了，就跑下楼去捡，结果将脚崴了，鼻子也碰出血来。”

“真是欺人太甚！我一定要去找她理论，讨个说法!”李叶忍住了快要流出的眼泪，却忍不住心中的怒火。

“算了吧，她还要让我们赔她违约的钱。”李华胆小，怕事闹大。

“这事怪我走之前忘了告诉你。就算我们违约一天，该赔的损失我们赔，她也不该这么心狠嘛！就是要赶我们走，也应该打一声招呼嘛。不能受这份窝囊气，马上报警!”李叶觉得整个地球在颤抖，他感到此时他的牙齿特别有力，可以咬碎一切来犯之敌，心里必须出这口恶气：她让我难堪，我也要让她留下恶名，让更多的人知道，这张为富不仁的丑恶嘴脸。

李叶叫李华马上带儿子到医院处理一下，自己在这里等警察来。事情的结果是派出所民警来录像后，将李叶和房东叫到派出所调解处理，房东当面不情愿地道了歉，赔偿了一部分损失。李叶心里的怒火渐渐变成青烟，渐渐变成冷笑。

这件事很快传到了杨柳依那里。杨柳依听说后，马上就给李叶打电话："李老师，您好！我是杨柳依。怪我大意了。先前您调过来，没听说您找房子的事，没想到您租房那么不方便。学校有个张老师已退休五年了，他已在外面买了房。学校里的房子是一套两居室，但他锁了一间堆家具。您看行不行？若行，明天您就可以搬到学校里来住。月租金一百元。我再叫后勤找人帮您搬一下东西。您再坚持一下，下学期，有个老师要调动，到时她的房子腾出来，根据全校老师的情况来看，您就不用租房了。"

"谢谢杨校长！谢谢！谢谢！"李叶感激地对着手机就鞠了一躬，他似乎看到了向他雪中送炭的杨柳依一脸和善地站在他面前……虽说租房成了一套一居室，但也成了一家三口的安身之所。况且，校长还把看得见的希望告诉了他。

"不要客气！我该感谢您为学校做了那么多贡献哩！"杨柳依的温情再次通过电波传了过来。

想起那段租房经历，李华心中有酸楚，也有温馨。

大课间结束时，杨柳依过来叫李叶到她办公室，说了一件事：三年级一位学科带头人任安要辞职。

触动任安辞职的事情是：有一天，任安赴一个喜宴，遇到一个叫漆君的同学。漆君是开着一辆崭新的小车过来的。宴席上，漆君说他在天都市宏伟实验学校这所民办校上班，待遇很高。对凡是聘任的教师，学校分给一套一百平方米的住房；工作满十二年后，经考核合格，便过户给教师。同时，本校教师子女从小学到高中在本校免费就读。漆君了解到任安现在的处境，深表同情，并劝说他到宏伟实验学校去，并透露一个信息，最近一个班的数学教师因病去世了，学校正在招人。宏伟实验学校是天都市民办学校的 Number One，每年高考，上清华大学、北京大学录取线的学生至少在十人以上。并且，学校使尽浑身解数在全国挖了不少其他学校培养的骨干教师。听到这些，任安心动了。同妻子商量后，他决定独自一人先出去闯一下，妻子还是留在公办学校里，以求稳妥。

宏伟实验学校对前来报名的五十名教师进行了测试，任安成了首屈一指的人选。机会难得，任安兴冲冲地回到学校交了辞职书。

杨柳依不同意任安辞职，再三挽留。但因家庭困境，任安去意已决。

李叶也了解到任安的家庭实际情况，的确经济压力太大。任安夫妻二人老家均在外地，其妻是本市第三实验小学的音乐教师，双方的父母都到城里来生活了。虽然他们按揭了一套一百二十平方米的住房，但还是十分拥挤。父亲和岳父去蹬三轮车，母亲和岳母去擦皮鞋，日子勉强能凑合过。但去年添了一个小宝宝后，经济越发窘迫。任安妻子周末悄悄到民办机构去兼职，一个月挣得五百元；任安悄悄在家托管三个学生，辅导加一顿伙食，共收入二千一百元。基本能应付平常的生活开销，想按揭一辆几万元的小车，暂时还办不到。

面对任安的实际情况，杨柳依也是无能为力。尽管每年学校工会和市教育资助中心都给予他家困难补贴，但两三千元也只是杯水车薪，不能解决根本问题。

杨柳依对李叶说，任安辞职的事暂时不办理，作为请病假处理。希望任安两年内处理好此事，早点回到学校来。

“那他的课怎么办?”

“他班的课我来上。”

“这恐怕不行吧。”李叶知道，杨柳依本来就已经上了一个班的课，如果再加一个班，她的工作压力可想而知。

“您不必担心，恰好任老师和我上的都是三年级的数学，备课不用多费时间，作业检查正好培养一下学生自我检查和相互检查的习惯与能力。”

“您太辛苦了！我能再做点什么？”李叶再次被校长的决定所感动，想主动为校长分担一点儿压力。

“谢谢您！这也是我今天请您来谈的另一件事。希望您帮我分担一些校长办公室的工作。”

“好的。有哪些？”

“有一些上级部门的例会请代我参加，还有就是某些项目的工作计划和总结，帮我起草。”

“好的。”李叶心里有点临危受命的感觉，他觉得做这些事也是义不容辞的。

看到李叶毫不迟疑地答应了自己的安排，杨柳依心里十分欣慰。她又对李叶说道：“李主任，真心感谢您这次给我分担了不少工作！让我更能放手为教师们做一些事情。我想通过市人大、市政协和市教育局为提高教师待遇采取一些实质性的举措，同时聚集关爱教育的有识之士的力量，真正为普通老百姓子女享受优质教育做点实事。我想我们国家的公办学校也有许多优势，不能让大家觉得失望，都想往私立学校钻。办好公办学校，进一步增强我们教师的幸福感，为老百姓减轻经济负担和精神负担是我们奋斗的目标。”杨柳依知道，要解决公办学校的难题，需要上级的智慧支持和智慧形成的其他支持。杨校长想：如果在我当校长期间，教师队伍的能人都要走，只能证明我努力不够啊，留下笑柄给人说。

“只有幸福的教师才会培育出一批追求幸福的学生，教师的尊严关乎一个民族的尊严。”李叶感慨道。

李叶走后，杨柳依想起开学初楚贤成提出合作办幼儿园的事宜。目前，由于区位优势，邻岷市城市化发展迅猛。单是去年一年，前来购房转户的人口剧增十万，加上国家二孩政策的推行，中小学学位缺额大，学前教育学位更是紧张。楚贤成想趁此机会扩大自己中祥集团产业，并为教育做点事。三年前，他就着手建设一所较为高端的私立幼儿园，规模为十五个班。去年已招收了五个小班。今年，中祥集团打算借智借力，与五小联手合作，将此园建成“邻岷市幼小衔接教育实验基地”，通过五小优秀师资长期为幼儿园培训师资，开展课题研究。每年将回馈支持五小课程建设项目经费五十万元，还设置优秀教师奖和青年教师成长奖励基金三十万元。对此项目，她征求过相关部门的意见，并咨询了律师，又在心中酝酿了这两个月，她觉得时机成熟，可以行动了。如果此项合作成功，将利于学校提质升位。

她拨通了楚贤成的电话：“喂，楚董，您好！我是杨柳依，请问您现在哪里忙?”“杨校长啊，我不忙，正在办公室。请问有什么需要我做的?”“楚董，您客气了！如果您有时间，我来和您商量一下幼小衔接相关事项。”“好的，好的。还是我马上过来!”“谢谢！我已启动车子了。”“那好，我恭候您的大驾!”

城中道路两边的绿化带中，高高的银杏已经挂满绿得通透的新叶，五角枫展现出它们紫红的脸庞，下面修剪平整的红色檵木、绿黄的女贞、翠叶紫果的南天竹、青翠的海桐、蜡绿的栀子，纷纷映入杨柳依的眼帘。初夏将大自然蓬勃的生命力展现无遗。

清明节，李叶带着妻儿回到了乡下老家。祭奠完祖父后，李果便去陪祖母。李叶牵着李华来到菜地，母亲种的蔬菜长得十分茂盛，菜品也多。冬寒菜、韭菜、紫寒菜、莲白、蕹菜，还有藿香、三萘、土姜、大葱让菜园充满了清香，各色的蔬菜让人赏心悦目。

李华突然叫道：“李叶，你看，青葱都开花了!”

是啊！在菜地的一角，翠白翠白的葱花，如一个绿衣女子头顶着镶满珍珠的花环；乍眼一看，又似绿裙姑娘撑起的一把花伞。

李叶疾步走过去，慢慢蹲下，目不转睛地欣赏着造物主的杰作，一首小诗《青葱花》从他的口中飞了出来：

没有风雨
你撑开伞
不是为了遮阳

没有烈日
你撑开伞
不是为了避雨

你的心事
长在春姑娘怀里
这一把多情的花伞
就这么撑着，撑着

半期检测时，杨柳依发觉三、四、五年级的测试成绩普遍下滑。她有些诧异，决定来个“微服私访”。终于，发觉近来校园里流行着“炒股热”，各年级都有教师在炒股。有的在电脑上操作，有的在手机上买卖。她还发现，有人在课间操后的这段空隙时间里，竟然在操场上也急不可耐地关注着股市的动态。

她意识到问题的严重性，立即召开全校行政办公会。会议决定聘请金融办专家来办一次“如何增强金融风险意识”的讲座，还准备找本校的人来现身说法讲“教学时间炒股的危害”。第一项内容好办，第二项，谁来完成？张三少举手说：“我几年前炒过股，我有教训，我可以讲。”“那谁从学校管理的角度来讲？”李叶主动站起来说：“我愿意来讲点建议，我曾经也在股市走过一遭。”杨柳依补充道：“李主任，不仅要讲建议，还要立规矩。具体的，我们下来再一起研究。”

学校迅即召开全体教职工大会。

大市金融办专家从小市某幼儿园临聘教师小苗因网贷自杀的事件谈起，建议老师们留心防控金融风险，珍惜平安幸福的生活。当下，人们改善自己的物质生活条件，无可厚非，但也要量力而行，切忌盲目攀比，更不可因想入非非的欲望而毁了自己，因不切实际的冲动毁了家庭。目前，炒股风险系数太大，一般人根本无力掌控。我们缺乏专业知识，缺乏雄厚的资金，加上有些监管部门监督不力，导致一些项目背后的权力腐败和市场资本的暗箱操作，如果贸然去投资，就会招致亏损。结果就可能像人们常说的：“辛辛苦苦几十年，一夜回到解放前！”接着，他又列举了几桩司法机关处理的典型案件。老师们不停做着笔记，第一次听到这些耸人听闻的案例，让不少人赚钱的美梦开始动摇。

送走专家后，张三少讲述了自己炒股的经历。接着，李叶代表学校做了题为《专注教学远股市　凝心聚力提质量》的发言。

“炒股能赚钱，手指轻轻一点，可能进账成千上万元；炒股也可能亏钱，把控不好，会导致倾家荡产。这就是炒股的魔力！炒股是一门学问，本学期以来，我们就有不少老师辛勤地研究着这门学问！有人说，炒股是为国家经济发展做贡献，我们在座的不少人也在节衣缩食地为国家的资本市场贡献了一些力量！”

人群中，不少人听了在抿笑，有几个人在窃窃私语：“我已贡献了五百元！”“五百元算什么，我已被套了三千元！”“我运气好，赚了八百元。”“只要没出来，就不能评判亏与赚。”“看来，还是打麻将稳当点，就是输了，还找得到人办招待。”“不说了，听李主任讲!”

“老师们，我曾经也是一名凑热闹的股民，也为股市做过贡献。跟大家汇报一下我前几年炒股的结果，当时沪市股指从五千多点一下跌了一千多点，我有个同学劝我进去抄底。结果我还没来得及进去时，又跌了一千多点。这时，那个同学再次鼓励我进去，说咸鱼翻身的时机到了！并且，他以身示范，将他家仅有的一套商品房做抵押，贷款五十万元全投进了股市。那时，扫地的清洁工、蹬三轮车的大爷都涌向了股海。我终于按捺不住了，将存的五万元投资股市，做着准备换房子买豪车的美梦。不料，还不到三个月，沪市股指跌到一千六百多点。我还算幸运的，还剩两万多元，终于明白了，我不是那块料，忍痛“割肉”，全部清仓。痛定思痛，终于明白了一个道理：股市太凶险，投资须谨慎。

“以前，我从未将此伤疤揭给人看。但这次从学校发展的角度来讲，我有义务有责任给大家交流一下我的感悟。不少炒股的人在解套赢利时喜欢炫耀，而套牢亏损时则不吭气，这是典型的‘报喜不报忧’心理和虚假的面子观念在作怪。在股市里待久了，有的人自然会产生赌徒心理，变得执迷不悟，积重难返。总是幻想着有朝一日扭亏为赢，赚得钵满盆满。股神巴菲特说过，炒股的最终胜利者是要投资长线的。

“不管从时间精力上，还是资金实力、专业知识上，我们教师都没有优势，不适宜炒股。就单说时间吧，不要说像巴菲特那样去等待煎熬，就是每天坚持花大量时间去观察和分析研究，我们都不能做到。有个炒股的朋友告诉我，一年下来，幸运地赚了十多万元，可是他的体重急剧下降，成天精神萎靡，已打算收手保命了。他是怎么炒股的呢？他每天晚上不睡觉，成宿成宿研究美国股市的动态变化，因为中国股市变化会受外围股指的影响。由于时差原因，我们与美国恰恰是黑白颠倒的——当美国是黑夜时，我们恰处在白昼。所以，如果有人还有尝试的兴趣，在暑假时投点小钱也可以玩一玩，千万不要陷进去不能自拔。

“重要的事情说三遍：上班时间严禁炒股。经过学校校务委员会讨论和行政会研究决定，我受杨校长所托宣布几条与炒股相关的纪律规定：

关于严禁上班期间炒股的规定

为保证正常的教育教学秩序，办好人民满意的教育，全体干部教职工必须远离股市，认真做到：

一、严格遵守教师职业道德，每学期教学时间段不准炒股。

二、对上班时间炒股者视作违反工作纪律处理，考核直接降级。

三、一学期发现两次以上违规炒股者，下学期不再聘用上岗。

此规定自本日起执行。

天都市邻岷市第五实验小学

×年×月×日

“好了，我的讲话结束，下面请杨校长讲话！”

杨柳依环视了一下会场，语重心长地说道：

“老师们，告诉大家，以前在牛市的时候，我也炒过股。只是我是托了亲戚帮我炒，我没时间亲自去操作，所以体会不深，就没有心得体会与大家分享了。可能，会有老师在心里问：你赚了还是亏了？还好，当时因亲戚买房子差点小数目，我就叫她直接清仓出来借去用好了。恰好在大跌前抛了，所以小赚了三万多块。今天，专家和学校两位主任讲得具体生动，很有参考价值，值得在座各位深思。我再强调一点，上班时间严禁炒股。因为炒股时间和我们上班时间是冲突的，‘炒股教学两不误’是一个伪命题。最重要的是，上班时间炒股也是违背教师职业道德和教育法、教师法的。

“老师们，我们虽然处在小学，却要恪守践行‘融通’的理念，用大学精神来办好小学教育，要有大格局，要有大教育观。不能把小学生当成小孩子来对待，不能只看到小学生的现在，要着手现在，着眼未来，努力培养一批批具有国际视野、中国情怀的世界公民。小学与中学、大学在学习态度、学习方法和做人做事上就是一条线，如果现在我们不把奠基工程做好，就会煮一锅夹生饭，建一项烂尾工程。六年以后，中学的教育者会怨我们；十二年后，大学的教育者会怪我们，他们即使有孔子、陶行知、蔡元培等教育家的本事，也是回天乏术！

“有着两百多年历史的五小，是我们这座城市的一块金字招牌，是市民追捧的一只‘蓝筹绩优股’，不能毁在我们的手里。我们今天在这个平台坚守是光荣的，借助这个平台才可能充分发挥我们的才智。所以，有位才有为。只能持续给她镀金，而不是去刮掉她身上的金粉去卖点小钱。如果我们没有危机感，以前所谓的‘铁饭碗’就会在教育的改革和时代的发展中被砸烂。今天不努力工作，老百姓对我们的办学质量不认可，明天他们就会像厌弃＊ST股一样抛弃我们，不把子女送到我们学校来，我们最后就很有可能‘退市’，关门大吉。到那时，谁还有脸面赖在这里，也只好灰头土脸地溜了！所以说，有所作为才能赢得老百姓的信任，有为才有位！

“老师们，目前我们的生活状况和收入水平，从中央到地方的各级党委、政府都知道，也很关心，并颁布了相关的法律法规来保证不断提高待遇，也在积极想办法监督和落实。而落实也有一个过程，我们不能只站在教育这个本位行业来考虑，否则就成了狭隘的本位主义。政府要兼顾医疗卫生、厂矿企业等各行各业，不少大政方针要经过深思熟虑科学论证，加上‘摸着石头过河’的试点，成功后才出台。许多政策，特别是人事、财政政策条例，牵一发而动全身，如果处理不好，就会引发矛盾，影响稳定大局。

“向往美好生活，是人之常情。我们教师也是人，有七情六欲，食人间烟火。我们就是要通过不懈的努力来改变现实，提高自己的幸福指数，再把这种幸福感传递给我们的学生，教会他们将来如何去创造幸福的生活。下面告诉大家一些好消息：一是邻岷市委市政府已批准市教育局上报的关于教育振兴行动计划的相关文件，每年按人头经费下拨一定数量的资金作为质量奖对每一个教职工进行考核发放。二是国家、省、市教育主管部门根据人大代表、政协委员的建议议案，将在下学期推行下午放学后的延时服务制度，对自愿参加的学生收取一定的费用，以解决学生放学后缺乏对多余时间的有效利用和无人监管给家长带来负担等问题，避免按时放学给社会增负、家长增负的现象出现。三是我们学校将和中祥集团有限公司点点幼儿园合作，经市教育局批准，‘邻岷市幼小衔接教育实验基地’即将在今年教师节挂牌，我们双方的科研课题同时开题。我们已和园方签署协议，他们一年提供八十万元资金，用于我们学校课程建设和教师成长奖励……”

杨柳依刚说到这里，会议室响起了雷鸣般经久不息的掌声。不少人眼里闪烁着泪花，心中热血沸腾，他们期待已久的生活愿景就要逐步实现，身上充满了前行的力量，不少人再一次被尊重的幸福感包围。

教师有福，学生有望，国家有盼，民族必强。

临近五一，杨柳依建议工会组织一次旅游。工会主席征求大家的意见，最后选定在青城山。星期六一大早，工会主席驾车在前面领路，后面几辆大巴车紧随其后。到了山门，教师们排队进山。李叶因为去过几次，想起自己班上的手抄报和学校校刊的稿件还没有修改完，便向工会主席请了假，在山门旁边找了一个露天茶座坐了下来。中午，点了一小份回锅肉、一碗豆花。他尝了一下佐料，觉得偏辣，于是在碟子里放了点醋，夹一块豆花蘸了一下，顿时觉得口中酸甜麻辣香，回味无穷。此时，他心中十分感慨：生活中，适度地改变一下以往的习惯意识，会有意外的收获。以前，在四川老百姓中流行一句批评人们画蛇添足的话："正做（zú）不做（zú），豆腐放醋。"事实上，豆腐真的是不能放醋的，放了醋，豆腐味道变得异常难吃。可是，同类食品豆花蘸了带醋的碟子，却是美味无比。

下午三点，一大沓师生稿件就快改完了。他惬意地站了起来，伸了一下腰，活动了一下。坐下，喝了一会茶。正准备提笔，一个餐馆的服务员走了过来。

"您是老师吗？"服务员是一个年轻妇女，随手在茶桌旁边提了把椅子坐在李叶对面。

"是的。你在这儿上班？"李叶回答后，也顺便问道。

"因为娃儿在老家学校读书，白天我就在这儿馆子打工，洗菜洗碗，晚上回家。"女服务员显得落落大方。

"收入还可以吧？"

"比种庄稼强，一个月一千八。"女服务员显得很满足。回答李叶的问话后，她接着问道："老师，我想问一个问题……"

"你说。"

女服务员迟疑了一下，问道："我那个娃儿，在班上的成绩不太好，想转班，不知道怎么办？"

"我问你：是你想娃儿转？还是你的娃儿想转？"

“这倒有点儿说不清楚，娃儿和我好像都有点儿转学的想法，请您帮一下忙，指点指点！”这时，女服务员有些羞涩起来，竟然低下了头。

“呵呵呵，”李叶笑了，“这样吧，指点说不上。说说我的建议，给你做参考吧！如果说，你的娃儿想转你又不想转的话，而且，你娃儿在班上没有发生什么大事情，那这种情况，你就劝你娃儿不要转，安心下来，努力向班上成绩好的同学学习，认真听老师的辅导安排，慢慢地，成绩就会提高，这是第一点。如果你娃儿不想转你却想转的话，我建议你听你娃儿的。因为他是学习的主角，也就是说读书是他自己的事，他不想转，你就更应该鼓励他克服困难，争取一步步地走向成功，这是第二点。第三点呢，就是非转不可的情况。你娃儿和你都想转了，与其成天心不在焉的，人在课堂心在外，那不如就赶紧转吧。你的娃儿是在读小学，普通学校都没有搞分班分层教学，具体在转时，就不要在同一个学校里转。因为娃儿年纪小，有许多事情处理不好。在同一个学校只是换了一个班，经常会遇到原来班上的老师和同学。如果他成绩进步不大时，他就不容易妥善处理这类事情，结果反而会更糟。所以，万不得已的情况下，要转就转校，到另一所附近的较好的学校去勤奋攻读。这就是我给你的三点建议，仅供参考哈！”

萍水相逢，待人以诚；虽为陌路，乐指迷津。

“谢谢您，老师！”女服务员竟感动得站了起来，向李叶鞠躬。

“不要客气，不要客气！坐下，坐下！”李叶也站了起来，直摆手。

“您在改文章？”女服务员坐下后，盯着桌上放的稿件。

“是的，是我们学校老师和学生写的，他们写得好。”

“可不可以让我拿几份去印一下？我带回家给娃儿看。”

“好的。我给你选几份。”

一会儿，女服务员复印后，将原稿带来还给李叶。

她要上工了，谢过李叶，向餐馆方向走去。刚走了几步，她一下转过身来，对李叶笑道：“老师，您这么善良，鬼神遇到您都会让路的!”

“谢谢!”李叶心中竟感慨这个打工的妇女能说出这般话来，望着她离去的背影，又将她说的话咀嚼了一会儿。是的，善良无敌！善良的人，鬼神都会敬而远之。

五一假期的第一天，赵副市长的办公室电话响起：“老赵，你知道不？听说五小的围墙被推倒了?”

听了夫人打来的电话，赵副市长有点不相信：“谁这么大胆，敢到学校搞破坏!”

5. 校 园

早晨，太阳刚一打扮完就从楼顶露出脸来，脸庞透出胭脂红。

整个城市一下子热闹起来。人如潮，车如流。

公园里，樱花树下，中祥集团有限公司文化传播分公司员工正在那儿朗诵励志语句：

> 我坚信：天道酬勤，愿将我的汗水和智慧奉献给这座城市，用奋斗证明自己，用业绩见证奇迹。
>
> 我坚信：天道酬善，愿将我的善良和友好奉献给这座城市，善待自己，幸福无比；善待别人，快乐无比！

这一天，李叶和阳刚一起步行向学校走去，穿过公园时，一边欣赏美景，一边谈论着昨晚的新闻。

这时，清洁工还在忙碌着。道路中间铺的是石板，路边镶嵌的是鹅卵石。她们不厌其烦地将石头间的树叶挑出，将石板上的落叶聚拢。突然间，李叶和阳刚觉得眼前有什么在晃动，低头一看，一把笤帚将路上的落叶扫起掉在了他们的鞋上。阳刚正要发火，李叶用手示意制止了他。身着“公园管护”字样马甲的妇女满眼是疲惫。“老百姓说，早晨进财，大吉大利。”李叶笑道，阳刚也笑着应道：“大吉大利！今晚吃鸡！”二人轻轻地将鞋子抖了一下，又继续前行。

绿灯亮起，二人一前一后地走着。快走到马路中央时，李叶冷不防被一辆右转的电瓶车给撞上了。他站立不稳，左腿膝盖猛地着地，顿感一阵疼痛。李叶忍痛用手撑着站起来，还来不及说话，那个搭着人骑电瓶车的肇事者反倒抢先责问道："你闯……"李叶心里有些恼，脸上挂着苦笑，打断了她的话："你说什么！我闯红灯了？"

"对不起，是我们没有遵守交通规则。"车上坐着的那个学生下车来先是道歉，又转过头看着那个妇女说："妈，上课还早呢……"

"你有什么急事？是要去领奖吗？没看见我们是绿灯行嗦？"阳刚斥责那个妇女。同时又对李叶说道："李哥，快点去医院检查一下吧。"

"算了！不碍事，我还有第一节课。"李叶感激地对阳刚说道。同时看了一眼那个学生，她脖子上围着一条崭新的红领巾，将她的小脸映衬得红扑扑的。

那妇女反应倒也蛮快的，不停地点头道歉："对不起，对不起！老师，我给您点钱，您去买点药吧。"

"你走吧！小心点，别让娃娃迟到了。"李叶轻轻地拍了一下裤子。

"算你运气好！以后注意点！"阳刚补了一句。

"谢谢！"手柄一转，电瓶车又启动了。

半个小时后，学校呈现在李叶和阳刚眼前。

作为学校的主人，校园的容貌就是他们心中的一幅画。前两天，他们还和工人师傅一起给她梳妆打扮，可到今天，他们还觉得看不够，总想重新审视、欣赏她与往日不同的风采。

五一期间，原来学校的围墙完成了它的历史使命。一米高的铁栅栏替代了昔日砖石围墙。正门为两扇大门，其余三道门为推拉门，不上锁，进出自由。只是面对堪培拉大道的正大门保留着原貌，其余三道门加粗了柱石，撤除了门框。

正大门的顶部是一朵盛开的莲花。左右分别镌刻着两个遒劲有力的魏碑体大字：融通。大门屏风的右下角，张贴着和另外三道门上一样的公告：

校园开放公告

尊敬的市民：

为了进一步加强城市文明建设，经研究决定，学校的公共资源对外免费开放。现将相关事项告知如下：

一、开放场所：文庙、图书馆、体育馆、运动场、花园。

二、开放时间：节假日。

夏季：08：00—18：00；

冬季：09：00—17：00。

志愿者不受此时间限制。

三、注意事项：凡到文庙、图书馆、体育馆的人员请出示身份证。爱护公共设施，离校前，所有文体用品、图书放回原处。不得带动物进校园。若有重大活动，另行通知。

天都市邻岷市第五实验小学校务委员会

天都市邻岷市第五实验小学家长委员会

踏进大门，左面书写着当代著名作家梁晓声的一段话：

文化是植根于内心的修养，无须提醒的自觉，以约束为前提的自由，为别人着想的善良。

右边是学校的校歌：

融通之歌

邻岷的风，将我们唤醒。文庙里传来先贤的叮咛。融古今，通未来，一代又一代奋斗前行，我们是新一代的邻岷人。

邻岷的雨，将我们滋润。努力耕耘誓将民族复兴。融中西，通全球，造福人类爱护地球村，我们是优秀的世界公民。

再往教学楼方向走，就看见了两棵四层楼高的银杏。此时的千年银杏焕发出无限生机，寄居在树干上面的两棵大叶榕树也撒下了一片绿荫。这一对树也是本地银杏之王，还成了邻岷市的“网红打卡地”。五一期间，就有不少的市民迫不及待地进校园参观，男男女女、老老少少络绎不绝前来树下留影。

有个退休教师带着家居外地的孙子过来，给他讲了银杏与大叶榕的故事，那个学生感到十分惊奇。观察了半天，肯定了大叶榕不是嫁接上去的。最后兴奋地对老教师说：“爷爷，我回去，还要写一篇童话，就叫《银杏家里添了小主人》！我要告诉我们八年级一班的全体同学一个道理：我们要建设和谐家园。一个人要容得下别人，才会有更美的风景！”

教学大楼建筑面积三万多平方米，教学楼上下共有四层。办公楼与功能厅有六层。另外，紧邻办公楼有三层楼高的风雨操场。整个建筑设计渗透了“融通”理念，借鉴了西洋骑楼式风格，将师生在校园里工作学习、生活休息、锻炼娱乐的每一处都连成一体，可以不受天气的影响。

阳刚与李叶道别，去办公室。李叶心里觉得还缺点儿什么，下意识地继续往学校另一处“网红打卡地”文庙走去。穿过教学大楼，后面就是以前书院的文庙。

文庙三大殿曾因历史原因遭到破坏。如今，修复的文庙占地十亩，正门前是一个小型文化广场。文庙原貌还保留两层大殿：第一殿为商子殿，除了商瞿的塑像，还有介绍他在邻岷地区传道讲学的艰辛经历和感人的功德。第二殿为圣人殿，万世师表孔子端坐正中，四周是他七十二贤弟子的塑像。第三殿已改建为巴蜀名人馆。馆内收藏了天都市企业家、慈善家楚贤成捐赠的巴蜀名人铜像，从古代到现代的四川籍和到蜀地居住过的政治家、军事家、文学家、教育家、发明家计五十八座。每届新生入学和学生毕业这两个时刻，学校要在这里举行入学仪式和毕业典礼。围墙拆除后，前来此处的市民更是熙熙攘攘，瞻仰之后赞不绝口。

在校园走了一圈后，李叶心满意足地向办公室走去。突然觉得左腿一阵痛，他便去学校医务室简单处理了一下。回来时，他望见杨校长正站在学校的最高处眺望。

“要把第五实验小学建设成为全市第一所没有围墙的学校。”这是杨柳依刚回五小担任校长的当天，祖母给她讲过的话。她时刻铭记于心，同时也将建设没有围墙的学校作为她近期工作的一个愿景。此时，她站在学校六楼的阳台旁，眺望远方，心旷神怡。从形式上打破封闭的思维后，与时俱进的思想不仅可以天马行空，还要放射出耀眼的光芒。

一会儿，杨柳依进了自己的办公室，特意环视了一周，左边是自己的办公桌，办公桌上方的墙上挂着本市一位书法家写的四个禅书体大字：融合通达。字体圆融圆润，灵光闪烁。右边墙上挂着一幅天都市教育局国际化建设育人目标：培养有国际视野、中国情怀的世界公民。进门的墙上是一幅王维国在《人间词话》里谈治学三种境界的名句：“古今之成大事业、大学问者，必经过三种之境界：昨夜西风凋碧树，独上高楼，望尽天涯路，此第一境也；衣带渐宽终不悔，为伊消得人憔悴，此第二境也；众里寻他千百度，蓦然回首，那人却在灯火阑珊处，此第三境也。”

中午，下起了雨。李叶去外面商场买了两支铅笔，然后到食堂吃饭，顺便把伞放到另一把伞旁。那先到的伞，一下子就显得不孤单了。

舒缓悠扬的音乐在大厅里飘荡。

乔一兰觉得今天胃部隐隐胀痛，却又有些饥饿。没去舀饭，便叫炊事员给她下碗面。一大碗热气腾腾的面端上来，她觉着吃不完，便对张三少说："张哥，我夹点面给您，帮帮忙!"

"我够了。"

"哎呀，帮帮忙吧!"

"真的不行了。"

"唉，张哥，叫您学雷锋，您都不愿意。再不答应，我上了。""表哥"石竞插话了。

"快啊快啊，机会难得!"桌上的人都在打趣道。

"张哥，人家是夹面，又不是嫁人，您怕什么?"李叶再一点评，众人笑作一团，有几个人停下筷子，拊掌大笑。

"好好好，我乐意帮美女的忙。"张三少将自己的碗移向乔一兰。

"表姐"曾媛对乔一兰说："乔姐，您可千万不要减肥哟!"曾媛是二年级一班班主任，"表姐"是同事们给她取的绰号，与她齐名的还有三年级三班班主任"表哥"石竞。

"表姐，您放心，医生说我还没有达标哩!"

"那就好，千万不要把自己整成一个病美人了。一个中学校长曾在酒席上说：我们很多人成天嚷着要减肥，其实，这是不良商人与媒体勾结玩弄的花招，夸大其词，引诱人上当。各种减肥药闹得满天飞，最终效果微乎其微，倒是减肥的人身上累积了不少激素和毒素，真是可笑又可恨!"

饭后，外面的雨还没停。李叶将顺在墙边的伞捏在手里便向办公室走去。走了一段路，感觉身后有人。回头一看，是一个小女孩。当时没在意，快走到办公室时，转身一看，那个女孩手里拿着一把伞，腼腆地站在他身后。李叶微笑着问道："小同学，你有什么事吗?""老师，您拿的伞好像是我的?""啊?"李叶定睛一看，嗬，自己拿的伞还真不是自己的！两把伞颜色一样，只是伞布边缘有区别。他随意撑开伞，发现这把伞架钢丝要细些，伞布边缘有花纹。"哦，对不起！小同学。"李叶笑着将手中的伞收起递给小女孩。"老师，不客气。您的伞要好些！"小女孩羞涩地笑了笑，换过伞，行个队礼蹦跳着跑开了。这个孩子还是挺识货的，李叶禁不住刮目相看了，现在的小孩子比自己小时候聪明多了。这把伞是自己生日时，妻子特地在商场买的。当他知道这把伞的价格是两百多块钱时，还嗔怪妻子道："没有必要买这么贵的。"嘴里虽是这么说着，但心里倒是热乎乎的。"就是要买贵一点的，免得你这个马大哈又犯老毛病，常常是丢三落四的。"还真是给妻子说准了，自从使用这把伞后，李叶再没有丢过伞。

放学回家路上，李叶突然听到身后"哐当"一声，他回头一看，原来是自己皮带扣金属框上的一个装饰物件掉在地上了，亮闪闪的。虽是普通的东西，却也是他心爱的纪念品，赶紧捡起来揣进怀中。

记得他过三十九岁生日时，李华送了一把伞给他，他还同妻子开玩笑："哪有恋人、夫妻送礼物时送梨（离）送伞（散）的?怎么一点儿也不讲究忌讳呀！""想得美啊！想离，想散，哪有那么容易的？这辈子我就赖上你了，看你怎么跑！"说完，李华又捧出一个礼盒过来。"啊，土豪哟，好大一个戒指！是不是鸽子蛋的?"李叶的口气显得很夸张。"别做美梦啦，这是捆绑你的皮带!”李华也被逗笑了。夫妻二人笑得前俯后仰，乐不可支。

可刚走几步，有个小青年赶过来，歪斜着眼睛对他说：“老哥，请你把我刚才掉的东西还给我!”他一下没反应过来：“什么东西?”“做人要老实，自己拿出来，免得我报警。”他恍然大悟，自己捡起来的东西，这个小青年一定当成银子一样的宝贝了！李叶在这邻岷市教育系统多少也有点名气，他绝不会做出有损自己名誉的事来。

自欺，欺人，欺鬼神，是欺骗的三种形式和境界。能做到三不欺的人，生活得坦然而快乐。“自欺”是欺骗中最低级的一类。已过不惑之年的李叶已临近慎独轻松乐无穷的心境。面对这种玩耍低等欺骗伎俩的小赖皮，他好像生出倔脾气来，也想趁机教训一下这类无中生有、无事生非的混混，也算为清理城市“垃圾”再做点有益的事。想到这里，他轻蔑一笑，乜斜着眼睛看着小混混说道：“行，你报警吧，我待在这儿不走了。”

“哟，你有种，你不拿出来，你等着瞧!”小青年果真拨打了 110。

一个骑着摩托的警察旋风般来到李叶和小青年面前。

“李老师好!”一见面，警察就向李叶行了个礼。

“您好！千万不要向我敬礼。现在，许多人都怕警察向他们敬礼哩。”李叶笑道。

警察乐了一下，立马收敛笑容，扫视了面前两人：“是哪个报的警?”

“是我。”小青年见警察认识李叶，愣了一下，但还是不愿放过这次可能发财的机会，只是说话的声调低了些。

“你说他捡到你掉在地上的铂金手镯?”警察疑惑地看了小青年一眼。

“是是是，那是我的祖传宝贝，是从我太祖奶奶一代传一代地传下来的。今天，我正准备把它带去传给我的小婆娘，不小心就掉在地上。这个老师见财起意，他捡着就想据为己有。我没办法就报警了，现在东西就在他的衣服包包里。”小青年编得煞有介事。

“李老师，您……他说的是不是真的?”警察迟疑了一下，还是询问了李叶。

“您好！他说的有一点是真的，我是捡了个东西。”

“好了好了，警察，你看他都承认了，他要是不交出来，就把他弄到派出所去。”不等警察开口，小混混迫不及待地说道，他的眼中放射出一种贪婪狡黠的光。

警察看着李叶，更加疑惑了，不禁一时语塞。

“算了，你们出警太忙了！我也不想耽搁您的宝贵时间，也不想跟这个小伙子纠缠了。小伙子，年纪轻轻的，多学点好的，多走正道，少动邪念，不要给这座城市抹黑!”说着，将皮带装饰品拿出来，取下皮带，当场在皮带扣上拧紧了，马上又系在腰上。然后，轻松地说道：“这是我爱人前年给我买的生日礼物。刚才因为金属扣上的这个装饰品松了，便掉在地上，我捡了起来。对不起，当着你们的面解开皮带，有点不文明哈!”

看着李叶的举动，小混混傻眼了。警察有种被捉弄的感觉，大骂小混混：“你不知道报假警是违法的吗！走，你才该跟我到派出所去一趟。”

“哎呀，警察警察，饶我这一回吧！我不是人，我该死!”小混混竟然开始不住地扇自己的耳光。

警察看了一眼李叶，意在征询他的意见。

“他这点行为没造成多大损失，只要他能悔过，就给他一次改过的机会吧。”李叶说出自己的想法。

一听李叶这样说，小混混又扇了自己几个耳光，连连说道：“谢谢李老师！警官，我错了，我再也不敢了!”

警察厉声喝道:“胆敢再犯,从严处理!”

“不敢了,再也不敢了!”小混混转身一溜烟地跑开了。

晚饭后,李叶对爱人说:“这一天,想起来,真是过得有点戏剧性。”

李华询问究竟,听了丈夫的叙述,她不放心,叫李叶把裤子挽起来,将校医处理的纱布换了,上了点消炎药。然后,开始数落起来:“你简直就是有点儿二,虽然不要她负担药费,可怎么连个联系方式都不留,万一落下残疾怎么办!”李华顺便说道,医院前段时间收了一个被汽车撞伤的病人,医疗费花了上千元。肇事者给了两百块钱叫病人自己上医院,什么证据也没留下就溜了。没办法,她和护士捐了点钱,又给病人家里打电话才结了账。

“你们医生用仁心仁术捍卫着社会最起码的公义,我给你们点个赞!这次我的伤我清楚,最多半个月消除疤痕。况且又藏在裤子里面,你不去广播,便不会有外人知道,又不影响市容市貌。好人会有好报的。”

“好好好,你总是有理由的。我是那么八卦的人吗?我说不过你,以后还是要注意点!”

“遵命,娘子!”李叶举手行了个礼,把妻子逗轻松了一点。

“算了,不跟你闲扯了。不要影响我追剧。”李华拾起电视遥控器,开始搜索《平凡的世界》第三十集。当田润生成为战斗英雄凯旋时,因为耳朵被炮弹震聋了,怕戴着助听器被父母及家人发现,就叫孙少平给他做口型示意,打掩护。结果,这一情形还是被细心的润生娘给发觉了。充满伤感的润生娘默默地走出院子,在门外抹泪。田福堂埋怨自己的婆姨在大喜之时表现反常。润生娘责怪丈夫装糊涂,说儿子是自己身上掉下来的肉,知道他哪儿好哪儿不好,明白告诉了丈夫实情:儿子的耳朵听不见了!田福堂开始没看出端倪,还嗔怪孙少平老学着别人对儿子说过的话又给儿子重复一遍，现在弄清了原委，也是悲伤之至……

看到这幕情景，李华鼻子酸酸的，眼眶湿润了，她扭头将目光从屏幕撤离。突然发现李叶也在擦拭眼睛，一下子竟笑了起来：“你这个大老爷们儿，怎么也没有稳住?”

“哎，你没听鲁迅先生说过‘无情未必真豪杰’么!”李叶辩解着。

客厅门突然开了。

“儿子回来了。”李华从沙发站了起来。

李果没有搭理母亲的话，他的目光在客厅里快速地搜寻了一圈，发现父母的眼睛都有点潮湿。他抬头看到电视机时，心里顿时明了。“哟，没想到你们当爹当妈的在家里也如小儿女一样多愁善感!”

“不懂规矩，没大没小的!”李华佯怒道。

“是是是，我立马改正！虽然在这个世界里我很平凡，但我要过一个不平凡的人生。”李果像在给电视剧配音，他的顽皮劲儿给家里带来了笑声。

“儿子，怎么今天回来迟了点儿?”李叶按了暂停键，望着儿子。

“妈，爸，我跟你们两位大人汇报一下。”说着，李果从书包里翻出一张贫困生活补助申请表来。

“这是怎么回事?”李叶看到表后，表情一下子就严肃起来。

李果兴奋地说道：“我们老师说，凡是要申请的，要在当地居委会开具证明，办妥手续的就可以享受每学期七百元左右的补助。这样，我就可以替家里节省一笔开销了！放学后，我们班的一些同学在一起讨论了这件事，所以就耽搁了一会儿。”

李华看着李果，觉得儿子想为家里分忧，是长大了，但心里对儿子的得意模样又有一种说不出来的担心。她没有插话，看着这父子俩继续谈论下去。

“你为什么要这样做?”李叶觉得这件事非同小可，追问道。

李果理直气壮地问老爸:“您上有老，下有小，是吧?”

“对。”

“您的负担重吧?”

“当然。你奶奶在农村，没有退休金，也没有社保；你外公外婆身体不好。即使他们的需求不大，我们还要供车供房。”

“对啰。比起盖茨来说，我们都很穷，是吧?”

“在某种程度上可以这么说。”

“对，就是美国那么富有了，可仍然要向其他国家借钱。另外，我的同学说，政府的钱不要白不要……”李果把同学们说的话拿来说服父亲。

“打住打住！你说的这些话扯远了。”李叶见儿子越说越带劲，就立马打断了儿子的话。他严肃地说道：“李果，我相信，你们学校包括其他地方，也许会有人领到了不该领的补助金，但是，这并不等于你也可以这么做。并不是所有的东西都值得你去模仿，你已是高中生了，凡事都应有自己的鉴别力。儿子，你还很年轻，不要让生活中的一些诱惑把自己的眼睛给迷住了！你的想法可以理解，我和你妈包括奶奶、外公外婆都会为你的这份孝心感到高兴。但是，你想想，也有比我们家困难的人，把机会留给他们吧。儿子，你再从另一个角度来思考——一个贪图蝇头小利的人，一个见便宜就上的人，是不是能够成就一番事业？如果一个人养成了这种逐利的习惯，不正确的三观就会让他与别人格格不入，就会让他难以在社会上立足，利令智昏，偏离正确的人生轨道。”

“谢谢老爸！我有点儿冲动了。”李果的声音降低了。

“你们老师是怎么说的?”李叶又追问一句。

“谢老师说各自回家后根据实际情况填写，明天交表。我不该有这种从众心理。”李果说完，将申请表撕碎放进了垃圾桶。

李华这时才走过去，拍了拍儿子的肩：“好样的。”

李叶听后，看着儿子的表现，悬着的心落了地，长长地舒了口气。李叶心想：李果是我的亲生儿子，我这个当爹的，可不能把他带坏了。别人把自己的娃娃教得很“聪明”，在社会上不吃亏，那是别人的事。这世上聪明反被聪明误的事例还少吗？聪明不等于智慧。

弹指之间，便是五月下旬。

学校提前召开行政会，部署下学年的工作。

会上，杨柳依谈了谈下学年的主要工作计划：争创三个牌子，接待三场参观，承办三次研讨会，代表市上迎接三次检查，举办两场大型活动。

为了完成任务，杨柳依在会上做了动员报告：一是要争取上级领导和各部门及家长的支持；二是干部要精诚团结；三是充分相信依靠教职工，调动并发挥教职工主人翁积极性，确保完成各项工作任务，推动学校向更高的一个平台发展。

特别是现在，要努力做好第三点，顺应时代发展，充分发挥每个人的潜能，对现行一些管理制度进行改革。

“我先提出一些设想抛砖引玉，请学校各部门干部下来再酝酿，集思广益，拟订计划方案，做到未雨绸缪，目标是提升办学质量。”接着，她提了几点：一是节约管理成本，取消考勤制度；二是革除随礼陋习，倡导城市文明新风尚；三是创建更多平台，做到人尽其才。具体做法下周行政会再商讨。

这一天，戴维斯来到五小四（三）班上英语口语课。

作为天都市国际化窗口学校，学校聘请了三名外籍教师。一个教师上两个年级的口语课，每班每周一节。外籍教师由省

（市）外专局批准的中介机构推荐，接收学校提前报市外事办和市公安局备案，并负责安排外教的食宿。所需经费由市教育局专项经费支付。

一周前，有一个外教因母亲患了重病，请假回去了。公司临时派戴维斯来顶替一段时间。魏胜岚进四（三）班教室听了一节英语课。

下课后，戴维斯抱着讲义向办公室走去。刚走进一道长廊，魏胜岚就叫住了他："戴维斯老师你好！我今天听了你的课，讲得精彩。"

戴维斯转过身来，显得很高兴："谢谢！漂亮的女士，欢迎指教！"

突然，魏胜岚好像想起了什么，忙问道："请问你的外籍教师从业资格证带来没有？"

戴维斯一惊，忙说放在家里，马上回去拿，道一声"拜拜"就离开了。

"魏处，好久没见面了！欢迎您来学校指导工作啊！"杨柳依从办公室座位上起身出来，热情地迎接前来的魏胜岚。

"尊敬的杨特，今天又打扰了，我是个不速之客啊。"魏胜岚伸出双手紧紧地握住杨柳依的手。

魏胜岚喜欢叫杨柳依为"杨特"，第一次见面，她就对杨柳依说："您是特级教师中的校长，又是校长中的特级教师，在我们天都市，既是特级教师又是校长的不多。您可是我们女人中的骄傲啊！""魏处是女中豪杰，当年荣获全市英语赛课特等奖，现在领导的全市国际化建设也走在天都市前列。"二人相互赞许。

"魏处大驾光临，求之不得啊！"从前年开始，学校为加强家校融通，推行"志愿者服务制"和"课堂开放制"，欢迎家长参与学校建设和管理，赢得了广大家长的拥护和支持。

“我今天来，说实在的，是公私兼顾啊!”

“魏处全是办公啊！天宇不仅是您的儿子，还是共产主义接班人哩。”

“还是杨特有水平，说得好！我们这些人都是一块砖，哪里需要哪里搬嘛！不过，对学校来讲，我还有一项工作任务没完成哩！只是现在很多时候都身不由己，但要尽快当个志愿者，给师生办次出国方面的知识讲座。”

一阵寒暄后，魏胜岚对杨柳依说：“杨特，今天我是来学习的，下面我要跟您汇报一下今天来的工作。”

“您看，这不，又谦虚起来了!”杨柳依指着魏胜岚，二人相视一笑。

接着，魏胜岚将今天听课的情形简述了一遍，并了解学校外事工作管理与开展情况，还把对戴维斯的一点疑惑提了出来。

杨柳依把学校外事办主任吴一凡叫来，吴一凡说戴维斯是公司临时派来的，还没有顾得上查实外籍教师的相关证件，于是当面打电话到公司查询。公司负责人连连道歉，说是下面工作人员审查不严，戴维斯是一个留学生，还没有获得外籍教师从业资格证，只是临时为公司解难的。公司将立即选派有合格资质的外教到五小来。戴维斯刚才给公司打过电话，表示不会来学校上课了，还说了句，已领略到邻岷市家长的厉害，要认真学习，提高自己从教的综合素质，不能当冒牌的了。

魏胜岚又查了中介公司，倒是有省外专局审批合格的外聘资质，最后叮嘱吴一凡严格按外籍教师管理条例办，切不可大意，引进外教，绝不能滥竽充数。吴一凡检讨了自己管理方面的疏漏，对魏胜岚的指导连连称谢。

“我不赞成取消考勤制度，如果取消了，教师年度考核中的德能勤绩廉五个方面不是少了一项么?”这是教务处主任在学校行政会上发表的意见。

“以前，学校考勤中的迟到早退在期末考核时，都扣了钱的。如果取消了，万一再有人迟到早退怎么办。如果不扣钱，那对全勤的人就显得不公平。”张三少表态，并提出了自己的质疑。

“其他人还有没有意见，尽可畅所欲言。上次我提出了一些想法，我们今天开个会，集思广益，避免挂一漏万。我们要坚持科学发展观。不科学的政策出台，产生的负面效应会给我们的事业造成不可估量的损失。我们必须要防患于未然，必须从实际出发。”杨柳依环视了全场，诚恳地说道。

“我们很多干部都同意改革随礼的陋习，以学校组织的名义提出来，可以打消不少人的顾虑。对构建教师成长发展平台，提升教师的成功感，大家也赞成。只是对取消考勤，大家的担心是一样的。我们想听听杨校长的具体想法！”李叶站起来将众人的想法说了出来。

大家的目光转向杨柳依，想从她口中得到答案。

“好的。谢谢大家！各位同仁，我还是先说说简单的两项。我们国家有着几千年的文明史，传统文化中讲究人情世故、礼尚往来，谁家有个喜事都要去道贺，哪家有个难事，也要去慰问一下，这些本来无可非议。但是近年来，市场经济大潮中也夹杂了不少泥沙，这种随礼风越来越甚，攀比之风盛行。比如某家的孙子的干爹的亲戚考上了高中也要请客，大家想想，这是不是八竿子都打不着的事？是不是太过了！这种随礼陋习如瘟疫蔓延，发展到有的家庭为了收回一点礼钱，竟然在宠物下崽崽上动脑筋，这像什么话了！弄得全变味了。这种随礼现象虽然在我们学校不严重，但也有不少人感到自己每月领到手的工资根本招架不住。总务主任，您说说看，每个月，我们教师拿到手的工资有多少？”

“刚出来工作的本科毕业生，扣除保险和住房公积金，领到手的两千元左右；工作十年的领两千四百元左右；工作二十年的领三千二百元左右；工作三十年的领四千元左右。”张三少一口气报出来。

“谢谢张主任。我们以年轻人为例，若平均一个月随三次礼，礼金从两百元到四百元不等，那一年下来，也是一个不小的负担。如果外地来的教师加上房租、生活费、通信费等，不但当不成‘富翁’，那个‘负翁’倒是当定了——‘负数’的‘负’。被请客的有苦不便说，还只能背后把请帖说成是‘红色罚款单’。同时，请客的人也觉得有些尴尬，有的人交情不深，请则怕人反感，不请又怕得罪人，真是左右为难。现在趁全市文明城市复查成功的大好契机，是革除这种随礼陋习的时候了。工会主席，您对这个事情有何建议？”

“杨校长，在座各位，请大家对我的建议进行修正！为减轻大家的经济压力，又能表达自己的心意，一般遇到本校教职工及其直系亲属的婚丧嫁娶类的大事，由学校工会的名义收集礼金，十元保底，三十元封顶，不记名，从十元到三十元不等交到工会办公室一个纸箱里，最后集中装在一个信封或红包里，落款为‘五小全体老师’就行了。算一下，即使有时遇巧一月随十个礼，也能从容应对。当然，学校工会还要单独随礼。我建议，教职工生日就只由工会发放一点纪念品即可。”

工会主席说完，众人赞同。“这个办法好，不要那些太过俗套的东西。”杨柳依又说道，“我再补充一点，人和人之间难免有亲疏远近之分，若有的人要单独随礼就全凭自愿。”

在教师成长发展上，学校倡导“多元平台，人人成才”的理念。依据市教科院师资建设规划，学校继续加强对教师进行分层培训，对青年教师进行传帮带，集中专题培训，并开展网上远程学习活动，要求他们尽快站稳讲台，逐渐独当一面；对骨干教师往市、省、国家级平台推送，树立学科部门标杆；对名优教师，建立工作室，营造品牌效应。在教研赛课、学科比武、教师交流、区域支教、课程建设、教学科研、德育工作、评优选先等方面给教师提供机会，搭建平台，由个人申请到组织选拔，再到团队打造三个程序完成。

“各位同仁，给大家讲一讲我亲身经历过的小故事。现在科技发达了，许多店铺也装上了监控设备，这些大家都能接受，因为对买卖双方都有益。今年春节，我的一个侄女想要买一个生肖纪念品，我便带她去我以前去过的一家生肖文化用品专卖店。可是，我刚走近那家专卖店时，一排刺眼的大字就向我咆哮道：‘本店已安监控，小偷不得入内！’刹那间，我觉得有股寒气逼得我快要倒退三步。正要跨进店去的我，不得不刹了一脚。大家知道，我绝不是那种神经过敏的人，可我实在不能接受这种提示。这种提示一点儿也不温馨，反倒显得盛气凌人。不知你们对此种情形的感觉如何？当时，我无奈地对侄女说，这家店老板已换人，怕卖的东西质量得不到保证。于是，我们便到别家店去选了。

“这家店主这样管理的目的是不遗失商品，确保利润。但是与出发点背道而驰，采用的手段错了，他忘了我们的传统文化：‘人之初，性本善。’你安装了监控，顾客来了，心知肚明，你又何必多此一举弄巧成拙呢！店内张贴的标语，体现了管理者的傲慢，是对大多数遵守规矩的人不信任，甚至是一种羞辱。这种店铺即使是独家经营，其利润也不言而喻。

“现在，我校教职工包括临聘人员共有二百零三人，除六名保安和八名食堂职员为高中学历外，其余均是大学本科及以上学历。专任教师获得市级以上各种荣誉的占百分之七十以上，其中不少教师头顶上都有‘一团光环’，这充分说明我们全校教职工的整体素质很高。若我们的管理不科学，搞一刀切，那就是典型的‘懒政’；就会打击干活人的积极性，就是资源浪费；管理不能与时俱进，就会停留在以前低层次的管理水平上。久而久之，就会倒退到以前的‘吃大锅饭’时代，出工不出力，造成尸位素餐的现象。

“人才浪费是最大的浪费。制度治理属法治的范畴，相比现代管理制度，有些制度是低层次的基本要求，显得落后，与人的发展及其新的环境不适应了，特别在教育系统知识分子集中的地方。在我们这样的优质学校，更应提倡环境育人、文化育人，强调以德治校，充分发掘人的主观能动性，培养自律精神，尊重个性与创造，节约管理成本。

“取消考勤制度，就是要进一步节约学校管理的隐性成本。如果把教师当成流水线作业的企业工人，把学校当成制造产品的工厂来管理，这种学校所耗费的成本实在太高。这一年来，我们学校在大会小会上有意识地淡化考勤管理，办公室在这方面做了有益的探索与实践。我们干部的角色意识也转换得好。干部嘛，说穿了，就是示范与服务。以前，我们德育处讨论过一个话题就是，只要人人学雷锋，德育工作就做好了。曾经，有人提过一个疑问：全国人民学雷锋，那雷锋又是学的谁呢？雷锋不是天生的，他来自生活现实，是我们社会这片土壤孕育了他。通过雷锋的日记我们得知，他在湖南望城县当公务员时，经常跟县委书记张兴玉一起工作生活，雷锋向身边的榜样张兴玉这名优秀的县委书记学习，还向其他优秀人物看齐，从而成长为全国人民学习的标兵。我们学校在座的中层干部工作做好了，许多工作开展就顺利了。老师向你们学习，学生以老师为楷模，整个工作就能取得令人满意的成效。所以，我也轻松了，无为而治，我就有时间和精力来上课了。在此，我特地向各位干部表示衷心的感谢！

“还是言归正传。生硬的管理是一种制度性羞辱，‘一人生病，全体吃药’这种简单的管理思维，会产生粗暴的‘一刀切’管理行为。好的管理要激发人性中的善意，从制度防范约束到个人需求出发。我们也不要等待上级出台新的管理规定，我们这个特殊团队，就有能力制定特殊的、符合我们工作开展的、有利于学校发展的管理制度。我相信，取消考勤制度后，宽松的制度与教师的自律必将在邻岷市第五实验小学构成一幅美丽和谐的教育生态图景！”

杨柳依的话刚讲完，会议室里响起了雷鸣般的掌声。掌声打消了学校干部们心中的担忧，解除了人们心中的疑惑，大家脸上洋溢着“柳暗花明”般的快意。

教务处和办公室的两位主任都建议，杨柳依不再代课，集中精力抓学校组织和对外协调工作，以顺利推进下学年繁重的工作。

杨柳依到五小任职以来，一直坚持亲临一线任教。从小学一年级开始，已轮流上完了两个六年周期的数学课。在六年前她以优异的成绩被评为省特级教师。她对课堂教学情有独钟，决不同意放下课本。她说：“谢谢大家关心！校长不上课，虽不一定成为聋人，但对开展全面工作肯定是不利的。深入一线，可以体验到教育教学的苦和乐，可以收集到来自教育教学前线最原生态的信息，真正地和师生打成一片，才最具发言权。我至少要上一个班的课。唉，我倒是希望任安早点治好病回来，学校就多一份力量。”

一天，李叶刚从天都市教科所开完教学研讨会走出来，就接到杨柳依的电话，说是学校发生了疑似体罚现象，惊动了大市媒体，请他尽快赶回来妥善处理此事。

6. 同　学

“李主任，您要辛苦一下，看怎么安排，好好处理一下媒体来学校采访的事。费用问题不要担心，做好接待。”

马上就是六一，李叶班上却发生了一件恼人的事件——外面小范围内传播说，一个体育老师体罚学生，学生已住进医院。有好事者拨打了新闻热线，引起了多家媒体的关注。如果此事曝光，按照安全工作“一票否决”制规定，不仅会影响学校争创省级“文明单位”的事，也会在邻岷市教育局教育教学目标考核中直接降一等，全校教职工的绩效工资都会损失很多，还要连带影响市教育局的声誉，甚至影响到教师在社会中的形象。杨柳依已将此事向邻岷市教育局做了简要汇报，教育局又向邻岷市委宣传部做了汇报：学生受了点擦伤，乃教师处理不当造成，学校正在积极妥善处理此事。

杨柳依知道，李叶的一个大学同学就在大市宣传部主管新闻宣传，只要努力想办法加强沟通，不上电视、报纸是没问题的。

这次，事情发生在李叶班上，不管从哪个角度上讲，他都不会推脱。“杨校长，请放心！我一定尽力。”

“好的。尽快处理妥当，马上就是儿童节了。”校长心里虽然踏实了，但口头上还是做了强调。

操场上，阳刚将投篮动作要领讲完，就做示范，指导学生开始投篮。然后，学生们自己练习。

一会儿，丰亮前来告状："老师，吴罡强抢我的球！"阳刚来到吴罡强身边，提醒道："大家都有练的机会，抢什么抢？"又过了一会儿，丰亮又来告状，说是吴罡强跟女生争篮球，还把两个女生打哭了。"太不像话了，是不是不听招呼了？"阳刚有些气恼，小跑过去，对着吴罡强扇耳光，却被他灵巧地躲过了。他气极了，又一脚踹过去。哪晓得，吴罡强一弓身，阳刚本想踢屁股，却变成了裆位。他想收脚已来不及了，吴罡强一声惨叫，倒在地上。阳刚愣了下，急忙叫体育委员负责一下课堂练习，自己抱起吴罡强，叫了辆出租车赶到市一医院急诊室。

医生叫吴罡强扒下裤子检查一下，吴罡强却拼命扯住裤带不愿松手。无可奈何，医生叫阳刚进来帮忙。阳刚进门看见有个中年妇女在场等待，便请妇女回避一下。关上门后，吴罡强才依了医生。

阳刚看见吴罡强的阴囊红肿得很厉害，顿时吓得六神无主，脚也颤抖起来。医生看到阳刚的表情，笑了，劝慰阳刚道："老师，您不用太担心，他这是疝气，看起来有点儿吓人，其实只是软组织受了撞击，属挫伤，没什么事，消消炎就行。"阳刚嘘了口气，但心里非常懊悔自己太不冷静了。

哪知，吴彪威对市医院检查处理结果不满意，说非得上省城大医院做全面彻底的检查治疗，要确保他吴家不能绝后。另外，小区有几个靠帮忙调解挣钱的人给他出主意，加上营养费、误工费、精神损失费、生育保证费等，至少应赔偿他十万元。

得知此消息后，阳刚方寸已乱。李叶叫他先别急，等省医院检查结果出来后再定。拿着省医院的诊断书，李叶带上阳刚到了吴彪威家。阳刚给吴彪威道了歉，便退出门外等李叶。

李叶从吴罡强的进步谈起，认为这次上体育课时，他的表现虽然调皮，却是可以改正的缺点，只要家校联手多关怀，多引导，他以后发展会越来越让人放心的。班主任一席话语，说得吴彪威眉开眼笑，合不拢嘴。吴彪威不停地点着头，说着感谢的话：“多亏李老师关心！”“小吴啊，你才说对了一半。”“为什么呢？”

“吴罡强的进步，岂是我当班主任一个人的功劳，是所有科任老师共同关心的结果。”

“对对对！”吴彪威竟然像小学生似的在老师面前不好意思地摸了一下头。

“小吴，再告诉你一个秘密！”

吴彪威一听，眼睛都直了，他猜想一定是好事。

“你老婆刘五妹快回来了。”

“李老师，你见过她吗？快告诉我，她在哪里？”吴彪威激动地上前紧紧地握住李叶的手。

“小吴，看把你急的！”李叶取笑吴彪威，“我们很多边防军叔叔几年都难得探一次亲哩！”

吴彪威又挠挠头说：“唉，一晃就快五年了。想起此事，肠子都快悔青了！你原来不是说过，只要我和儿子进步了，她就会回来吗，不会是诓我的吧？我现在已被小区推选为物管队长了。”

见时机已到，李叶趁势说：“小吴，我什么时候诓过你？不过，这次因体育老师误伤你儿子的事，你有些过分了！”李叶后来的语气提高了。

吴彪威沉默一会儿，开腔道：“李老师，说实在的，这件事我做得不地道。当时出事后我就该直接来找你的。结果，轻信了小区几个人说的话。他们说保证帮我把这件事办好，乘机敲学校老师一竹杠。如果闹下来，所得的钱五五分成。也怪我当时心中有火，又犯糊涂，起了贪念。”

“是哪几个人？”

“算了，你也别问了。反正我也不听他们的馊主意了，最多请他们喝顿酒。”

“好吧。我不问了，如果他们找你麻烦，可以告诉我。”李叶思索片刻，不再追问下去，“但是，对这件事，还是要给你家一点补偿。你看，多少钱合适呢?”

“李老师，这次儿子检查治疗的费用我都没管过，况且儿子惹事在先，老师也是一片好心，又不是真打。俗话说，不看僧面看佛面，就看在你的面上，我吴彪威若再贪要一分钱，我就不是人!”吴彪威赌咒发誓的坦率让李叶有些惊讶，又有些感动。

钱财是块试金石，人品的优劣，一试便知。

“那好，谢谢你！小吴，我愿交你这个朋友。”李叶上前握住了家长的手。临走时，李叶从上衣内包里掏出一个黄皮信封塞给吴彪威：“小吴，孩子这段时间常感冒，又多动。我听医生说，他是缺少维生素。这点小意思一定得收下，给儿子买点维生素和水果。”

吴彪威再三推辞不收：“我说过的，若收一分钱，我就不是人。”

“少废话，这又不是赔偿金，这是我给孩子的营养品钱。再不收，我就不认你这个朋友了!”李叶语气坚决。

“那，我就代儿子谢谢老师了!”吴彪威勉为其难地收下了钱。

“刘五妹在今年暑假就会回来。”李叶对吴彪威说完后就出门了。

李叶出门叫上阳刚。“好了，算是了结了一件烫手的事。”李叶感到一阵轻快。

“李哥，不知道该怎么感谢您!”阳刚觉得无以言表。

“你那是无心之过，谁都有拿捏不准的时候。不过，今后遇事一定不能冲动，更不能体罚学生。这件事已画上句号，就不要放在心上了。你回去休息，我马上还要去学校一趟。”李叶看着阳刚，拍了拍他的肩，笑道。阳刚感激地点了点头。

刚送走天都报社、电视台、网站记者，李叶就接到同学齐之乎打来的电话："老同学你好，今天老景帮了你校一个大忙哈！本来我要你办招待的，结果他没空，那就改天。今晚恰好我要来邻岷办点事，你叫上几个同学哥们儿陪我参加一个饭局，做东的是你市的企业家丰自鸣。"

"丰自鸣是我班的家长，那就算了，我们改天聚。"李叶想起师德规范和八项规定，那些红线最好不去碰。

"废什么话！他也是我的同学，同学的同学就是同学。我们也是好久没工夫见面了，就这样吧。"齐之乎不容李叶再说什么就把电话挂了。

齐之乎和天都市宣传部副部长景思文都是李叶大学同学。齐之乎曾在天都市教育局任人事处长，后调任到了规划建设局。

"丰同学，我在邻岷市有五个高中、大学同学，听说我来了邻岷市，都想来见我。我们顺便就搞个小规模同学会。今天就算了，改天吧。"齐之乎故意在电话里对丰自鸣说道。

"齐处，多几个人算啥，就是你带一个连的人来，我也要办这场招待！你来看我，算是给我面子，我也要把你的面子给撑足。"丰自鸣心知肚明，齐之乎想在他面前显摆，他自然不会说破。

齐之乎在一个茶楼等高中同学聚齐后，对他们说："网上说得好，阳光灿烂，不如同学相伴。好久不见，我今天特地到邻岷来请大家聚一聚。不知怎么的，以前一个 MBA 培训班的同学丰自鸣知道了这件事，铁了心地要办招待，大家就不要客气了！反正转来转去都是同学。"

"你的丰同学是邻岷市有名的亿万富翁。"一个同学补充说。

“哦，我知道，你说的就是那个讨过四个老婆的丰老板嘛！他是邻岷市的风云人物之一，我们也正好跟着你去见识一下。”一个同学八卦道。

一会儿，众人聚齐。一阵寒暄后，各自坐下。丰自鸣先将自己的前任老婆介绍后，便对齐之乎说：“齐同学，你也介绍一下你的人吧。”

齐之乎起身，先指着李叶说：“这个李主任就不用介绍了吧。”丰自鸣与李叶相互点了下头，没有说话。

接着，齐之乎按自己的习惯依次将其他高中同学一一胡乱地加了“厂长”“校长”“局长”之类的头衔做了介绍，以表明自己的圈子“往来无白丁”。

这个程序走完，菜便上齐。丰自鸣叫服务员赶快上酒。齐之乎先说道：“丰同学，今天你们喝酒就不考虑我了。等两个小时后，我要到机场去接人。”

“喝吧喝吧！待会我叫司机去接。”丰自鸣献殷勤道。

“本来我也有司机，但你们懂的，我必须亲自去接的人的分量。”齐之乎炫耀了一下，没明说，也没人问。在他人钦羡的目光中，他端起自己带来的日本原产杯子呷了口养生茶。

这时，服务员把丰自鸣带来的口袋打开，从里面提出一瓶飞天茅台来。服务员刚放在桌上，见丰自鸣摆了一下手，她便将手缩了回去。丰自鸣显得难为情地说道：“今天走得匆忙，只提了一瓶茅台，怕是不够。”

李叶说：“小酌怡情，过量伤身。够了够了。”

丰自鸣瞟了一眼身边的前任老婆，钟丽芳反应倒是很快，赶紧把茅台酒放进口袋：“这怎么行呢！酒逢知己千杯少，一瓶怎么能够呢？况且，同学的同学也是同学。只有这辈子的同学，哪有下辈子的同学？既然是同学，就要喝个尽兴。不过，话又说回来，酒喝杂了的确影响健康。口袋里还有两瓶一样的酒，叫‘红花郎’。嗨，‘红’字吉祥！大家都红红火火的，多好。”

“对对对，嫂夫人说得好。”有个同学脸上露出了僵硬的笑容，附和道。

碍于同学的面子，李叶忍住没说话。宴席散后，他觉得虽然这次是齐之乎发的招，但这些同学却是自己联系的，因此感到十分过意不去，便招呼高中同学们去茶楼喝茶。

有个在政府办上班的张同学打趣道：“今天，真的算是开了窍，为什么茅台有款酒叫‘飞天’？你们知道吗？”

“飞天茅台曾被人称之为国酒，因为酒好，喝得人晕晕乎乎，好像在天上飘似的。”有个同学说出了自己的理解。

“‘飞天’出自敦煌洞窟艺术的一处壁画，体现的是传统文化。从另一个角度讲，但凡与‘天’字有关联的，都不一般。”一个在学校上班的同学从历史的角度进行了解读。

“你们都没说对。以前人们有句什么话来着？对，叫煮熟的鸭子飞了。今天，眼看就要喝着茅台了，结果，拿出来晃了一眼，大家都没喝成，就像是飞上了天一样！”张同学自己公布答案。

“这两口子精得像鬼一样，你们算算看，一瓶飞天，一瓶红花郎，价钱相差不少。”一个在工商局的同学说道。

“你们在人家背后瞎咋呼，是不道德的。不能怪‘疯子’，只怪‘棋子’。社会就是这么现实，现实就这么残酷。不要太相信那些嘴巴上挂着的友情。”李叶笑着说道。他此刻好像成了哲学家，当然也感觉到自己说的话冒着酸味，第一次讲话显得有点尖酸刻薄。他故意将“丰自鸣”说成是“疯子”，将“齐之乎”说成“棋子”。

“有位名人说过，骄傲的架子要在伙伴面前摆，也是世间的老规矩。此事说明了，只有跟他在一起并且他要喝酒时，你才可能喝到好酒。齐之乎，枉自高中同学一场！以后凡有此人在场的活动，我绝不参加!”张同学发表了声明。

第二天，丰自鸣派人给齐之乎送了两箱水果。齐之乎撕下封口胶带，打开一个箱子一看，纸板上面有一张字条，歪歪斜斜写了几个字：请齐处长关照。揭开纸板，原来下面装了六瓶茅台。想起那天喝酒的场景，齐之乎心里也不痛快。他一改往日做派，叫办公室里的人全给退了回去。自然，那项几亿元的工程与丰自鸣无缘。

同天，《天都日报》刊发了以“尊重个性化劳动，为取消‘考勤制度’鼓掌”为标题的新闻述评，《天都晚报》发表了《围墙倒了，市民笑了》的报道，天都电视台节目《千年银杏焕发勃勃生机》播放了不少激动人心的画面，天都新闻网以“哟，胆大，谁敢不考勤”为题刊发几个小故事。大市媒体从多个角度报道了邻岷市第五实验小学在教育教学改革中的一些创新举措以及取得的一些成效，不少媒体纷纷转载，网站点击量一天就达八十万之众。

杨柳依在办公室刚浏览完天都新闻网报道学校的信息，就接到邻岷市教育局局长的电话：“杨校长，恭喜你，感谢你啊，我们全市教育又出彩了！我都看到这些报道了。”

“谢谢您，文局长！这些都是教育局营造的环境好啊！沃土才能长出好收成呀。我也恭喜局长大人。”

“以后，你们有什么大的举动，也要事前告知我一声，免得外面已是满城风雨，我还没有得到半点儿风声丁点儿雨星。如若事先晓得，市上的领导过问时我也好有个心理准备。”今天早晨，他还在食堂时，分管教育的副市长就打电话来恭贺他了，幸而他含糊地回答“感谢领导关心，我们以后会把工作做得更好”，给遮过去了。

“是是是，没想到那些记者太敬业了。昨天下午他们离开时已经很晚了，肯定是加班加点熬夜弄出来的，所以，没来得及向您做汇报。文局您也是知道的，昨天是按您的意思办的，力争将坏事变成好事嘛!”杨柳依自然听得出局长的弦外之音，凡事不能目中无人，更不能目无上司。的确，也没有想到记者的手脚如此麻利。这件事，显然是李叶立了大功，得好生酬劳他。

“好好好，社会需要正能量，特别是教育更需要这些正面宣传引导。我们教育部门有那么多的感动市民、感动中国的人和事，为什么偏偏就有人喜欢抓住一些负面的比芝麻还小点儿的事大做文章？这是宣传方面出了问题，我们自己也要进行反思。杨校长啊，给你布置一个任务……”说到这里，文局长停顿了。

“请文局您作指示！保证完成任务。”杨柳依赶紧表态。

“那，你下来就这件事准备一个发言稿，下次在全市校长工作会做交流。”

杨柳依领了任务，心里还是很舒畅的。她再次感受到人才的作用，培养一支高素质的教师队伍，给家乡人民带来更多更大的福祉，这是她的使命。历经在大学工作的岁月，更让她觉得前辈给她的引领是多么重要，小学不小，融合各种优势，才能培养更多的孩子，使他们顺利地从小学通往大学的殿堂。

午饭后，她到学校办公室去找李叶，不见人影，又来到四年级教师办公室。

李叶正在和其他教师商量承办全市教学研讨会的事，见校长过来，就三言两语安排完，出了办公室。

杨柳依想请李叶代她以私人的名义邀请他在天都市机关部门高就的三位同学来邻岷市聚聚，这同学三人都曾为学校的发展帮过忙。人要知恩，路才会越来越宽。

李叶说，昨天就约好了，今天四个大学同班同学要聚一下。

“那好，我就不参加了。您就代表我好好款待一下，并谢谢他们。不要太节约了，费用我来处理。”

“杨校长，您放心。费用的事您不管。”

“李主任，我还要感谢您哩！就不必多说了，于公于私，都该我办招待的。”

李叶见杨柳依那么坚持，也就心领了。

李叶将聚会地点安排在城东略偏的一个叫“土不土”的农家乐，这里比较安静，花草树木繁茂，空气清新。李叶先到，点了这里的两样特色菜：一是辣子鸡，二是太安鱼。外加一些家常菜，一大碗蔬菜汤。来到餐厅，只见每间包房里都贴着一张标语——“树立新风尚，隔桌不买单”，他笑了笑。选定包间后，走到门口，等候同学们的到来。顺便拿起手机拍了大门口的一副对联：乡村乡情乡土菜，家香家味家感觉。

一会儿，三个同学都到齐了。其中一个是韩玉生，在天都市公安局担任副局长。

若把李叶的办公室主任也算行政干部的话，四个同学都从事行政工作。在职位方面，在大市工作的三个同学较李叶高，都是处级，李叶连科级都算不上。在年龄上，景思文略长，职位最高。当年，他是班长，李叶是学习委员。前几年开第一届大学同学会时，他提出一个“四不一只”的建议：同学聚会，不叫官职，不谈收入，不谈荣辱，不谈是非，只谈情谊。这个提议得到大家的响应。

当年四个大学同窗，平时的联系要密切一些。大三时，有一天，四个人外出吃火锅，喝啤酒。喝至兴处，韩玉生一下子心血来潮，说道：“干脆我们四个人结拜成异姓兄弟，咋样?”四个人彼此对视一下，在酒精的催动下，都答应要举行这个有点古老的结交仪式。

然后，各自报了年龄，从大到小，依次为景思文、韩玉生、李叶、齐之乎。景思文叫李叶编个誓词，他和另外两个同学准备仪式用品。很快，都办妥了。

桌面摆了五个碗，在店老板那里要了三个桃子，在三个空啤酒瓶上插上裹着的餐巾纸，当作三炷香。

景思文叫三人齐上前，自己先用一根大头针将手指刺破，滴了一滴血在一个酒碗里，后面的人依次将自己的一滴血滴到同一个酒碗里。景思文端起来摇匀，又分别倒进四个碗。

齐之乎把“香”点燃后，大哥景思文一声令下：“拜——”四个人端着酒碗齐刷刷地跪成一排。

李叶带头念，然后大家一起念道：“一敬桃园刘关张，二敬瓦岗好儿郎，三敬梁山一百零八将。我四人今世有缘，今天结为异姓兄弟，永不背叛，有福同享，有难同当。”誓词也老套，但有血性。

念完后，一饮而尽。

“酒就随意哈。”景思文先说道。

“大哥，还是要尽兴。”李叶说道，“今天是‘四中（盅）全会’，白酒、红酒、啤酒、可乐，随便选。”

“那我选可乐。”景思文道。

“那不行！大家都已经有大半年没有聚过了。李叶，今天改成‘三中（盅）全会’，可乐撤下去。白酒、红酒、啤酒都要喝，白酒垫底，红酒打尖，啤酒漱口。”韩玉生站起来说道。

“二哥，就不要这么大套了吧。”齐之乎劝道。

“想当年，我们哥们儿四个都是半斤八两的，反正今天大家都不开车，宁愿胃子喝个洞，不让感情留条缝!”韩玉生不肯让步。

“今非昔比，大家都是奔五的人了，上有老，下有小，还是多保重，喝多少算多少吧！”景思文笑道。

“大哥说的对，我们听大哥的。”李叶搭话道，今天他作为东道主，还是有所顾虑的。

“三弟，在你的地盘上，我看你也不是吝惜几个酒钱的人吧？”韩玉生想将李叶一军。

“弟兄们都是喝过血酒的人，情义无价。今天来这里，简单的农家菜，不成敬意，随意喝高兴。”李叶不愠不恼地说道。岁月真是奇妙，他当年也是酒桌上纵横驰骋的骑士，如今已被时光磨炼得快要静如处子了。

哪知韩玉生不依不饶，逼问道：“你说的‘高兴’的标准是什么？”

“喝就喝吧，二弟，不要耍你那个德性，少说别的。”景思文怕发生什么不快，出面劝阻。

“大哥，我们几弟兄难得一聚，今天不是高兴吗？那就得多聊聊。老三，你说呢？”

“二哥说的对。我就给弟兄们分享一下酒喝‘高兴’的标准吧！”李叶知道韩玉生对他虽然很好，也帮过学校不少忙，但这么多年了，还是因一件事对他心存芥蒂的。他二人心知肚明，只是老大与老幺不清楚，他更没有必要提及。今天，他一定要尽地主之谊，表达表达弟兄之情，同时完成杨校长安排的任务。

“所谓‘高兴’，我们学校的一个老师解释过，我就给大家表演一下：喝出尖叫声，喝盏探照灯。我先干为敬，你们可喝一半！”

李叶端起杯子口抿着杯弦发出“吱——”的一声尖叫，二两酒一饮而尽；马上把酒杯放在头顶，未流出一滴，晶莹透明的杯子在头顶真像一盏探照灯！

“啪啪啪——”看得韩玉生带头鼓起掌来。

“感情深，一口吞。第一杯，都干！”韩玉生也是一口干。

齐之乎也来个杯底朝天。景思文喝了一半。

“大哥，你怎么没干?”韩玉生问道。

“别急，迟早都要喝的。”

“那好，我等你。”

“在我们四弟兄里，还是老三的幸福指数高哈!”景思文饮酒后打开了话匣子，心中有感而发。

“算不上哈，高手在民间，经常和朋友们在一起，模仿学习了一些书本以外的登不上大雅之堂的东西。”李叶淡然一笑道。

“记得当年我们在一张报纸上看到有这么一句话，描绘男人的生活目标：二十漂亮，三十健壮，四十富有，五十自由。我看我们在座的都没有虚度芳华。”齐之乎也发言了。

“我可是拖了男人的后腿。”李叶联想到四十岁的标准自嘲道。

此时，景思文的手机响了。

“吃饭时间，一概不接电话。”韩玉生看着景思文说道。

景思文摆摆手，起身离桌去接电话。一会儿，他转来给大家作个揖说道：“兄弟们，不好意思，你们慢慢吃好喝好！我有事要先走一步，司机马上就到，部里有个棘手的事要立即处理。改天，我再招呼大家，今天先走一步，失陪，失陪!”

“大哥慢走!”三人起身恭送。

“唉，公家的饭不好吃啊！前不久，为迎接上面的检查，我局有个办公室主任，本来就有高血压的基础病史，又连续几天加班弄材料。结果汇报那天，不巧临时停电，电梯没法用，怕领导等久了，只得抱着一大摞材料一阵小跑上五楼。刚进会议室，就一头栽下去，再也没起来，才刚刚到五十！老婆哭得死去活来，娃儿还在读大学……还好，算是因公殉职。端公家的碗，就要服公家管。我们这些人加班熬夜是家常便饭，所以，有时候，也是今朝有酒今朝醉，好好过好每一天。大哥不在，我就来当酒司令。”等景思文走后，韩玉生感叹道。他在公安部门，职业使然，感慨良多。说完，他又将三个酒杯斟满。

“酒喝干，再斟满，今夜不醉不还——”齐之乎兴起……

命运也有自身发展的轨迹：不善交际只知读书的人当了教师，精于世故会搞关系的人走上了另一条路。回家途中，李叶脑中浮现出朋友写的《友情》中一段文字：

> 友情产生、存在和发展的前提概括起来便是平等的人格。平等并非要求大家所具备的因素都不能参差一点，而是要盛纳尊重、理解、谦让、关心，它拒绝埋怨、炫耀、势利、欺骗。它没有乘人之危的企图，没有唯利是图的攀附。当这个前提消失后，就再也没有什么能为友情站岗，友情就此搁浅，并随之而消亡。平等的人格还是友情的保质期。请看我们的周围，因地位、权势、经济、学历等诸多因素的变化，一些信誓旦旦的“天长地久”则变成一朝拥有，友情开始分杈，或许成为心灵的创伤，或许成了过去依稀的记忆。

隐隐约约地，李叶感觉到，他们的共同语言变少了，距离在拉大，大学同学这段情谊，犹如那杯中的血色，在风雨的不断注入后，开始淡薄起来，以至于会被以后岁月的长河冲刷得看不见了……

“叶子，听说你们分居了？”连凌燕刚一坐下，就盯着李叶发问道，神情很是兴奋。

“凌燕，你从哪儿听说的？”李叶觉得有点儿奇怪，自己的家事，她怎么会知道的。

“我还是喜欢你以前叫我‘燕子’。你别管我是从哪儿听说的！我只问你有没有这回事？”连凌燕的眼神在橘红色的台灯下，好像也变得有些火辣辣的了。

李叶下意识地避开了，看着她的头发说：“燕子，实话给你说吧，那不是‘分居’，那是‘分床’。”

“分床与分居，区别大吗？”连凌燕像读大学时一脸顽皮的样子。

“当然，有本质的区别。时不时地遇到学校加班，因为回来较晚，又不想影响他们休息，我就在客厅睡了。经常这样，同事们就称呼我为‘厅长’了。只不过，这个‘厅’是客厅的‘厅’。”李叶轻松地化解了对方的一记重招。

“叶子，你还是那么可爱！没啥变化。”连凌燕为李叶的幽默感笑了。在她心里，李叶依然如从前一样没有改变。

“岁月无情啊。美容院的广告词是：岁月像把杀猪刀，割了一刀又一刀。要想青春永驻，请看店里的美容术。倒是你变化不大。”李叶用细长的调羹舀了点糖料放在杯中，缓缓地搅动杯里的咖啡，幻想着把昔日的一些苦涩拌匀，黏上糖汁，淡化掉。

“以前，你K歌时，唱过《那一夜》吗？”连凌燕突然冒出一句，望了一下李叶，便低下头不自然地搅动杯中的咖啡，她焦急地等待，热切地倾听着李叶将要发出的心声。她真想把杯顶上的浓浓泡沫搅出一团火来，把两人燃在一起。

“我听过，旋律挺美，但歌词有些轻浮。”李叶抿了勺咖啡，停顿了一下，“我喜欢唱《我不怪你也不会恨你》……”

这段对话同时在另一个地方响起。

“局长，需要我去搅扰一下不？”一个警察监听到这里，想争表现。

“不管你的事，少管我的家事！”韩玉生呵斥道。

小警察吓得低下头，只怪他自己少不更事，不懂装懂，当然不讨好。

其实，连凌燕与李叶他们结拜的四弟兄都是大学同一个年级的。当年，连凌燕称得上校花，且才貌双全。大学开学报到那天，李叶与连凌燕巧遇了。

一个身材高挑的女生拖着一只硕大的旅行箱，拉杆似乎不太相配，在不太平整的路上摇摇晃晃的。马上就要上一道石拱桥，那会更费劲。当时，李叶就跟在她的后面，也拉了一只中型的旅行箱。天生的善良和英雄救美的情结促使他加快步伐，一会儿便来到了女生的旁边。

“你好，我叫李叶，大一新生，中文系一班的。你也是刚来报到的？”

女生停下了，拿出一张纸巾拭了一下额头，伸出手笑道：“是的。你好，我叫连凌燕，中文系三班。”

李叶赶紧伸过手去，感到软绵绵的，同时被那双明亮的眼睛吸引住了。“还是你们女孩子富有一点，快把家搬空了吧？”

这个叫连凌燕的女孩呵呵一笑，没搭话。

“来，我们交换一下，我拉你的箱子。”

连凌燕也没迟疑，二人就相互拉着对方的箱子往宿舍区走去。

后来，在文学院团委的换届改选演讲中，李叶当上了团委书记，连凌燕是宣传委员。团委负责校刊的编辑工作，他们每期负责组稿、采访、撰稿、编辑，忙得不亦乐乎。整个团委的成员们浑身充满活力，青春的词典里找不出“疲倦”这个词语。一年下来，他们团委成员均被评为学校优秀学生干部，校刊被评为全国大学生优秀校刊。

连凌燕还亲自将李叶在校刊上登出的小诗抄写在自己的日记本里：

校园偶遇

难忘那一天，
你轻盈地飞到校园。
满眼全是波澜，
憧憬里写着春天。

抢拍，
心拍，
镜头是双眼，
心灵是底片。

复制，留恋，
刻录，惊艳，
珍藏，珍藏，
千年？万年！

每当读一遍，连凌燕的心就像有一只玉兔闯进怀里一样，砰砰乱跳个不停，脸也有发热的感觉。这难道是少女怀春，爱情降临？她举起小镜子，把自个端详了老半天，又傻傻地笑了……自此，校园里多了一对倩影，湖边增加了一串笑声……

有情人未必能长相厮守，爱情的火花有时只能在人生中闪耀短短的一瞬。在大三实习时，连凌燕和韩玉生被派到了同一个学校。开始，连凌燕提到韩玉生在向她猛烈进攻时，李叶并没有引起重视。后来，李叶又感觉到连凌燕所追求的东西，自己无法满足。慢慢地，“叶子”开始放手，“燕子”也弃他而去……毕业时，连凌燕和李叶的其他三个结拜兄弟分别留在了天都市的三所中学，李叶回到了他的故乡邻岷县的一所乡中心小学。

今天，燕子归来，想要重温昔日林间叶子的温馨。连凌燕在一个培训机构的暗示下，瞄准高考艺术专业市场，在八年前进修获得了美术专业本科毕业证，专教美术学科。前一段时间，连凌燕与班上的音乐老师在校外民办培训机构搞冲刺高考艺术过关培训辅导，尽管比其他培训机构少收三分之二的费用，但因严重违背师德要求，被市纪委查处。为了保护家境困难的音乐老师，她将所有责任包揽下来，辞职准备到南方去。今天，她打算来找自己的初恋聚聚，再告别那座令她伤感的城市。她约了李叶，并不打算将自己现在的情况告诉他，只想再看看他……

橘红色的灯光下，觉得他格外儒雅英俊，这才是她这辈子心仪的人，是真正值得托付终身的人，今天她真的不想再错过了！

心里产生这样的念头后，她决定冒一次险，不管结局如何，“叶子——”她喃喃细语，她不由自主地将脸往前送……

李叶觉得从前的初恋眼里波光闪烁，“燕子——”他竟念出了她的昵称，仿佛进入如梦如幻的空间……

正在这个时刻，李叶的手机铃声响了。连凌燕的心顷刻之间坠落到万丈冰窟，一切幻觉戛然而止，所有的思绪瞬间飘散离去。李叶拾起放在茶几上的手机。“老三，你醉没有?”从远处传来低沉而熟悉的声音。

“喝，没，没有喝，喝了点咖啡。没有喝酒……”

“没有就好！今天我不在场，怕你们酒驾。”

李叶心里咯噔了一下，背心渗出了冷汗，下意识地站了起来。他觉得心中没鬼，却搞不懂此刻怎么会变得语无伦次起来。

他不自觉地看了一下表，从他们进来算起，刚好有半个小时。

“一个男人和一个女人独处一室，不管交谈得如何惬意，如果三十分钟过后，彼此没有起身离开，孤男寡女间定会发生故事！”记得第一次同学会时，韩玉生这样对他说过。当时，他反对过，并用自己的亲身经历做了例证。韩玉生只是狡黠地笑了笑，并意味深长地说了句“你还不是真正地懂女人”。他那具有警察职业的双眼锐利地扫过他的全身，他感到有一丝的寒意。

她觉察到他神情有些异样，忙问道：“怎么了？”

是该走了。他没有作答。他疑惑地抬头迅速地环视了一周，大厅四周有四只黑乎乎的方眼。刚才的美好温馨霎时蒸发了，他庆幸什么也没发生。他从内衣口袋掏出笔来，把茶几上的小卡纸撕下一张，写了几个字——“被监控了”，递了过去。这一切让他觉得滑稽，大庭广众之下的相聚倒成了搞地下活动似的。

她原本还奢想等他接完电话后，重新回到这个美妙的梦境中，享受一下人生的美好，看来，这个梦境是彻底破碎了！她第一次感到有被人当贼捉的耻辱之感，忍不住骂了一句。

她有些懵，看看手机，看看手表，看看项链，竟联想到电视剧《手机》里的一段画面：沈雪在超市购物后，两次都没有通过门禁。最后终于发现丈夫送给她的手表里已安了监控。突然间，连凌燕发狂似的嚎了一句：“混蛋！”接着，叭叭叭，她用力地将脖子上的项链、腕上的手表全扯下来，连同手机摔在地上，最后又将外套扔在了地上，一把宝马车钥匙弹了出来。

“发生了什么事？”一个侍者走了过来。

她这才清醒了，觉得有些失态，没吭声。

“没什么，没什么，手机滑落了。”李叶赶紧弯腰把地上的东西捡起来，放到茶几上。又拾起外衣披在她身上。

看来不像是打情骂俏的，也不像争风吃醋。侍者觉得无趣，知趣地走开了。

李叶疾步来到吧台，买了单。

“明天来开车。”他轻轻地说道。

他觉得今天她的心境已不适宜开车了，于是叫来一辆尊享专车，护送沮丧的她上了车，关好门。恍惚间，李叶觉得连凌燕眼角有颗晶莹的东西滑落了，他假装什么也没看见地扭转了头。

拍了张专车车牌发给韩玉生，配了几个字：“二哥，嫂子上车了。”

星期一晚上九点，和石竞、曾媛在办公室刚吃完盒饭，李叶的手机传来微信的提示音。他知道是个人来信，凡是微信群，他都点了“消息免打扰”开关的。

曾媛笑着问道：“李哥，是不是没请假？”

石竞也笑道：“是嫂子查岗吧。”

“别瞎猜。还不知道是谁发的什么内容呢。”

翻开微信，是“雪白的花”发来的：“我不属于你，你更不属于我，你属于学校，属于学生。”

看完这条没头没脑的信息时，李叶愣了一下，突然反应过来，原来是把李华的叮嘱忘记了。他马上把饭盒放在垃圾袋里，对石竞、曾媛说：“‘表哥’‘表姐’，你们再把近三年师生在市级以上报刊发表的文章，包括教师的论文、新闻、文学美术作品，学生的作文和美术作品统计填表。今天，先统计学生的作文。我有事得马上离开！”

7. 旅 游

全国艺术特色学校检查验收的时间快到了，杨柳依说："我们前一段时间的准备基本上达到验收标准。为了确保万无一失，做到双保险，决不能功亏一篑。各部门要把相关数据核查准确，各类统计表要清楚明了，大表、小表、总表，表与表相对应，表与表要吻合，不能出一点差池。相关印证材料要备齐。时间紧，就要灵活处理工作。"

主体汇报材料属于大块文章，李叶将杨柳依惯用的"长命提纲"和"特色报告"两篇基础文稿调出来，进行融汇加工。

大体结构为：学校基本情况介绍，办学理念，特色展示与特色融合贯穿到各项工作中，各项切实分明的举措，在上级领导和各部门的关心支持下干群一心，抓好抓实工作，某项建设取得了丰硕的成果。

李叶连续在学校加班半个多月，周末也不例外。

这一天，他将写了三天的主体汇报材料交给检查组，检查组的三个人分别将这二十几页的文字逐一细看。最后，其中一个当官模样的人皱起了眉头，下了个断语："这本汇报材料中有一个标点符号打错了，检查验收不合格！"他很不满意地将资料扔在一边……李叶心中也是窝了一肚子火，指着那个人大喊道："你们吹毛求疵，鸡蛋里面挑骨头！究竟是来指导还是来找碴儿的？"

这一喊，突然惊醒了，原来是一场梦。

这一天是星期一。李华打电话来说今天父亲换肝，叫他放学后要去看一下。李叶随口答应。

说实在的，当年李叶当选女婿，全仰仗岳父力排众议，才促成了这段姻缘。当时，反对最甚的是李华的母亲。自然，李华的舅父站在了自己妹妹这一边。反对理由有两条：一是按传统讲，同姓同宗不开亲，两人五百年前可能就是一家；二是门不当，户不对。李叶家居农村，条件差，不利于下一代的成长。这两个因素，在爱情和婚姻中就是致命的。若绕不过摆不脱，那就是宿命。李华父亲曾在一所中等师范学校当过讲师，很有水平。有人说他会看相，这点有待考证。不过他为了选李叶做女婿，倒是做了大量基础性带关键性的工作。撇开李叶随母姓不说，单是就李叶母亲而言，也细致地进行了追根溯源。说在家谱中查到，李母一家是湖广填四川中的“湖”这一支系，他本人一家是“广”这一支系。不管是湖北、湖南两湖中的哪一“湖”，广东、广西两广中的哪一“广”，都相距甚远，不存在近亲之说。另外，孩子的成长不能只归结于先天与外因，后天努力等内因变化才是根本，父母的表率也至关重要。他了解过，李叶在家孝敬父母长辈，这就最为可贵，孝乃百善之先。另外，他参加高考那年，本来希望不大，他一天只睡五个半小时，其余时间坚持学习和锻炼，终于考上了大学。善良与勤奋就是人成功的本钱，只要人生不缺这两项，上天就不会亏待他，就大有希望。这一番言论很有见地，从历史的哲学的方面找来考据，加上实际调研，让人心服口服，亲戚们就默认了这一桩婚事。后来，随着李果“大驾降临”，李叶又表现积极，彼此关系就更密切了。老人家还经常在亲朋面前自嘲阅人无数，基本上都没有看准，而只有看李叶没走眼。

李叶火急火燎地赶到医院，一见到小舅子李干，就连连道歉。道歉后，他立即问道："爸爸的身体怎么样？手术成功吧！"

李干也没多说什么，只丢了一句："还好，爸爸的手术成功，你还能见上一面的。"

"那真是太好了！"李叶说着，又问道："妈和你姐呢？"

"姐送妈回家了。"李干不冷不热地回了一句。

接着，李叶详细地询问了岳父的主治医生，有关治疗的安排，然后与李干商量了下一步照顾老人的安排：今天岳父在重症监护室，就辛苦李干在医院等候消息。明天下班，他就来换李干，岳父出院前，晚上都由他来陪伴。李干听了姐夫的话，语气缓和了，说有的事到时再商量也行，不要那么固定。

告别小舅子，李叶直奔岳父家。前来开门的是岳母，李叶向岳母鞠躬道歉。岳母倒很宽宏大量，说老头子暂没事了，叫他不要太担心，又告诉他，李华回去了，说是要准备李果晚自习回来的加餐。

李叶赶回家中时，看见李华坐在沙发上发呆。李华已将儿子要加餐的绿豆排骨汤用压力锅做好。

"回来了。"李叶小心谨慎地先发话，不知是对李华说，还是对自己说。

李华坐在那里，没搭话，不知听没听见。

"我错了。今天事太多，真的是忘记了！"李叶又小心地赔着不是。

"你哪里错了？你那么能干，好像地球离了你都不会转了！"李华终于忍不住了，气不打一处来。

"我下次绝不会了！"李叶的窘态难以描述。

"你的意思是下不为例，对不对？人的生命没有下一次！要是我爸……他今天走了，你连见最后一面的机会都没了！”李华说着，有些哽咽。

“我再说一下，今天是我的不对。别怄气了！”

“你以为你只有今天不对，是不是？这么一年多来，你天天都说你很忙，难道我就不忙吗？你们学校要创牌子，我们医院也在创牌子；你负责有项目，我也有创收任务，哪个手里都有一摊子事。但不可能只做公家的事，自家的事一点儿都不做吧？就连屋里灯泡坏了，叫你换，你也是一推再推，这是男人家做的事，难道要女人家来做吗？上次米吃完了，还是儿子跑到超市里去买回来的。你倒说得好听，家里的花草由你来照顾。上次狠心花了两三百块钱买了一盆你视为宝贝的满堂红盆景回来，结果两个星期后就枯死了。原来你根本没有浇过一次，其他两盆花也蔫了。算了，以前的事就不说了，说起就伤心。就说今天的事吧，爸爸那么危险，命悬一线，他是多么希望他的亲人在身边给他一点支持啊！你倒是答应得好好的，可他老人家在进手术室门的最后一刻都没有见着你的半点影子！自从我们恋爱开始，他一直在偏爱你支持你；结婚后，也是明里暗里在帮助我们，这一点连小弟都嫉妒了。你说说，你竟然就是这样来报答他的吗……”李华数落着，不禁呜呜地哭了起来。

此时，李叶的心情莫可言状。此刻，他意识到糟透了。他好像在手机上设定了闹钟，可并没有听到闹钟响，所以，所以，所以……回想这一段时间来，心里的确很少考虑过家中的事情，连拖地都是晋三姐来做的。

“咚咚咚”，李果到家了。他一改往日的习惯，没有掏钥匙，没有按门铃，轻轻地敲了三下。似乎他听到了父母的谈话，已在门外等候了一阵，他知道，大人们积压的情绪也需要宣泄。

李叶等李华拭去眼泪后，才慢慢过去开门。

“儿子，回来了。”

“爸，妈，我回来了。今天我马大哈了，钥匙忘记在课桌的抽屉里了。”李果若无其事地说道。

“没事，爸也经常粗枝大叶的。儿子，快去吃饭，妈妈给你做好了。”

“嗯，闻到了，真香。妈，是不是绿豆排骨汤——我的最爱?”李果懂事地坐在母亲身旁，抚摸轻摇着李华的肩膀。

“瞧你这个鼻子!”李华脸上露出了一丝笑意。

“谢谢妈！又有好吃的了!”李果起身，向厨房走去。

李叶在客厅的沙发刚躺下，就收到李华发来的微信：“我们分手吧。”这六个字很是刺眼。他觉得这份来之不易的情感不能放弃，“七年之痒”的魔咒早已被打破，爱情已经升华为亲情。于是回道：

> 我已和李干约好，从明天晚上到出院为止，我就去医院服侍老爷子用药，陪他聊三国说水浒，算是将功赎过，改邪归正。自从认识你，我们风风雨雨地走过了二十多年，感谢你的付出！感谢上天对我的眷顾！我是一个很幸运的人，我不是什么工作狂。只是为了不辜负那一份信任，在学校这个充满温情的家园中，尽力做些分内之事罢了。目前，唯一没做好的是对家里的事兼顾得很不够，让你受了累，还受了不少委屈。我们已不是单个的个体了，我们成了亲人。天长地久的缠绵爱情，只能存在于亲情当中。我今天是在手机上设定了去陪老爸的时间的，天晓得它为何不响。我知道工作并不比老爸的命重要。恨不用尽天下语，细细倾诉君之情。我们有的是时间，有的是希望。你是医生，请相信我，我还有药可救!

尽管两人在家里有时为一些鸡毛蒜皮的小事发生口角，哪怕是发生了这次较为重大的失误，李叶也坚信他们的感情是久经考验的，他不愿失去李华。

同样，李华心里是很在乎李叶的，她觉得李叶不仅有能力，有气度，重要的是与人为善。心地善良的人有情有义，靠得住。最难忘的是上次他过三十九岁生日，开玩笑说自己不该买伞当礼物时，她心里就热乎乎、甜蜜蜜的。

在主卧床上的李华看了三遍丈夫的回信，特别是看到“恨不用尽天下语，细细倾诉君之情。我们有的是时间，有的是希望。你是医生，请相信我，我还有药可救”这三句话后，心里得到了慰藉。她伸手触摸一下台灯开关，慢慢入睡。

“李主任，您是怎么当家长的?”电话里，李叶能感觉到谢宗才怒气冲冲的表情。

“对不起，谢老师您好！请问有什么事吗?”李叶对儿子班主任打来的电话感到没头没脑的。

“您家里发生了什么事吗？今天下午我上课时，就看见李果有些反常，心事重重的样子。现在晚自习又不见了人影？之前打电话，您又不接。”

“哦，对不起，给学生上课时，手机放在办公室，又开了静音。我马上去找。”李叶的心一下紧张起来，他估计是昨天晚上给李华发的那条信息误发给儿子引起了误会。

这天中午，李果打开手机，看到父亲误发的信息：“我已和李干约好，……请相信我，我还有药可救!”后面，还有一条：“发错了。”李果很敏感，他认为，即便是父亲发错了，那也说明父母之间存在着隔阂，出现了状况。他作为儿子，左右为难，真不好说什么，两边都是至亲!

整整一下午，他心情十分郁闷。老师讲课时，他也心不在焉。谢宗才发现李果在走神，他慢慢地离开讲台，边讲边向教室中间走去，不声不响地走到李果座位旁边，看似不经意地用一支墨水笔在李果穿的校服袖口处滴了一点墨，顿时，李果袖子上出现了一小团黑色。李果的同桌发现了，提示了他，他知道老师的用意，马上打起了精神来。

谢宗才不动声色地折回到讲台，开始做实验，制成了漂白剂。刚完成，就大声叫道："李果，请上台来。"李果走上讲台，谢宗才指着他染了墨水的那只袖子，朗声说道："同学们，大家请看，刚才我讲课时不小心将班长的校服给弄脏了，只有用现在的实验品试一下。"同学们看到谢宗才将漂白剂滴在李果的袖口处，瞬间，黑色就不见了。大家鼓起掌来，李果的脸却红了。

下午放学时，李果随着同学们到食堂吃饭。晚饭后，他感觉心里堵得慌。他没有进教室，漫无目的地在操场上走了几圈，然后到了大门。

门卫认得李果，简单地询问了两句，让他签字出校门。

不知不觉，李果来到一家网吧。网管看了他的身份证，让他自选了一台机子。他胡乱地打起了游戏。不知过了多久，他觉得有点腰酸背疼，便站起来，四处张望了一阵。整个游戏室里，座无虚席。一看墙上的挂钟，啊，已经九点过，快到晚自习下课时间了！他心里突然发虚起来，抓起手机，离开电脑。

刚走出门，就听见有人在背后喊道："抓小偷！"他好奇地回头一望，看见有两个一高一矮的人向他跑了过来。他没弄明白发生了什么，停下没动，也想看个究竟。不料那两个人冲到他面前，不由分说，那个高个子一拳就砸在他脸上。体育老师在武术课的第一课时就要求：年轻人学武，"德"字为先。不惹事，不怕事；讲公平，伸正义。李果抹了一下有些疼痛的眼睛，眼眶里冒出的火星引燃了他心中的怨气。趁矮个子的拳还没砸过来的时候，他一个下蹲，一个扫堂腿旋风般地将那个人踹倒。倒地的人半天没动弹，高个子心里怵了，大声嚷嚷起来：“小偷打人了，快来人啊！”此时，李果似乎感觉到他被人当成小偷了，他还是不明就里。正在发愣时，一道强烈的光柱射来，原来是一个巡警听到呼救声赶来了。于是，三人被带到派出所……

李叶赶到家里，不见儿子身影。立即拨打儿子手机，关机。他一下紧张了！他决定暂不惊动妻子，先给李干打了个电话：“李干，你外甥的老师叫我去学校一趟，你先替我照顾一下爸。其他的，我来时再给你说哈。就这样，我先挂了。”

没办法，他拨通了韩玉生的电话：“二哥，你在忙吧！不好意思，你侄儿子李果今天晚上不见了，手机又关机。请帮我查一下吧！谢谢你！”

“关心下一代，人人有责。三弟，你还跟我客气什么！你不要急，稍等片刻就搞定。”

韩玉生的回话让坐立不安的李叶舒了口气，此时，只有等待，也只能等待了。

等待着，等待着，手机响起来，李叶心里还是七上八下的。抓起手机，他只说了一个字“喂”，便祈求着手机里会传来好的消息！“查到了，在莫斯科大道北五段二十六号网吧。”“谢谢，谢谢！”“快去吧！改天聚。”

李叶正准备打个车往网吧赶，手机又响起了。原来是谢宗才的电话，马上接了起来：“谢老师您好！我是李叶，请讲！”他原本是想马上告诉谢宗才：儿子找到了，在网吧，请放心。哪知，谢宗才的一番话让他更是吃惊——“李果在派出所。具体原因不清楚，派出所叫去领人。您去吧，我就不去了。”

原来，李果将手机放在网吧桌上，不知怎么滑落下去了，后来，派出所叫人调出监控来，找到了。当时，李果离开时拿的手机的确是别人的，他没发觉是因为手机外壳、品牌一模一样，加上机主来追讨时又没说明白，就导致了误会。派出所调解后，双方彼此道歉，各自叫家里的人来领回。李果怕再增加父母的不快，就报了班主任的名字。

李叶谢过警官，陪同儿子出了派出所。他叫了一辆出租车，拍拍儿子的肩："没什么，都过去了。我还要去替你舅舅陪陪外公，你自己回家。"叮嘱他不要对母亲提及今天发生的事。

李果回到家，李华已为他削好菠萝，屋里弥漫着浓郁的水果香味。

"儿子，学习辛苦了，快吃点水果。"李华用牙签穿了一块递到李果嘴边。

"谢谢妈！以后我自己来，我都是高中生了。"

"在妈的面前，你就是一个孩子！咦，你的眼眶怎么有点肿?"

"哦，我们今天体育课上，打了场篮球。"

"多危险啊，幸好你不是近视眼!"

"当然啦，我遗传的都是你们身上优秀的东西!"

"还是我的儿子乖。快吃，我去拿酒精给你擦一下。"李华心里像吃了蜜一般，起身去拿酒精。

世上的悲剧大多都是人为的。人们将大把的时间浪费在固执怨恨上，却不愿意留一点点时间来反省。生活就是这样，真的不需要逃避，再难熬的日子也会过去。当李叶兑现自己的承诺后，岳父竟也恢复得快，连医生都称奇："老先生，您现在的情况是我诊病中算最好的！多亏了您的女婿来照料您。"

"大夫啊，您不知道，我的女婿就是天都市的学科带头人啊!"

"哎呀，失敬失敬！没想到榜样就在我的身边啊!"医生详细地查看了李叶岳父的各项指标，基本正常了，便对李叶的岳父说："若您愿意出院，就可以回家调养了！"

"要得要得，谢谢您呀！世界上有两个地方是人们离不开又不愿意去的地方，那就是医院和厕所，我实在是想早点离开这里啊！"

二十天的时间，不能改变这个世界，却改变了一个家庭。李叶用自己的举动，黏合凝固了亲人之间有些缝隙的情感。

下午，李叶一下班，就和李华、李干一起来接老爷子回家，一家人又喜气洋洋地团圆了。

这一晚，李叶看到了李华的笑脸，他的表现赢得了妻子的谅解。

第二天，李叶早早地起床。来到洗手间，他的眼睛突然一亮：两个漱口盅里的牙刷亲昵地挨在一起，白色的牙刷斜斜地依恋着直立的黑色牙刷，两支牙刷头一直亲吻着……

他眼中好像有东西在涌动着，湿润的眼帘出现了一幕似曾相识的场景——那年，他们刚搬家到这座城市，寄居在吕家的租房里。从五楼可以直接到楼顶，楼顶很宽，倒是一处晾晒衣服的好地方。有一天，李叶和李华几乎是同时下班到家。李叶刚放下菜，说道："我去楼上把衣服收回来。""我也去。"李华跟着先生来到楼顶。此时，一阵风吹过，一支衣架从一根长长的铁丝上滑过，发出了清脆的声响。那支衣架挂着李叶那件白色的衬衣，飞速地滑向李华那件粉红的衬衣。白衬衣将红衬衣拥抱着，红衬衣依偎着白衬衣，两对衣袖还在欢喜地抚摸着。眼前这从未看见过的景象让二人愣住了，李华突然转身抱着李叶，不顾一切地拥吻起来……

李叶赶紧用毛巾将眼睛擦了擦，到书房将充电的手机取来拍下了两支亲吻的牙刷这一动人的画面。洗漱完毕，按往常习惯，他又将白色的牙刷上挤上牙膏。

李华还没起床，昨晚说过这天休假，想补补觉。他回头看了看整洁的屋子，轻轻转动门把关了门，轻快地出去了。

中午，李叶打开电脑，查询关于手上“倒刺”的现象。昨晚，李华给先生端一杯温热的牛奶到书房：“趁热，喝了。”李叶正在翻阅一本近期在书摊上买的打折书，见李华进来，放下书从李华手中接过碗，突然发现妻子手上的“倒刺”!

他想起了一次在校园里，几个同事一起聊天的事来。有人问张三少：“三少，你那么讨女人喜欢，坦白交代，有没有什么绝招?”张三少自我解嘲式地说道：“唉，你们是事业型的男人，我却是没多大追求的，属于生活型的。我从不让我心疼的女人做家务事。她的手不能洗碗，一沾油，皮肤就会变粗糙；手不能洗衣，一沾酸碱，皮肤就会龟裂。”李叶听了笑道：“张哥，我给您点个赞！在您面前，我们自愧不如。”石竞听了，也笑道：“李哥，我可要批评您了，您怎么能和三少哥攀比呢！他是有名的‘三好’男人。张哥，干脆以后，我们改叫您‘张三好’算了!”众人听了，便是一阵哄笑。

上网查询后，李叶才知道人体缺维生素会长“倒刺”。经常做家务活，指甲末端的角质层不断增厚，当角质层角化过度，没有得到护理时，皮肤边缘部分就容易干燥开裂，微小的裂纹被摩擦增大，于是就出现倒刺。如果气候干燥，水分丢失过多，指甲角质层容易干裂，更容易出现倒刺。若撕裂，易肿胀化脓，患上指头炎，重者可能发生骨髓炎，最严重的面临截指……看到这里，李叶的心里打了一个寒战。要避免这种现象发生，干活就得戴手套，坚持温水洗手，擦护手霜，适当补充维生素 B、维生素 A……李华手上的“倒刺”，是长期洗衣做饭导致的。想到这里，他是又自责又感动。

正值午时，心经正旺，恰是养心时刻，李叶觉得有些倦意。

他关了电脑，头枕椅背，合上双眼。

醉过才知酒浓，爱过才知情重。李叶脑海里缓缓飘起胡适说过的这句名言。二十年前，经人介绍，通过一段时间接触，一对青年男女从相识到相知相爱，至今，那种幸福都难以言表……“爱情必须时时更新，生长，创造。”鲁迅先生的话在耳边响起。幸福的婚姻需要两人用心经营。幸福的家庭是和谐社会的细胞，事业与家庭也要好好融通。他决定好好陪陪李华，以弥补心中的亏欠。一个假日旅行计划在李叶心中诞生了……

内蒙古的希拉穆仁草原将高山大河、平原山地、沙漠绿洲等地形风貌均展现在人们面前，同时又将自然景致与人文景观有机地融合在一起。八月初，李叶组织了一个“四川旅行队”，队长为赵天宇，副队长为楚盈盈，队员有全承远、刘亚兰、丰亮、吴罡强，保健医生李华，领队李叶。恰好这几个学生都没有去过内蒙古，他们对大草原甚是向往，对成吉思汗很崇拜。当几位家长打听到李叶要去内蒙古旅游时，就及时与李叶联系了。李叶答应了，让学生行万里路，很有必要。根据孩子的天性，考虑到自然风光与历史人文的融合贯通，于是，就定在内蒙古西南的希拉穆仁草原，相对其他草原来说，优势还体现在距离较近，交通便利。

按照旅行社安排，第一天，这个团的所有散客从各地抵达呼和浩特，入住蒙古风国际酒店，在塞上老街逛逛，体验一下内蒙古的民族风情。

到了酒店，大家拿着房卡进了各自的房间。李华想到不久前电视曝光不少大城市酒店堪忧的不卫生现状，就挨个告知学生，用饮水机烧水安全些。到了赵天宇住的房间，只见赵天宇懒洋洋地躺在床上，穿着鞋的双脚放在床旗上。全承远跟赵天宇同住一个标间，一见李华进来，喊了声“师母”，马上拍了一下赵天宇躺的床铺："讲卫生，快把脚放下来!"一听李华来了，赵天宇一个鹞子翻身起来打招呼。

李华笑着摇摇手，说道："躺着多歇会儿。承远，这次出来，多向班长学习啊！他没脱鞋，但放的地方是对的。你们喝水，就直接用饮水机上面的。"

全承远心中很是感激班主任组织的这次活动。当听说有的同学参加了市电视台组织的夏令营，他有些心动，回家给母亲提起，母亲非常赞同他出去参加类似活动："人不出门身不贵，彭老板说过，行万里路犹如读万卷书。他的孩子就经常出国，等我们家以后有钱了，我也要送你出国去看看。"当听班长说李老师要去内蒙古时，全承远高兴得跳起来："我想去看成吉思汗!"母亲及时跟班主任联系，才促成了此行。

等李华走后，全承远好奇地询问赵天宇："你的鞋子上还沾着沙土，怎么师母没有责备你，还说你放在床上没有错?"

于是，赵天宇给他做了解释，并说酒店是按五星级管理的，为客人提供的服务都是一样的标准。

晚上刷牙时，全承远竟然打不开牙膏。赵天宇告诉他："不是不懂就问，有些事可以先观察，说不定，当你还没问时，就找到了答案。如果再过五分钟还打不开的话，你就可以问我了。"他听了班长的话后，又镇静下来，把牙膏盖帽按原来样子拧好，拿着牙膏上下左右反复地察看了几次。终于发现，牙膏盖帽里面有一个锥尖，并且盖帽上面也有丝口，再把盖帽反扣到牙膏主体上一拧，就打开了!"太棒了!"全承远满脸兴奋，惊叹着这种小发明的智慧。

第二天一早开始退房。李叶和李华来到学生住的房间，看见丰亮和吴罡强的床铺以及其他东西的摆放显得凌乱，便叫他们赶紧将水杯、拖鞋等物品归位，被子铺平，用过的毛巾、浴巾放进清洗筐里。

“马上就走了，收拾也没用了。”丰亮有些不太情愿。

李叶告诉他们说：“尊重服务员也是一种公德。虽然你们花了钱，但同样应尊重他们的劳动。举手之劳，何乐而不为呢!”

吴罡强听后，笑道：“懂了。”

李叶出去看了另外两间房，点了点头。

旅行车直奔希拉穆仁草原。车上，在导游的安排下，每个游客都做了自我介绍。这个自由组合团旅客有：三个蒙古族家庭共八人，李叶一行八人，另外省份的两个汉族家庭共八人。

游客们一下车就受到蒙古族迎客的最高礼仪下马酒接待。李叶和几个男家长将一小碗中度白酒一饮而尽，其他的女客和学生们只是闻闻，李叶班上的几个男生尝了一口，辣得做了个怪相。还是蒙古族男孩厉害，喝了一大口。

仪式一完，孩子们呼啦一吼，一下子扑入草原的怀抱。天高云淡，壮美亮丽的草原一望无际，浅浅的青草，斑斓的小花，编织成一幅宽广的锦绣。徐徐的清风看着看着竟着迷了，也忍不住轻轻抚摸着这幅华美的锦缎。

自由玩耍一阵，汉族小朋友开始向蒙古族小朋友学习骑马。

八月的草原也学会了四川的“变脸”。风吹来几片乌云，本是为了给游客添加荫凉，遮住直射的阳光。乌云却错会风意，下起了大雨。大家忙着下马上车，有的就近躲进了蒙古包。李华穿上民族服装，撑起小洋伞，李叶给她拍了几个动人的瞬间。

多情的雨一直舍不得离去。下午，导游过来征求大家的意见，还去不去观看“蒙古男儿三艺”中的赛马、射箭及摔跤表演，众人异口同声道“要去”。这是蒙古民族的一项特色活动，能亲临现场观赏十分难得。李叶觉得孩子们特别需要汲取这种民族血液中流淌着的宝贵东西。为大义舍身抛家的民族情怀，中国人自古而有之，如今更应发扬光大。

大家撑着伞，踏着没过地面的水向演艺场走去。多家旅行团汇集于此，人山人海，摩肩接踵。从停车场步入演艺场的看台，走了二十多分钟。看台上已密密麻麻地坐满了游客。雨飘下来，看台上方的顶篷对前面飘来的雨无可奈何。第一排凳子没人敢坐。过了一会儿，雨越下越大，第二排的人也坐不住了，起身撤到后面去。第三排的人只得撑着伞观看。李叶和李华陪着学生向后面高处挪动，发现最后一排间隔地留着四个空位，赵天宇请老师和师母坐下，又叫两个女同学坐了。他和三个男同学站立在通道观看。楚盈盈见旁边坐的是一个外国学生，便主动用英语和她打招呼，外国女生应了一声，笑容可掬地点点头。大家不再言语，聚精会神地看着表演。

演员正在表演的是一个大型室外情景剧，叫《漠南传奇》。李叶他们到场后，看到的场景是：一座蒙古包，炊烟袅袅；一家三口，其乐融融。随着征兵军官的到来，两个女儿替父从军，跨上骏马奔赴疆场，去抵御外敌入侵。战场上，众将士不畏生死，浴血奋战。多年以后，姐妹二人与众将士胜利归来，共同庆祝胜利。勇士们用精湛的骑术、绝世的箭术展现了心中的喜悦与豪情。

历史故事和现场景象被演员艺术地演绎成一幅幅感人的画面：场上战马嘶鸣，勇士呐喊，刀剑铿锵。台上的尖叫欢呼与顶篷上的雨水噼啪声连成一片。

震撼人心的是演员的表演，不是在故事里的风雨中进行着，而是在大自然风雨笼罩的场地上进行。前面一条战马奔驰的道路，已被大雨冲刷成了一条溪流。雷鸣电闪，风雨交加。在一片泥泞中，演员自始至终没有半点犹豫和马虎，将当年蒙古将士征服一切强敌、战胜一切困难的大无畏英雄气概再现得淋漓尽致。

此情此景，李叶忍不住将自己的感受记录在手机上，很久没有发朋友圈了，他配了一个录像片段马上发出：

忍不住分享一段节目，我和在场的观众在风雨中被当年蒙古族先人创业的荣光所感奋，更为演员在电闪雷鸣、风雨交加的泥泞场上坚持表演达几十分钟而震撼！我们的国民，几千年在风雨中屹立不倒的原因还需要探究吗？这是我多年旅游中特美的风景之一。

演出结束后，有不少观众激动地前去与骑着马的演员合影，李叶和学生不忍演员在风雨中待久了，便没上前，撑着伞慢慢离开。李华经过演员的身边时，由衷地对几个骑在马背上的勇士说道："谢谢你们！"

晚餐前，全体游客都换上了古代蒙古王公贵族服装去参加诈马宴。大人"秀成"王爷王妃，小朋友"秀成"王子公主，大家兴高采烈地在蒙古包前合影。女孩子们更是欢喜得不得了，到处摆"pose"，直拍到晚上八点才进入蒙古包演艺厅。大家一边品尝民族特色餐——手扒羊肉，一边观看民族歌舞表演，感受蒙古族的热情与豪放！

第三天，经过黄河，来到响沙湾景区。

一大早，明晃晃的太阳就刺得人睁不开眼。李华将包里的藿香正气液拿出来，给车上的人各发了一支。大家坐索道前往仙沙岛，穿上沙袜，坐沙漠探险车，蹬多人合力轨道自行车，骑骆驼，看中心舞台表演，踢沙滩足球，创作沙雕，这里成了孩子们游乐的天堂。大家兴致很高，全都陶醉在这片金色的世界里。

在沙漠里，全承远提议向蒙古族学生学习一下摔跤，大家鼓掌同意。四个蒙古族男孩认真地当起了教练，其中一个中学生先讲了主要动作要领，再讲了一遍注意事项，最后是边讲要领边做示范，吴罡强他们一行也模仿着练习。

半小时后，摔跤友谊赛正式开始。李叶和其他游客组成了啦啦队。李叶班上四个男生恰好与四个蒙古族学生组成四组对抗赛，邀请浙江和山西的同学当裁判。

楚盈盈和赵天宇商量，采用“田忌赛马”战术。于是，组队：赵天宇和丰亮对稍微高大一点的蒙古族同学，全承远和吴罡强对两个个头稍小的蒙古族同学。开始，吴罡强和全承远有些逞强，想要和班长互换。刘亚兰观察后走过来，提醒吴罡强和全承远道：“你们两个不懂科学吗？听孙膑的！”说完又对他们眨眼睛。全承远一下子心领神会，不好意思地拍拍头。

全承远此时不由自主地抬头用感激的目光看了一眼啦啦队中的李叶。他刚进城时，李叶问了他学的《语文》教材是什么版本的，他不清楚。李叶叫他带来一看，原是人教版的，而五小的学生学的是北师大版的。当时，李叶就把这两种版本所选编的一至三年级的课文一一进行了对照，课后花时间将他没有学过的课文逐一给他补讲辅导，他才没有落下什么知识。全承远当然不知道，按他原来学的版本，《田忌赛马》这篇课文要等到五年级下册才能学到。可是，在北师大版三年级下册就学习了，这篇课文也是李老师为他补过的。刚才，刘亚兰一点拨，他心里就很明了。

吴罡强仍是没有反应过来，全承远过去对他耳语：“照我们的计划，会全军覆没的……听孙膑的。”一语点醒梦中人，吴罡强举起右手，大拇指和食指形成一个圈，比了一个手势：“OK!”

啦啦队散成一个圈，大家齐声呐喊助威，不分彼此都在为比赛队员加油。结果，二比二平。双方队员握手言欢。

出了景区，旅行大巴前往沙漠中唯一的绿洲七星湖旁边的草堂阁。

第四天上午，是自由活动时间。景点是七星湖沙漠和七星湖。

一大早，李叶、李华二人就起来了。李叶准备去叫醒学生。李华劝阻道："孩子们昨天玩疯了，玩累了，就让他们再睡一会儿。今天上午的景点适宜成人。"

不待早餐，二人向沙漠走去。这里的沙漠比起前天的仙沙岛别有一番风味。这里沙漠一片寂静，全是大自然本来的面目。没有人工打造雕琢的痕迹，浑然天成。踩着松软的沙，鞋子一下就陷进去了。这里没有沙袜卖，李叶和李华索性将鞋脱了，装进一个塑料袋放在路边，牵着手向沙坡走去。

晨沙凉悠悠的，细沙从脚背上轻轻滑过，酥酥地，痒痒的，如同天上仙子的纤纤细指在一架古琴上九凤三点头一般弹奏着乐曲，曼妙极了！赤足逍遥，纱巾飘飘。沙坡顶处，金光闪闪。李华一袭红裙翻飞起来，李叶按下快门抢拍了几张难忘的倩影。慢慢地，二人手牵着手，一直走到沙丘最高处。环视四周茫茫沙海，终感造物主的神奇。李华突然惊喜地叫道："看，那么多鲜艳的花！"循指望去，沙海中竟长有一丛丛花树，色彩艳丽的花朵星星般地点缀着这片天地，凸显沙海生机。沙漠中树都罕见，居然有这般美艳的花。他们好奇地走近花树，李华让李叶认一认是什么花，李叶答不上来。突然，李华一拍脑袋，说声"有了"，只见她打开手机"拍照识花君"软件，对花拍照，就出现了花的介绍，知道这花叫"细枝花竹子"。娇艳似美人胭脂般的花朵开在如壮士胳膊的树干上显得更加娇羞迷人。远处一阵凉风吹来，淡淡的幽香飘过。放眼望去，对面七星湖边神秘的草地里碧浪起伏，湖面涟漪荡起……

七星湖是这片沙漠中唯一的绿洲，面积宽广，四周芦苇茂密，已高过人头。李叶和李华正在观赏时，学生们都跑过来了，争着和老师合影。大家在桥头、在水边拍了许多张美丽的照片。

午餐后，导游便催促大家上车："到鄂尔多斯车程有四个小时左右。全程远，就在车上休息吧!”

“我们在什么地方休息?”只听得刘亚兰举起手高声叫道。

“我说过就在车上休息，你没听清楚吗?”

“我听清楚了，小花姐，您不是说：‘全程远，就在车上休息吧’?”

“是啊，我是这么说的。难道我说的不对?”导游小花感到有点纳闷儿。

此时，李叶也觉得刘亚兰的表情怪怪的。

只见刘亚兰将全承远拉过来对导游说：“他就叫‘全承（程）远’！我以为只有他才能在车上休息呢!”

“哈哈哈……”众人被逗乐了。

“对不住，这是我娘给取的名字。纯属巧合，纯属巧合!”全承远抱拳向大家行了拱手礼。

大家嘻嘻哈哈上了车，一会儿便感到有些睡意。司机便播放起系列草原清音乐，更加催眠，大家便闭眼睡去。

行程过半时，大家陆续睡醒了，小朋友们也精神抖擞起来。刘亚兰从导游手里借过麦克风说道：“车上的导游小花姐、司机叔叔辛苦了！我的李老师、各位叔叔阿姨，同学们，大家好！再次介绍加深印象，我是来自四川省邻岷市第五实验小学的学生，叫刘亚兰。我们今天能在内蒙古这个美丽的地方相遇，真是有缘千里来相会。由于旅途遥远，我和我们班委商量，现在由我来主持，咱们来一个歌曲演唱。我了解到，我们车上的旅客来自四个地方——四川、浙江、山西、内蒙古。那我们以省（区）为单位，一个单位唱一首歌，独唱合唱都行。我先宣布演唱规则：演唱时不能唱本地区的歌，只能唱别地方的歌，并且要唱我们车上旅客所处的四个地方的特色歌曲，大家说好不好?”车厢里响起了掌声和欢呼声。李叶投去赞许的目光，这个规定避免了随意性，又能加深彼此的情谊。李叶和李华同班上的学生合唱了首蒙古族歌曲《蓝色的蒙古高原》，浙江的游客唱了支四川民歌《太阳出来喜洋洋》，山西游客唱了首浙江歌曲《采茶舞曲》，内蒙古朋友唱了山西歌曲《幸福不会从天降》。最后，赵天宇和刘亚兰又表演了男女生二重唱《鸿雁》。车内歌声悠扬，众人沉醉在美妙的歌声里。

接着，楚盈盈取出背包里的扑克，说："为答谢内蒙古同学的情谊，我跟车上的同学玩扑克游戏。"接着，她把乔一兰教的"读心术"猜牌游戏演示了一遍。大家玩上一阵，个个是兴趣盎然。

经过几天相处，同车的人已没有陌生感，就像久别的亲人相聚在一起，都想珍惜这难得的机会说说心里话了。因为李叶班上学生的主动表现，引起了其他地方学生对四川的好奇。

"四川是不是真的有大熊猫?"有几个外地的学生围拢过来，想从四川人口中得到最确凿的印证。

赵天宇笑了："我们四川不仅有大熊猫，还有小熊猫、金丝猴、鹫、雪雉、云豹、牛羚、野牛、旱獭、岩羊等许多国家保护的野生动物哩。"

"关于大熊猫，听说还有一件挺有趣的事：我们国家送出去的大熊猫，到了约定的时间是要送回来的，哪怕是在外国生了小宝宝，也是中国的户口！你们说是不是很有趣啊?"这时，有个家长朋友补充道。

大家听了，热烈地鼓起掌来。

"各位，让我为大家介绍推荐，四川还有天下四大迷人的风景：天下秀，天下幽，天下险，天下奇。请全承远同学补充!"吴罡强与全承远好像在唱双簧。

"请把话筒给我送过来！"全承远故作大腕的范儿，他将在学校学到的知识与旅游中的收获结合起来，简单地介绍道："今日，借旅行公司这块宝地，特地介绍四川四大自然风景名胜：峨眉天下秀，峨眉山是佛教圣地，四季景色秀丽，美在一个‘秀’字；青城天下幽，青城山是道教圣地，古迹与参天大树让全山幽静深远；剑阁天下险，一夫当关，万夫莫开，险峻的剑门关奇险无比；九寨天下奇，九寨沟的神韵在于它的水，水的神奇如同美妙的童话。热烈欢迎四方朋友到四川游览观光!”

此时，赵天宇从全承远手里拿过话筒，高声说道：“各位游客，在这里有元代的成吉思汗，我们那儿有三国时期的诸葛亮。下面，我隆重推荐我们的班主任李老师给大家讲讲关于诸葛亮死后史书上没有记载过的神奇故事!”

诸葛亮一生足智多谋。在《三国演义》里，老百姓评价三国的谋士时，说司马懿属于“事后方知”，周瑜属于“一见便知”，诸葛亮属于“未卜先知”，就是他临死前，也巧妙地部署了撤军、人事安排等一系列的后事，但没有听说除史书外的神奇故事。众人好奇，肃然聆听。

“谢谢大家!”既然学生出了题目，李叶就从容地作答了：“我给大家摆一个四川的龙门阵。这是我在老家收集整理过的民间故事。”

诸葛亮巧设空墓计

各位团友，你们当中可能有不少人听说过诸葛亮生前演过一场“空城计”，但你们可能不知道诸葛亮死后，还演过一场“空墓计”哩!

传说诸葛亮在五丈原临死前，料知老对头司马懿在他死后定会前来报复，便授计给他的接班人姜维如此这般。

果不出诸葛孔明所料，司马懿得知诸葛亮一死，仰天大笑：“我无忧矣！我无忧矣!”接着，又咬牙切齿地说道：“我要掘坟雪耻!”一直让他耿耿于怀的是诸葛亮玩的“空城计”，那是他司马氏一生的奇耻大辱。

司马懿略施小计，除掉魏国大将军曹爽等人，当上了丞相。然后，他急不可耐地派人多方打探诸葛亮的墓地，并且贴出告示，重金悬赏知情来报者。可是，一连数月，探子来报的几座坟都是假的。

正在司马懿心灰意冷之际，忽有人来报：蜀国来了一个声称知道诸葛亮墓地的人。

前来告密的是蜀国的一个姓刘的财主。刘财主和三个儿子仗着与皇帝同姓，成了一方恶霸。诸葛亮曾派人捉拿他们，刘财主一家逃进了深山。诸葛亮一死，他们又潜回乡里。

回乡两天后，来了一个阴阳先生。说有个大官葬在附近，棺材也放进去了，却要找三个没有结过婚的同胞兄弟到墓穴进口处填几方土，方为大吉大利。酬金是两块金砖。

刘财主一听，叫出儿子来。阴阳先生叫三人在契约上摁了手印，交代了墓地的位置，放下金砖后就走了。刘财主当下心想：这个大官会不会就是诸葛亮呢？他已知司马懿悬赏一事。在儿子们走后，刘财主也悄悄溜出门去探听。

几方土在三个莽汉手里一会儿就填完了。回到家，兄弟仨商定吃完饭后再分金砖。刘大煮饭，刘二切肉，刘三打酒。刘三走到半路上起了歹心：两块金砖三人分，不好分。莫如我一个人得了花个痛快！刘三走后，刘大、刘二也打起了鬼主意，二人合谋道：两块金砖三人分，莫如我们来个二一添作五！

刘三暗自得意地提着酒回家，他刚走到家门口，冷不防被刘大一拳打倒在地：“半天都不回来，你是想把我们饿死，你好独吞金砖吗？”刘三还没反应过来，刘二就提着菜刀骂骂咧咧地跑出来：

“砍死这个良心坏了的东西！”手起刀落，刘三顿时身首异处，呜呼哀哉。刘大、刘二各自攥着一块金砖喝着酒，一会儿后，都七窍流血而亡。

原来，刘三早在酒中下了毒。

刘财主打听到那坟里埋的是诸葛亮时，一阵狂喜。他一路狂奔，当他回家看到儿子们的惨相后，终于明白是怎么回事了！他要借司马懿之手来报仇，于是连夜溜到魏国。

司马氏听完刘财主的密报，如获至宝，叫刘财主领路，率大军直奔诸葛亮墓地，沿途遇到的几股蜀军很快被击溃。

一群魏兵似恶狼饿虎般地将墓地挖开，司马懿兴奋地要亲自下去。

司马昭急忙阻拦："父亲大人，怕有暗器，还是先派人下去探查一下为好！""怕什么，老夫披挂整齐，料他一个死人能奈我何！"

为什么司马懿要这么坚持独自下去呢？那是因为他长了个鬼心眼儿，他想独自占有诸葛亮的兵书，怕泄密。他深知：得诸葛亮兵书一本，胜过雄兵百万。

司马懿大摇大摆进入墓穴，走了十几步后，竟然踉踉跄跄，身不由己地扑向前方竖立的墓碑，双膝跪地，全身被一块矮矮的无字石碑牢牢地吸住，动弹不得。原来，整座碑是用磁石做成的。

此时，司马懿一点也不惊慌，稳了一下神，运了一下功，好像全身血脉畅通了一些。朝前一看，眼睛一亮：哈，与石碑略平行的棺材上放着一本书！他吃力地拿起来，见封面无字。书页粘在一起，他把手指伸进口中蘸了口水才翻开。第二篇上面写着一串字："恭候仲达将军阁下"。看后，他惊出一身冷汗。接着，又蘸了口水往后翻。翻一篇，蘸一下，一篇只有一个字。翻完第十六篇时，连起来便是："在生不能擒司马，死后方擒司马贼。"当他乍一看到"贼"这个字时，司马懿大叫一声，口吐鲜血而亡。原来，这本书是被剧毒浸泡过的。

守在洞口的司马昭听到惨叫声，惊得汗毛都竖起来了，急忙下令身边所有士兵全力掘坟。

墓穴全敞开了，看着老父惨死的情景，司马昭当即气得狂叫道：

“诸葛村夫，我要将你碎尸万段，方解心头之恨！开棺——”可是，打开棺材，空空荡荡的，又是一座空墓！

为了这座空墓，老父竟命丧黄泉。司马昭气急败坏地转过身，“唰”地拔出宝剑，一剑劈死了刘财主。

正在此时，探马来报：“姜维率大军杀过来了！”司马昭急令全军带着司马懿的尸体撤退。

追杀一阵，姜维下令鸣金收兵。看着遍地的魏兵尸体，姜维从心里由衷地赞叹：“丞相真乃神人也！”

诸葛亮巧设“空墓计”——先除掉刘家三个无赖，再借刘财主之手除掉蜀国大患司马懿，又借司马昭之手除掉恶霸刘财主，环环相扣，可谓“一石三鸟”。

后来，有人嘲笑司马懿道：

司马懿，闯阳关，
中了一场空城计；
阎王老爷不在意，
任他溜达任他去。

司马懿，闯阴地，
中了一场空墓计；
阎王老爷生了气，
把他捉住当差役。

神奇的故事、曲折的情节吸引了大家。李叶一讲完，大家鼓起掌来。

“诸葛亮真是奇人，‘空墓计’跟‘空城计’一样厉害!”“什么时候我们一定要到四川去游览，参观武侯祠。”……

多彩的活动消除了旅途的劳顿，遥远的行程变得轻松而有趣，不知不觉就到了鄂尔多斯世融国际大酒店。

进到大厅，赵天宇兴奋地指着吧台左角说：“你们请看!”

两只可爱的白瓷小象前面，摆放了一张卡纸，纸上印着“温馨提示”，下面是一排金色的大字“身手钥钱”，每个大字下面又列出几个银色的小字，连起来，就是“身份证、手机、钥匙、钱包，您都带上了吗?”还配有相关图案。

“身手钥钱”谐音为“伸手要钱”，既有酒店要求顾客及时买单的暗示，更是酒店对远道而来客人的关怀。这种提示语方便记忆，温情诙谑。大家看了，莞尔一笑。李叶说：“这里的酒店文化好!”李华便用手机拍了照。

进了房间，李叶对李华说：“这个酒店设计的房间确实好!一房隔二，外间放沙发，摆电视，不影响里面休息。”

“这里设计不错。”李华应道，往里走，又回头说，“早点儿洗漱。”

李叶应了一声，说：“好的。不等我。我再写两个字。”早晨，他牵着爱妻到沙漠赏景的情形浮现在眼前，他把宾馆的记事便笺拿过来，写了起来：

恋曲断想

恋是清晨
恋是黄昏
没有时间的距离

朝朝暮暮充满情分

爱在高山平原
爱在沙漠绿洲
有爱的地方
迷人的风景就为你停留

牵着你的手
牵着我的手
天南地北伴左右
岁岁年年到白头

刚写完，李叶感觉妻子进来了，抬头站起来，望着穿着睡衣的李华，李华也望着他。李华含情脉脉，面带红光。四目对望，放出了一种如幻梦般的磁电，一股电流穿过两人心脏……

旅游最后一天。

参观一代天骄成吉思汗陵结束时，楚盈盈惊喜地发现前天一起在风雨中观看表演的那个美国高中生也参观完出来了！她上前用英语打招呼，那个美国女生看见她也非常高兴。美国高中女生却用中文和她交谈。没想到，这里竟是一个练习外语的好地方，彼此使用对方的母语去表达友好的情谊！

美国女生打开她与风雨中的演员合影图片，不停地夸奖道："太感人了，中国人了不起！我喜欢中国。"她说，她每年都要外出旅游，从小学开始，已经游过二十多个国家了，现在已经在用第三本护照了。

楚盈盈问道："Are there any other places that you plan to visit in China?"（你还喜欢到中国哪些地方去?）

“我计划到西安，看看那里的兵马俑。再到四川，寻找三国的英雄。我读过《三国演义》。”

“We love the movies and the stories about Helen Keller, and we also adore an American Genghis Khan.”（我们喜欢看海伦·凯勒的电影和她的故事，还崇拜一个美国的“成吉思汗”。）

“他是谁?”

“George Washington.”（乔治·华盛顿。）

“啊，是我们的国父!”

二人互留电话，加了微信，一起拍照。后来，楚盈盈请李叶、李华和班上的同学过来和这位美国的小姐姐留下一张难忘的合影。

晚上，李叶忍不住，又发了一次朋友圈：

> 虽没有拍摄到一代天骄成吉思汗灵前那盏长明灯，可那弱弱明亮的灯光却穿越时空，历经近千年不灭，唤醒了无数昏睡慵懒的心灵，激起了一颗颗进取开拓永不言败的斗志。同时，向尊重保护英雄的政府致敬！我们的民族永远需要不屈的英杰。向守护可汗英灵七百九十多年一代代达尔扈特人致敬！有你们的赤诚，我们的英雄就不会在另一个世界哭泣，有你们的守护，中华大地就会有一批批英雄诞生！

午餐后，大家游览了旅程中的最后两个景点：敕勒川草原和塞外西湖哈素海。临别，导游小花激动地握住李叶的手说：“李老师，谢谢您及您的学生，这是我所带过的最优秀的旅行团!”她特邀李叶和学生们合影留念。

到了机场，丰亮走到赵天宇面前，伸出手来说道：“伸手要钱!”“二百五，你要不要?”一行人知道丰亮提醒的是“身手钥钱”的意思，大家笑了起来。赵天宇下意识地摸了一下背包，拍了拍说道："身份证都在。"为防遗失，全队人员的身份证件都由他统一保管。

回到邻岷市，李叶望着这些可爱的孩子说："如果时间充裕的话，还可以就近走一走。"

李叶问学生们下来有什么安排。学生们多数说，要回家做点家务，走走亲戚，读完一本书，还要完成暑假作业哩。楚盈盈说，完成作业后，还要陪父母去夏威夷住一个星期。吴罡强说要在电视上点播《成吉思汗》连续剧来看。

全承远说要参加学校组织的一周封闭式训练，为教师节前后天都市举办的足球比赛做准备。李叶叫全承远回去告诉晋三姐，安排时间回原来学校办转学手续，五小的接受单办好后就送到他手里。全承远离开前，问李叶："李老师，您布置的语文作业是根据您家邻居失踪四年又飞回来的鸽子写一篇想象作文，我不知道是写关于环境污染，还是写收缴枪支方面的内容?"李叶说："你仔细想一下，哪种写起来顺手，就写哪种。""如果，我想写两篇，行不?""当然好啰!"

在新城小区的一家茶楼里，吴彪威正在搓麻将。正在兴头上，一个门卫来告诉吴彪威："吴队长，还不快回去，你老婆回来了。"

"什么? 快说说，我没听清!"吴彪威兴奋地一下站起来，一把抓紧门卫的手臂。

"松手，松手，快把我的手给捏断了!"门卫等吴彪威松开手后，又大声地补了句，"你的手劲太大了! 刘五妹回来了。"

"好好好，"吴彪威在麻将馆来回踱了几步，对牌友说道，"你们玩三家，我失陪了，先走一步。"

原来，刘五妹赌气出走后，到了附近一个县，在那里的一家面馆里打工。吴彪威出狱后去她娘家找过她，她听说后叫父母捎话，说他诚心改过后才可能回去。由于她做的面食可口，原来的师傅走后，老板聘她为师傅。一晃就是五年，她一直惦记着儿子。去年，李叶一家人路过，在面馆里恰巧遇见了刘五妹。刘五妹向李叶打听儿子和丈夫的情况，李叶介绍了吴彪威父子的进步和变化，劝慰刘五妹返家团圆，为了儿子成长尽到一个做母亲的责任。刘五妹顿感欣慰，便托李叶给丈夫捎话，过一段时间将这里安顿好就回家。

星期天，在星湖公园，杨柳依和李叶、乔一兰三人一起饮茶闲聊。

“这学期，大家都忙。前段时间，李主任又妥善处理了班上的偶发事件，还为全校的宣传做了很大的贡献。一兰老师的论文评了省上一等奖，刚得到消息，我心里高兴了好一阵子。今天，我请你们出来喝喝茶，聊聊天。”

“杨校长，您最近出版的大作《20岁的日子》带来没有？我们也想借鉴学习一下大学生家长是怎么样进行家庭教育的?”李叶坐下后对杨柳依说道。

“大作谈不上，就是与儿子交流了一下进入大学后的世界观、人生观、爱情观的培养问题。已给你们签了我的名，请多指正!”杨柳依笑着，从包里拿出两本题了字的新作给李叶和乔一兰。

二人接着，如获至宝，连连称谢。

杨柳依的儿子已在读大二了。这本书编著了她与就读大学的儿子之间的书信交流，省教科院专家作序时，称赞其填补了国内家庭教育的一些空白。

后来，杨柳依又谈到学校教育在“融通”理念指导下，在养成教育、艺术教育、科技教育上所形成的特色还要进一步完善，争创全国教育改革示范学校。二人听了心潮澎湃，也各自谈了一些想法。

大家很轻松地聊了一阵后，乔一兰高兴地提议道：“这儿风景美，我们来留个影吧!”三人彼此互拍后，又请服务员帮忙照了张合影。

午饭后，杨柳依告诉他们：“今年的职称评审工作要开始了，李主任和办公室其他同志要尽快按照局上的相关文件精神制定出学校的评审方案。另外，根据学校实际，今年，大市给了我们一个正高的名额，你们两人都符合条件，我看，你们回去后都好好准备一下，反正不能将这个名额浪费了。”

杨柳依说的“正高”指的是现在教师的专业技术职务资格——“中小学正高级教师”的简称，比“中小学高级教师”的级别高一级，是当前中小学阶段最高的职称，相当于大学教授。

李叶和乔一兰的心情都很激动，二人对望一眼，都表态说，争取吧。

新学期开学前，杨柳依收到市纪委转来的一封检举信，说李叶不宜参评正高职称。

8. 职　称

八月底，在全校教师业务培训结束后，杨柳依先叫李叶放了一段视频，内容是革命题材剧《五星红旗迎风飘扬》一个片段。周恩来总理同邓稼先谈到原子弹的研究与制造成功不足四年，比美国、苏联还要神速，表扬了邓稼先。邓稼先谦逊地说道："这个都是大家的功劳。"周总理又夸奖道："小邓啊，你带领的这支年轻队伍了不起啊！从什么都不懂开始学习，终于掌握了原子世界的奥秘。"邓稼先也夸赞自己带领的科研团队："是啊，这帮年轻人很有活力，有朝气，而且很团结，就像一家人一样。"周总理听后，说了一番语重心长的话："你这个娃娃头，很懂人和啊！人和是一宝。人和干起事来就顺利，人和搞科研就可以群策群力取得胜利。倘若不搞人和，人与人之间搞摩擦会破坏生产力。所以，我们没有理由不搞人和，不搞团结。"

"这段话在今天也没有过时，而且很适合我们教育人。曹丕在《典论·论文》中说：'文人相轻，自古而然。'我不以为是这样的。人性中有善恶之分，只要善的能量大于恶的力量，这个历史的怪圈、文化人的魔咒就可以被打破解除，这道旧时代遗留的难题就迎刃而解。"

杨柳依举起手里的一张复印照片："这是一张偷拍李叶主任在河边放生的图，说他封建迷信，你们信不？"她顿了一下，继续说道："现在有不少人价值观念混乱，放生恰恰是对生命的敬重，难道大吃大喝就应该提倡？敢吃野味就值得羡慕向往？而这张照片背后的事实真相却是：李主任一家暑假回乡陪老人，没人照顾喂养家里养的锦鲤，就把鱼放到湖里去了。

"这里还有一张图，是我和李主任一起喝茶的图。注释文字说李叶与校长拉关系，与评职称有关，也是子虚乌有之事。我回想起了，当时，在场的还有乔一兰老师，她可以作证。我们当时正在谈论关于学校特色发展的事。"说到这里，杨柳依将目光转向了乔一兰。乔一兰点点头，又若有所思地将头埋了下去。

能评上中小学正高级教师此项职称，不仅是一种待遇，更是一种精神享受，是对教师工作能力的肯定，这是不少教师的梦想和追求。由于采用极低的限额制度和极低的比例，以及指标名额和岗位的限制，许多人的目标到此为止。中小学正高级教师职称比中小学高级（副高）教师还要高一级，对大多数教师来说，不仅难上加难，而且是一生无缘。有的业绩平平的教师梦寐以求评中小学高级教师的想法，也会落空成为终生遗憾。据说，因为中小学高级教师（副高）职称相当于大学副教授的级别，加上近几年评职称因岗设定，许多学校这个岗位已满员或超额。如果没有指标，想评也无望，已有学校几年都没有评过这项职称了。

关于评职称一事，不仅教育部门遇到了一定的困难，产生了一些矛盾，其他所涉及要评职称的部门系统也是如此。甚至，有人公开在网上发布言论，说当前评职称一事在有的科研单位、医院、大中小学、企业等地方引发了新的腐败。为了评职称，有的人玩弄权术，有的人道德沦丧。

随着校长的话语，不少人下意识地看看乔一兰，看看李叶。

李叶端坐在那里，没有四处张望。他想，凭自己对班上搭档的了解，乔一兰绝不会做出这种事来。

十年前，李叶调入现在地处堪培拉大道北段的邻岷市第五实验小学。进校第二年，他没有受到校龄这一项硬指标的限制，凭借优异的教学成绩顺利地评上了中小学高级教师（副高）职称。

今年暑假前，校长宣布：市上批给学校一个中小学正高级教师职称指标。校内不少人认为非李叶莫属，虽然有一个竞争对手——四年级二班班主任、李叶班上的科任教师乔一兰，不过从综合因素方面来考虑，她也无法与之匹敌。恭贺声已悄然响起，甚至有人叫李叶提前预支招待。对此，李叶只是淡淡一笑：比我优秀的大有人在，学校自然会制定科学的评估考核条例，评上的人不一定是我。不料，李叶的话竟成了谶语。

告别同事，回到家里，李叶不自觉地将全校教师排列了一遍。自认为各方面条件胜自己一筹的当数杨校长。

但是，三年前，杨柳依评上省特级教师后，在全校教职工大会上明确承诺过："荣誉对我来说，此生足矣。金杯银杯不如老师们的口碑，你们对我的肯定就是我至高无上的荣誉！谢谢大家对我的支持和信任！我将尽心尽力以校为家，为学生成才服好务，为教师成长服好务，为学校成功服好务！"

想起同事们的议论，他自然联想起了乔一兰。在提及评职称时，他清楚地记得，那天同杨柳依道别后，乔一兰对他说过："此生能评上正高，死而无憾！"当时，她的脸上写满喜悦，眼里充满渴望。

想到这里，李叶的心猛地一沉，没料到竞争对手竟是自己的搭档乔一兰，他有些犹豫了。

假期里，乔一兰特邀他一人到她家做客，说她家先生亲自下厨。

城市里的楼层变高，人情变淡，不少同单元同楼层门挨门的人互不认识。这年月，能被邀约赴家宴的人可谓关系非同一般。

李叶欣然赴约。

快到中午时，李叶进了乔一兰所住的单元底楼。看见门外有几个家长在向上张望，估计是在等参加辅导的孩子回家。

到了乔一兰家，正要按门铃，门开了，两个系着红领巾的学生出来了。两个学生一见李叶便招呼道："李老师好！"哦，原来是班上的丰亮和全承远。

"怎么没看见你们的家长来接？"李叶关切地问道。

"我们自己回家。"

"做得好。路上注意安全！"

"谢谢！老师再见！"

这两个学生的数学基础弱，李叶建议家长要补一下，上学年开学伊始，就推荐给了乔一兰。

哪知第二天，乔一兰对李叶说道："李哥，我想叫丰亮和全承远都不要来了。"

"怎么回事？"

"这两个娃娃真让人头疼！"接着，乔一兰倒了一肚子苦水。"第一天托管这两个娃娃，辅导完后吃晚饭。我叫这两个娃娃认真吃饭，就像认真学习一样。我看到他们胖瘦差别大，问全承远体重有多少，全承远说不知道。丰亮却不假思索就回答出来了。我问他，怎么知道自己的体重的？他说，是他妈送他来之前，叫他在自家的电子秤上称过重量的。李哥，您说，遇到这种事，您到底气不气？"

李叶自然知道，当今社会上，教师这种职业并不被一些人看重。在城市生活的教师和在农村生活的教师压力都大。有些家庭拮据的教师下班后利用休息时间悄悄地托管两三个学生，收少量的辅导费和生活费。同时为没时间接送和辅导孩子的家长减轻一点负担，也为学生的学习进步再助力，这是一件双赢的好事。尽管如此，有的经济压力大的教师也不愿在放学后托管带学生：一是上面明文禁止搞有偿家教；二是觉得处于亚健康的身体面临风险；三是觉得有些素质不高的家长将教师当成“高级保姆”，花点钱就让教师负担了娃娃的学习辅导，并照管了娃娃的一顿伙食，自己还落得个清闲自在。乔一兰说的丰亮家庭，就是一个不缺钱的人家。她可能想到，家长提前给孩子称重量是担心老师家里的伙食质量差，影响了孩子的发育，若出于这种想法，就是有点儿侮辱教师的人格！

“一兰，您不要这么想，现在有人为了减肥，不是也要天天称一下么。再说，丰亮看起来有点儿超重。您说说，全承远这个娃娃是不是也惹祸了？”李叶不想乔一兰再纠结丰亮称重的事，接着换了话题。

“李哥，是这样的——昨晚两个学生刚下楼不久，楼下一个邻居就气冲冲地跑上来告状，说是我带的学生把他家买的牛奶给扔了。于是，我赶紧下去问了原因。原来，下楼时，丰亮看见底楼的防护栏上挂着装满一塑料食品袋的牛奶，皱着眉头对全承远说：我在报纸上看过，有个专家说，这种鲜牛奶容易粘上细菌，不卫生的，我们家吃的从来都是灭过菌的进口包装牛奶。全承远说，那怎么办呢？丰亮眨眨眼睛说，你敢不敢给他扔了？于是，全承远就把装牛奶的袋子给取下来扔在花园里了……”

李叶听后笑了：“真是两个捣蛋鬼！肯定让您给赔钱了吧？”

“教不严，师之惰。谁叫这两个娃娃是我们班的学生呢！”乔一兰苦笑道。

“那不行，我得找丰亮和全承远谈谈，这件事必须由他俩负责。一是让他们懂得没有权力私自处理别人的东西，二是自己造成的损失一定要自己担当。如果他们做不到，我就同意不再托管他们了。至于丰亮称重的事，以后要看家长的态度，如果确实发生了不尊重教师的现象，提醒后又不改，那就叫他们自己把娃娃领回去。不过，这两个娃娃倒是爱卫生，讲健康，也是蛮可爱的。您看，我的建议怎么样?”

“谢谢李哥!”乔一兰经李叶这么一分析，心中不再郁闷。

刚进乔一兰家，乔一兰便将李叶介绍给丈夫梁益新，家里的两个孩子也走过来问好。

李叶知道梁益新在厨房忙了一阵，连连说“梁兄辛苦了”。然后，李叶拉着梁好的手对梁益新夸奖道：“古人说，端公降不住自己的神。不少人都觉得自家的孩子不好教，要把孩子教好就必须得易子而教。还说古时孔子亲自教自己的儿子孔鲤，结果孔鲤没有多大的才能。可是，我们班的梁好同学就用实际行动证明：他们说错了！其实，应是他们不懂教育的缘故。”梁好是乔一兰的女儿，这件事在班上却是一个秘密。乔一兰说，自己的女儿不需要学校和老师的特殊照顾。在学校，不以母女相称，梁好称母亲为“乔老师”。此事除了李叶知道外，其他教师还不知晓。

“这不，主要还靠李老师教得好。”梁益新笑道。

“还有乔老师妈妈教得好!”李叶也笑道。

“谢谢！李哥饿了吧!”乔一兰走了过来，又回头喊道：“开饭了，两个小朋友，快来端菜。”

李叶说去洗个手。在洗手间里，他发现有个水龙头一直在滴水，下面放了一个塑料桶。

吃饭时，梁益新说：“我今天就不叫您李老师了，也跟着一兰叫您‘李哥’行不?”

“那不就成了‘妇唱夫随’吗?”李叶打趣道。

梁益新夫妇听后都笑了。

“一兰回家常说，您是她在单位佩服的人之一。说您多才多艺，又古道热肠，有时都让我忍不住快要吃醋了。”梁益新说完，呵呵一笑。

“哪里话！还是梁兄抬爱了。乔老师热心教育，爱生如子，实在值得我和大家钦佩。我虚长几岁，她又是女同志，理当关心，必须互助。”李叶倒不觉得梁益新话里有话，故意用话头来试探他。

胡子不刮，会长长的。志趣相投的人常在一起，难免日久生情，但人生保质期最长的还是纯洁的友情。乔一兰喜欢穿一身蓝色衣服，在学校女教师中显得活泼直爽，待人却温柔细腻，很有女人味。对乔一兰，李叶始终保持着情感上的距离和分寸。君子坦荡荡，小人长戚戚。李叶与同事们情如兄弟姐妹，并未将梁益新说的话放在心上，坦然回答。

“我在统计局上班，收入一般。近几年，家庭压力大，她家当年为供养她上大学，无奈让她弟弟辍学，这也成了她的一块心病。这年头，物价高，生活成本高。不怕您笑话，不知您在卫生间看到水龙头在滴水没有？那是我有意弄的。最初，一兰反对。我却顽固地坚持。为什么呢，小区物管说，我们的水管在漏水，每户每月要多交两方的水钱，凭什么要当冤大头呢。水管漏水，只要不是业主损坏的，凭什么要把损失算在业主头上？况且，业主早就交了小区设施维护费的。如果真的是水管破损了，为什么不叫师傅来维修？物业管理的人呢，对我反映的意见不理不睬。于是，我只能做这消极的反抗，我这么做就是要把那些损失减少到最低限度。李哥，您说我这做错了吗？”梁益新主动打开了话匣子。

“这事与李哥无关，益新，就不要叫李哥当裁判了吧！”乔一兰觉得这种事原本说出来就很难为情了，反叫局外人来表态，真的着实叫人为难，于是，就抢先插了话。

李叶虽不赞成这个小区物管的做法，但对梁益新的办法也是腹诽的。他见乔一兰发话了，于是付之一笑，没有搭话。

“人世间，最难还的债是情债。一是恩情，二是亲情，三是恋情，四是友情。现在，我们欠的恩情和亲情是首先必须要还的。当年她老家校长为了帮助学生过河，不幸牺牲。她为了报答校长的知遇之恩，将校长的女儿接出来，在邻岷市读高中，负责承担校长女儿的生活费和住校费。他父亲临死前，交代她如果将来有办法，就要尽量帮扶弟弟。为了亲情，她将他弟弟的孩子也接到城里来就学。我们两边还有老人要赡养。以前做家教带两个孩子，稍微减轻点压力。下学期实行延时服务，境况就会好许多。听说这次她要评中小学正高级教师职称，我想一定会再涨点钱。只是名额有限，可能不容易评上……”梁益新的话题又转移到另一件事情上。

李叶知道梁益新的话另有所指，但他眼中的乔一兰不是那么庸俗的人，心中敬佩的人是不容许任何人来玷污的。加上两杯酒下肚，他忍不住打断了梁益新的话：“梁兄，您不要误会一兰老师。评上正高后工资上调是无疑的，但是一兰老师绝不是只看重金钱之人。比如这学期以来，她为我班两个需要提高知识水平的学生进行辅导，就是纯义务，没收家长一分钱。我们老师还不富裕，但是条件会越来越好的。凭一兰老师的人品和能力，这次在学校评正高，我个人觉得该是没什么问题的。”

“我酒后失言，请李哥不必介意！”梁益新举杯站了起来，叫上妻子，“托李哥吉言，来，一兰，我们一起敬李哥！”

李叶也站起身：“我也敬你们！”

乔一兰坐下时，把女儿和侄儿叫过来：“梁好，乔弟，你们也该敬敬李老师，他可是我们学校最优秀的老师！”

“一兰老师，您不要太客气。两个小同学，谢谢你们！”李叶举着酒杯同小朋友的饮料杯碰了一下。

碰杯后，乔一兰拉过女儿站在身旁对李叶说：“李哥，我们都是独生子女。您家没女儿，我想叫梁好认您做干爹，给您当干女儿，怎么样？”

李叶对乔一兰这个举动感到突然，不知她的真实想法，但马上说道："梁兄，一兰，我喜欢梁好这个学生。但我们不要拘泥这么多俗套，我会把她当自己的女儿的。"

"不要让李哥为难。"梁益新说道。

"行。谢谢李哥!"乔一兰心中惘然若失。

李叶也是真性情之人，常常是不拘小节，但他信守承诺而从不夸海口。他看到乔一兰在自己婉拒后眼中忽闪过的一丝失落，有些不忍，便对梁好说："梁好，你等李果哥哥在家时，经常过来，让他带你出去玩!"

"好哩。"梁好笑着点点头。

饭后，梁乔夫妻再三挽留。李叶谢过，还坚持自己打了车。乔一兰亲自送到小区门口。李叶上车后，回望身后一片天蓝色慢慢消失在视野。

回到家，坐在书房电脑前，想起以前自己在乡下学校工作时，也在一个教师家看见过相似于乔一兰家水龙头滴水的一幕，至今，那家人依然困顿于那个地方，过得并不舒坦，于是禁不住，在键盘上敲了起来——

拧紧水龙头

水龙头在水表不转动的情况下滴水，一天能滴多少水?通过实验，初步估计，一天滴一小桶，约五十天才能有一方水。

现实中，的确有人这么做，有人指责这种做法抠门儿，也有人把这种做法看成是揩公家或他人的油，甚至还有人爱搞假设推论，说：如果大家都这么做（实事上不可能），就会坑了集体，国家就会遭受重大损失。暂不管这个结论怎么样。我不想把人想得那么可憎，那么没水平。但我有点担心，报上说，滴水不能吃。因为水龙头长时间开着，容易氧化生锈。

说实在话，窃以为，滴水的最大弊端是容易凝固我们的目光，局限我们的思维，会让我们的身份变得与过去的小市民一样。如果眼睛只盯住水龙头，去争一点一滴，未免可笑可悲。扔下这些鸡毛蒜皮，看到生活中那些更有价值的事。把水龙头拧紧，登高望远，去欣赏美丽的风景。

莫民，原本在单位很优秀。20 世纪 80 年代初，各行各业都缺人才时，他已是大学专科毕业生了。可是由于在单位不得志，家里的经济负担重，他便有些自暴自弃。后来，有人发现莫民家有一口很大的水缸。水缸恰好放在厨房边的水龙头下面，水龙头总是在滴水。如今，莫民的处境很不如意，原来本是单位的业务骨干，现在课也没有安排他上了，工资和奖金在单位平均收入以下。可同时在单位不得志的另一个人，早已调动到一个市级主管部门工作，且事业有了新起色。同样的条件，同样的环境，结果迥异。我想原因诸多，但有个重要的因素，也许有人至今没察觉到，那就是莫民家的水龙头一直没拧紧之故。

“老师们，凭我对你们的了解，我坚信这封举报信不是我们学校的人写的。我很欣赏我们市有一位优秀校长总结的‘台子理论’：相互搭台，好戏连台；相互拆台，一起垮台。回想我们学校每一项荣誉的取得，都是干群一心，攻坚克难，群策群力的结果。这一路走来，大家同悲同喜，荣辱与共。学校的每一项决策，开展的每一项活动，我们每一个人都有知情权、参与权、监督权，因为大家都是学校的主人翁。只要我们向善向真，做好融通教育，就会办好学校，就不怕任何非议。”听了杨柳依的话后，乔一兰悬着的心着了地。

“其实，李叶主任早就放弃了这次评正高的机会，他没有填申请表。现在，学校印发的今年我们学校评定职称的方案就摆在老师们面前。大家可以清楚地看到，评分一栏，关于标准，就是李主任他们办公室和教务处共同起草的。等会儿，大家再议议，若无修改就照此执行。

“老师们，我告诉大家一个好消息，鉴于目前职称有指标，岗位有定额的情况，为了激励广大教师工作积极性和创造力，校务委员会决定，我们利用幼小衔接的部分费用，对没有评上市局分配的职称，而又达到相应职称水平的教师，聘为校内同级职称教师，给予一定的奖励，并且让他们排队等待下一轮上级职称的评定。在新一轮职称评定时，若没有特殊变化就依次进入，不再重新评定。在享受财政津贴后，原来学校安排的奖励经费就不再享有，给其他未享受到财政经费的评了校内职称的教师。这也叫‘低职高聘’。新的学年已经开始，让我们集中精力，完成这一年的各项任务，实现预定的目标，扩大学校的品牌效应。”

李叶放弃了这次与乔一兰竞争正高的机会，这让不少人为他感到惋惜，同时又增添了许多敬佩。乔一兰对李叶更是感激万分，她决定有生之年一定要珍惜这即将来之不易的荣誉。

散会后，乔一兰径直来到闺蜜黄芸住处，沉下脸来说道：“许多人都认为，这次评定正高职称，我与李叶是竞争对手。那张杨校长和李主任坐在一起的图片是我拍的，自然而然就会让杨校长和李主任误会是我举报的。你这是给我帮倒忙！你知道我乔一兰的为人，就是想评这个职称，也不至于下作到采取这种手段来攻击竞争对手。”

“乔姐，千万请你原谅我。你就当成一场恶作剧罢，一不小心铸成大错。若有什么惩罚，我愿意承担。本来，我知道，评职称这种僧多粥少的事，先下手为强；否则，错失良机，就连残羹冷炙都捞不到一勺了。况且，你能评上正高，也是实至名归。”

另一所小学的教师黄芸也为自己的举动深感懊悔。

“我再问一下，那张偷拍李叶主任在河边放生的图片是怎么回事?”

“乔姐，这件事我真的不知道。”黄芸看着乔一兰的眼睛坦然地回答道。

“小芸，你还不知道，我已与李叶搭档八年多了，他为人正直，是一个坦荡的君子，敬佩他的人不止我一个。况且，我已觉得李主任表态会退出这次评定活动。你知不知道，捕风捉影，捏造事实，攻击对手是‘垃圾人’才干得出来的事。如果，这事闹大了，我就和你绝交，再不屑与你这样的人为伍……”说着说着，乔一兰弯下了腰，用力地捂紧了胃部，脸上露出痛苦的神情，额头上满是汗滴。

“乔姐，你别生气了!”

乔一兰一时说不出话来，只是摆摆手。

“乔姐，你别吓我！你到底是怎么啦，是不是胃病又犯了?我马上送你去医院。”

“不，小芸……你倒水，我身上……带有药……”乔一兰忍痛断断续续说道。

第二天下午，学习结束后，乔一兰敲开了校长办公室的门。进去后，乔一兰就向杨柳依说明她拍的那张校长和李主任一起喝茶的图片怎么到纪委的情况。杨柳依听后，沉默了一会儿，严肃地说道：“一兰啊，黄芸这么做已超过了正常帮忙的范围。为了竞争不择手段，这种做法是很不光彩的，说严重点已是违法。当然，我们也不必把一个年轻人想象得那么坏。我相信您，这绝不是您的为人做派。您那‘桥梁’的雅号不是浪得虚名。单是您曾经带病坚持工作的表现已感动了我和很多人。只是希望您以后交友要谨慎，同时也要开导帮助自己的朋友，心思用在正道上，不要使那种见不得人的阴招。这件事就到我这儿为止，您也不要背包袱。这次评正高职称，您的希望很大，下来您要认真对待，准备好评审的各种材料。李主任身上有许多宝贵的品质，您也要虔诚地向他学习。”

杨柳依说到后面的话时，她的脸上浮现出笑容。乔一兰看到校长表情的变化，心里得到了宽慰，由衷地说道：“谢谢杨校长!”她决心遵从校长的教导，为学校教育教学继续做出更大的贡献。

乔一兰正要离开，杨柳依叫住了她：“一兰，您的胃病怎么样了?”

“谢谢杨校长！没事。老毛病，偶尔还在吃药。”

“还是不要大意，健康第一。”

已是四伏天气。全友忠离开工地回到老家。

“喝点盖碗茶，打点小麻将；喝点蹦噔儿酒（泡酒），吃点麻辣烫。”这几句流行的顺口溜便是他一天生活的真实写照。早晨睡到自然醒，中午喝二两，下午到店铺喝茶打牌，晚上又跟牌友吃火锅或烫串串，喝几杯泡酒，醉醺醺地才回家。他现在什么也不想了，所有的心思都放在儿子身上，有一天，想着想着竟然哭了起来。

听到哭声，谭素香走过来，问了缘由后，呵斥儿子道：“真是个没有出息的东西！老子看儿子，天经地义，合情合法。谁也不会挡你，晋三姐也不是那种不讲理的人。”

想想老娘的话在理，全友忠第二天骑上电瓶车，带着儿子喜欢的一只宠物狗“乐乐”来到邻岷市找儿子。

他也不知道儿子住在哪里，只知道儿子是在五小读书，于是先去学校打听打听，再找线索。来到街口，遇到一个小伙子，一身牛仔服，看着帅气。全友忠便问他：“帅哥，问你一下，到五小怎么走?”

“牛仔服”一看，全友忠就像个农民打工仔，还带着一条狗。他眼珠子一转，手不自觉地摸了一下衣服口袋，空的!

全友忠以为“牛仔服”很热情地要摸出烟来招待他，就很麻利地掏出自己揣的一包云烟来，递一支给“牛仔服”:“抽我的，便宜烟!”

“牛仔服”说道:“我正好要路过那里，我陪你去。”

“多谢!我的运气好，一进城，就碰到好心人。”全友忠叫“牛仔服”上车，“牛仔服”对他说:“没有头盔，警察逮着要罚款。这里离学校不远，你推着走，我在你后面跟着。”

“牛仔服”乘全友忠不注意，摸出水果刀将自己的手指划破，冲上去拍了一下狗头:“这只狗真乖!哎哟，这是啥子狗哟，把我咬到了!”

全友忠还没有反应过来，“牛仔服”举着滴血的手指，装着痛苦的样子说:“我真是倒了大霉，要打狂犬疫苗，还要营养费，赔我一千元。”

全友忠吓得给他求饶，并说道:“我的钱不够，只有五百多。”

“牛仔服”想了一下，说道:“算了，看你还老实，就不跟你计较了，就收你五百吧。”接过钱，“牛仔服”大步流星地消失在人流中。

全友忠气得举起乐乐来，将它狠狠地摔在地上。看着地上的狗，他才突然反应过来，糟啦，遇到“碰瓷”的了!“哎呀，以前只听说过‘碰瓷’有碰车的，有碰人的，还没听说过有碰狗的!居然还有这种套路?”

全友忠没办法，只得向他老板借钱。老板通过微信给他转了一千元。他先到学校去打听，没有消息，又继续找寻，终于在第二天下午找到儿子的住处了。全承远听说父亲把宠物狗给带来了，十分高兴，闹着要找“乐乐”。

全承远被他爹生拉活拽地带到一处街边，在一个吃冷淡杯的小摊上坐下。全友忠就把上当受骗的事一五一十地说了，全承远听后，竟哭了。过了一会儿，全友忠要儿子陪他喝酒。全承远不答应，全友忠的眼泪就吧嗒吧嗒地流了出来：“你娃娃，没良心！你娘不认我，难道你也不认我了吗？”

“谁叫您没出息呢！”

“你凶你凶，吃面屙蛲虫。”全友忠很不满意，说了一句老家的贬低讥讽别人不服气的方言俚语。

“爹啊，您怎么吃东西时说话不讲文明呢？听了让人反胃，恶心，想吐。”全承远拍了拍肚子。

“哟，你娃儿进城才几天，就变成假洋盘了嗦？”

“对的就要学嘛。这里，吃饭时要上厕所就说‘去洗手间’，或者是‘去方便一下’‘放松一下’。”

“唉，不说这些了。你娃娃别听外人挑唆！我不想过好日子嗦？只是我的命苦，以前学的手艺全泡汤了！这几天，我也想通了，你娘也是爱面子的人。看到你，我就心满意足了。我也不想再在这个城市里晃悠了。今天，你就好好地陪我喝这顿酒，喝完我就走。”

看到父亲端杯子的手不停地抖动，全承远说道：“爹啊，您看您的手都在抖了，别喝了吧！”

“快端杯子，喝一口就不抖了。我喝白酒，你娃喝啤酒，反正要喝酒。男人不喝酒，枉在世上走。家乡的老规矩，先干三杯，再随意。”

两父子你一杯，我一杯，一来二去，全承远就喝下去大半瓶了，眼睛也睁不开了，就歪坐在地上了。

喝得酩酊大醉的全友忠，也不知道照管儿子，一心只想着回老家。踉踉跄跄地来到自己停放的电瓶摩托车上，用力猛地一跳，骑上了车。

可刚坐到车上，他的手抓了一圈，怎么是空荡荡的？顿时就感觉到不对，车龙头呢？“车龙头不在了，这个可恶的贼娃子！只听说有偷电池的，怎么还有偷龙头的？没有龙头，我还怎么回去呢！妈呀，我怎么就这么倒霉，这么命苦哟！”

这时，一个巡警过来，了解事情真相后，忍俊不禁——原来是全友忠倒骑着电瓶车了，他的屁股正对着电瓶车车头哩！

晚上七点，李叶在家里接到晋三姐的电话，说是她回家没见到全承远，等了一阵也没见人。李叶问全承远带手机没有，晋三姐说不准他用手机。李叶建议给全承远买部手机，晋三姐说怕影响学习。李叶说，不怕的。暂时不要太着急，再等一下，若无消息再报警。李叶在学校打探了消息，知道全友忠去找过全承远。马上在家长群里询问一下，看有没有同学与全承远联系过。

过一会儿，魏胜岚发信息说，今天赵天宇穿着校服在街上买东西时，全承远的父亲恰好遇到他，他就把全承远住的租房位置告诉了全友忠，估计他们父子应该在一起。

晋三姐听说前夫背着自己来寻找儿子，心里扑通一下，害怕会出现什么意外，立即拨通了全友忠的电话，铃声响了很久，也不见对方接听。她又接连拨了三次，依然无人接听。顿时，她有了一种不祥的预感。这个酒鬼，千万不要出什么事啊！怎么办？怎么办？她焦急地在屋子里踱来踱去，不知如何是好。不行，不能拖了，她要报警！晋三姐的手颤抖起来，开始拨打110。结果，不知怎么的，第一次拨了个14，第二次拨了个118，连拨连删，正要再拨时，突然听到敲门声。原来是巡警把全承远送回来了。

“谢谢您！”“谢谢警察叔叔！”

“同学，以后坚决不要喝酒了！多危险啊。”警察说完就走了。

这一晚，按照当初全承远发过的誓言，晋三姐又叫儿子吃了一顿笋子熬肉——用竹棍打了一顿。全承远再一次写下保证书。

时令交替，秋风习习。五（三）班已有几个人感冒了。李叶叮嘱学生们穿一件长袖衣服，热则挽袖，冷则放袖。同时，在家长微信群里提醒家长："班上已有学生患感冒了。请关注天气变化，及时给孩子添加衣服。"

一天早晨，有学生来向李叶报告：班上有个家长不准全承远进学校。

9. 桥　梁

阻挡全承远进学校的是丰亮的母亲吕美艳。

原来，吕美艳在家长群里得知班上有人患了感冒，便问儿子："感冒的是哪些人，他们离你远不远?"她得知全承远患了感冒且隔丰亮只有一张桌子时，非常害怕全承远将感冒传染给自己的儿子。

"阿姨，真的，我不会传染的，我只是一般的感冒。"全承远求吕美艳把他放了。

"不行，你得的感冒说不定就变成流感了。"吕美艳抓住全承远不肯松手。

见有一个大人和学生在拉扯，慢慢地，学校北门聚集了不少人。有人劝吕美艳把全承远放了，也有人叫全承远到医院去检查一下。

"你们不知道，我的儿子就坐在他旁边，太危险了!"

"他是学生，不管有什么事，都应该由学校老师来处理。你拉着人家一个小娃娃不放，算什么嘛?"有个老年人走了过来劝说道。

"你们知道我儿子的爸爸是谁吗?"

"不知道。"

"不知道，那我就告诉你！原来是市政协委员!"

"啊，我以为他是多大的官呢？结果还是一个垮了台的!"老年人撇了撇嘴。

“哈哈哈——”人群中传来一阵嬉笑。

“美女，告诉你！赵副市长的娃娃也在这个班上。上个月开家长会，我碰到我同学魏处长，她也来开家长会，她的老公就是赵副市长。”一个自称家长的人说道。

吕美艳一时无言以对，转而又道：“你们还不知道吧，我儿子他爸还是企业家!”说出这话时，她终于长长地舒了一口气，就像在水中挣扎的人抓住了岸边的一根藤条。

“简直是夜郎自大，你竟然还不知道大市最有名的楚董的娃儿也在李老师班上哩！你真是‘人是铁，范是钢，一天不装憋得慌’。”那个家长又补充说道。

“吕美女，我认识你，你已不是丰总的现任老婆，实际上是丰总离过婚的第三任老婆。他和第四任老婆生的小孩已在一小读二年级了吧?”此时，人群中又有一个中年妇女搭话，一脸鄙夷的神色。

此时，吕美艳堆满脂粉的脸有些变形了，她自从嫁给丰自鸣就住别墅，开豪车，当上全职太太。在众姐妹中，在众亲戚中，优越感早已让她的幸福指数爆棚。虽然丰自鸣现在还时不时地与她住在一起，可恨那个花心的人八年前就与她离了，只是知道此消息的人并不多。今天，她绝不愿意栽在这些普通市民的面前。稍作停顿，她开始转移话题，大声嚷嚷起来：“不要以为感冒是小事，弄不好就会死人的。现在的城市，各种病菌都增加了，安全问题越来越复杂。你们难道没听说过，某个地方的学校有一个患了艾滋病的学生，只因一只蚊子飞到他身上叮了一口，又去叮其他学生，就给染上了。你们这些人，不要站着说话不腰疼。要是你们的儿女在这个班上，可能也不会答应的。”

“是不是不能消停，闹得越来越起劲了？我的女儿就在这个班上。”此时，吕美艳背后传来清脆而有力的声音，她惊讶地回头一看，原来是乔一兰牵着一个女孩子走了过来。这个女孩就是梁好，上学期期末开家长会，她是主持人。儿子在乔老师家补课提升能力时，有几次都是梁好送他下楼。

她就是乔老师的女儿?！全承远也觉得有些惊讶，那阵刚转学到班上，跟不上教学进度，李老师推荐他到乔老师家补习，那时就碰到了梁好。当时，以为梁好也是在乔老师家里辅导，也没听到过梁好叫乔老师一声“妈”。今天，为了帮他，乔老师公开了这个秘密。全承远心里万分感激，向乔一兰投去了敬佩的目光。

梁好走到吕美艳面前，大大方方地喊道：“吕阿姨好！”又转头问全承远：“全承远，你什么事惹着吕阿姨了?”

此时，吕美艳的脸红了，手也松了。

不待全承远答话，丰亮听说此事跑来了，拉着母亲的手嚷道：“妈，您在干吗！我没事儿，您就回去吧。”他觉得母亲这样做，很让他在老师和同学面前丢份儿。

得知消息的李叶，赶到后，了解了情况，便对吕美艳说道：“谢谢您对我们班学生健康的关心！解决这个问题有的是办法，学校医务室里有口罩。为了不影响学习，全承远先去服药，再戴着口罩上课，观察一天再说。您该放心了吧?”

“李老师，不好意思，惊动您了。”吕美艳觉得似乎有些小题大做，说完，转身走了。于是，众人也散了。

乔一兰带着全承远向医务室走去，李叶心里很是为这个搭档感动。

全校教师都知道，乔一兰有个雅号叫“桥梁”。

二十多年前，她的父亲因病去世。家中还有一个弟弟，母亲身体也不好。母亲怕儿女生活得不愉快，打定主意不改嫁。顶梁柱垮了，家中经济更是困难，不能供养两个孩子念书。母亲受当地重男轻女思想的影响，叫乔一兰辍学，把读书的机会留给弟弟。乔一兰上午跟着母亲种地，下午外出割兔草。没见乔一兰到教室，他的语文老师兼村小负责人乔万年心急如焚。乔一兰爱学习，有上进心，在学校大会上经常发言，还到乡上参加过作文比赛，获得二等奖。乔万年三番五次到乔一兰家劝说家长：新社会男女一样，她是个懂事的孩子，将来准有出息的。看到乔一兰母亲为难的表情，乔万年表示会找乡中心校帮助解决她读书的费用，让乔一兰顺利毕业。多年过去，当乔一兰身为人师后，才知道，在她读小学、中学、大学这十多年的时光里，乔万年节衣缩食，把她当成自己的女儿，一直资助她。当时，她只知道，自己之所以能够读书，全靠乔万年校长。所以，为报答恩师乔校长的关爱之情，师范毕业就回到老家，要为家乡培养更多优秀的学生。

乔一兰作为优秀的大学毕业生，本可留在城市，还可以到乡中心校上班。但是，她难忘自己当年读书的情景，主动申请回到向山村小。村小建在一座小寺庙的旧址上。由于三面受风，冬天上课时，一节课下来，大多学生便要挤到厨房的几个炭火盆旁边烤一阵子。由于大山阻隔，乡上财政赤字，只有四年级以上的孩子才能寄宿乡中心校，而村小不可能一下全撤并。村上有办法的人已把子女转走了，学生也逐渐减少到二十几个人。公办老师陆续调走，最后只留下乔校长、她和两个代课教师。后来，乡上又解聘一个代课教师，向山村小办起复式班，一、二、三年级二十几个孩子在同一间教室里上课。教学还不是最难的，最难的是每年六月和九月这两个月时间，正值山洪肆虐，孩子们上学就要过跳磴河。河面有四十多米宽，五六米深。为了方便过河，每间隔五六十厘米就立着一块石磴。小孩子的步子小，过河时就要跳起来踏着石磴走，这也是“跳磴河”名字的来由。水漫过石磴的时候就放假，若耽搁了教学时间就用节假日来补。水低于石磴时，学生们就从河中四十几个石礅上小心翼翼地通过。一、二年级的学生太小，每天得由教师一个一个来回背着过河。中午，学生免费和老师一同在村小一个简易的厨房搭餐。

有一年九月的一天，乔一兰去县上参加学科大比武。临近退休的老校长一个人连背十几趟，十分疲惫。他想一口气坚持将孩子们全背过去，由于体力不支，滑倒在水中。他竭尽全力将落水的学生推上岸，自己却被湍急的河水冲走了……

乔一兰比赛结束返校时，乡亲们已将老校长打捞上来，放在学校操场上的一个乒乓球台上。全校学生哭成一片。看着恩师平静的面容，她的心情却平静不下来。她开始自责：为什么要去比赛？若她在，和校长一起背，悲剧就不会发生了！她一下子跪下去，不停地抽泣着，有几个人来拉她起来，半天也没拉动。当晚，她没有休息，为校长守灵。等安葬了老校长后，乔一兰心中仍然没有平静下来。脑海里一直浮现着乔万年校长的音容笑貌……

她情不自禁地提起笔来，要讴歌这位为了农家子弟走出大山奉献了一生的好老师、好校长。第二天，她带着浸透泪水的稿件，直接乘车到了县上报社。报社记者根据她提供的素材，又亲临向山村采访，最后，以“桥梁——向山村小学乔万年与师生三十八个春秋的故事”为题，发表了长篇通讯。后来，省市媒体也进行了大力宣传。一篇报道文章里，还特地深情地赞扬了乔一兰：

> 在乔万年的影响感召下，一名年轻的女教师乔一兰，她用柔弱的身躯几年如一日，坚持和校长一起将求学的乡村孩子从此岸背到彼岸，用爱心与智慧构建起一座孩子通向美好未来的桥梁。她将先进的教学理念带到偏僻的村小，大幅度提高学校的教学质量。作为一名优秀的教师——乔一兰身上

所体现出的精神和乔万年一样，是千千万万教师那种执着奉献的“桥梁精神”的真实体现。人民教师就是一座座桥梁！他们连接着一个个家庭和学校，连接着孩子的今天和明天，连接着民族的历史和未来！

不久，乔万年被追认为省优秀共产党员，乔一兰被评为县优秀青年教师。过了半年，跳礅河上建起了一座桥。一年后，向山村小余下的班级合并到乡中心校。同年，乔一兰离开了伤心地，调到了邻岷市第五实验小学。

乔一兰为了感恩乔万年，她将他的女儿接到邻岷市就读省一级高中。这学期开始，整个天都市都在推行延时服务。由于她教两个班，工作量较大，一个月下来，收入也增加了两千多元，经济压力小了些。

中午，学校开了一个短会。

会议室主席台上挂着一面锦旗，旗上印着的“高风亮节　俯首育才”这两列金色的字十分耀眼。

校长杨柳依作了简短的讲话：“老师们，中午好！现在占用大家几分钟休息时间，开个短会，向大家通报两件事：先宣布天都市教育局的一份通报。天都市第三中学教师连某接受校外民办培训机构聘请，参与高考艺术过关培训辅导。作为一名公办教师，因严重违背师德要求，被市纪委查处。教育局给予退还辅导费用、停课留校察看半年处分。希望全市学校以此为戒，举一反三，杜绝此类事件再次发生。特别是在推行延时服务以后，广大教师要有坚定的职业操守，不能有靠山吃山的行业腐败意识，要积极投身到教育教学改革中去，锐意进取，无私奉献。若有违背师德的言行发生，一经查实，严肃处理，决不姑息，还教育一片纯净的天空，维护教师崇高的形象。第二件事情，我要表扬一下乔一兰老师。大家看到这面锦旗，是家长送给学校的。乔一兰老师牺牲自己大量的休息时间，不辞辛苦地为自己所教的两个班的五名学生补了一年的课，却没有收取过一分钱的报酬。看到自己的孩子学习成绩提高很多，家长非常满意，就给我们学校送来了这面锦旗。这是乔老师的光荣，也是我们学校的光荣。我们要感谢她！向她学习！”

掌声之后，杨柳依宣布散会。

听到这两个消息，李叶悲喜交集。没想到连凌燕追求物质享受，违规受到处分，可悲可叹。据说，上次一别后，她已离开学校到南方去了，再没有任何消息。乔一兰作为一名优秀教师，得此褒奖，当之无愧！

下午放学，李叶提着一个小黑板来到教室。“同学们，耽搁大家几分钟。俗话说，药补不如食补。这几天，因季节变换，有的同学不小心感冒咳嗽。现在，我给大家介绍一个我大哥给我推荐的蒸大蒜冰糖止咳单方，这个单方挺管用的。下面，我把它抄写在黑板上，请大家记下来。以后，方便时就把这个单方介绍给你身边的人。”

九月中旬，乔一兰名师工作室开展活动，在李叶班上示范课，主题为培养学生的数学思维品质。

乔一兰说：“今天，我们来做一道题。请大家用心思考。下面，我开始出题——假如张三给你 1 个苹果，李四给你 1 个苹果，王五给你 1 个苹果，赵六给你 1 个苹果，请问：你一共有几个苹果?”

顿时，教室里一片沉寂，无人举手，无人吭声。

本来，这是一节示范课，学生们可以随时回答问题的。可能是大家已习惯遵从“一分钟回答”原则了。

有一个星期，全承远都没有搭理赵天宇，弄得赵天宇一头雾水。后来，赵天宇约他到学校文庙去走一走。在聊天中，顺便询问他是不是自己做错了什么。全承远这才吞吞吐吐地对赵天宇说："班长，你有错。我要给你提个意见！"

赵天宇先是一愣，继而又爽快地说道："你尽管提，谁叫我们是哥们儿呢！我保证能改正错误。"

"那好，我就说啦。每次老师提问，我们有几个同学快要想出答案的时刻，你们几个成绩好的同学就抢答了，弄得我们很生气。你们回答后，就打扰了我们思考，弄得我们对新知识没有太深的印象。你想一下嘛，你们这么做，对得起大家不？当时，我真想给你一拳头，简直是在我们面前显摆。再这样下去，我们都没有思考的兴趣了！甚至会变得懒惰起来，不想再动脑筋。"全承远就像竹筒里倒豆子似的，哗啦啦地把自己的感受全说了出来。

这一番话让赵天宇感到很惊喜，看着全承远，心想：没想到自己帮助的这个同学竟然有这样的想法，真该另眼相看了！他的意见提得对，老师说在学习的路上不让一个同学掉队，但是路得靠每一个人自己走，而不是推着他们走，更不是代替他们走。一定要尽快把这个很好的意见向李老师汇报。

全承远见赵天宇没有说话，又试探着问道："班长，我说错了？"

赵天宇大笑起来："你说的好，真的是我错了。以后，坚决改正。来，我们击掌为誓！"

"啪——"响亮的声音在文庙里回荡，两个少年的思考解决了一个教学过程中很容易被师生共同忽视的难题。

李叶听了赵天宇的叙述后，感到必须尽快克服在教学中出现的这种通病，切实提高课堂效率。而且，还十分感慨：当今学生对教学艺术的要求已达到细致入微的境界。只有做到这些，才是尊重差异，以人为本。后来，李叶还为此事在班上专门表扬了全承远。并在班科教师联系会上讲，先在班上试验“一分钟回答”原则，后在全校推广。

“一分钟回答”原则就是在平常的课堂学习过程中，当教师或其他人提出问题后，所有人必须在思考满一分钟后才能有权利回答问题，旨在维护大多数人有机会回答问题的权利，使大多数学生有足够的时间去思索，不影响思维稍慢的学生学习。

学生们面部表情变得复杂起来：乔老师怎么会出一道一年级学生就能做的题来考大家？

班长赵天宇表情茫然：四个人分别给我 1 个苹果，就该是 4 个呀，但是，可能答案不会这么简单！他觉得把握不大，没举手。

学习委员楚盈盈表情起伏大，她觉得不能准确把握老师提问的重点，角度不同，答案就不同。如果重点是“假如”的话，答案可能就是“0”。犹豫再三，她也没有举手。

“同学们考虑好没有？谁来回答？”过了一分钟，乔一兰见没有人主动回答，便开始询问。

见众人没有反应，吴罡强举手站起来大声回答道：“我一共有 4 个苹果。”

“吴罡强同学积极回答问题，表现很好，请坐下！”乔一兰顾忌自己的定论会诱导学生，便没有对吴罡强的答案明确表态。接着说道：“大家随便议一议。思考清楚后，就可以直接站起来回答。”

“我有 5 个苹果。”全承远做了回答，但他的声音并不洪亮。

众人的目光一下子转向全承远，不待老师评价，又有几个人回答——“0 个”“1 个”“2 个”“3 个”“4 个”。

教室里顿时七嘴八舌，人声鼎沸。

“叭叭叭——”乔一兰把投影仪打开后，用刷子在讲桌上轻轻地敲了三下，笑着说道：“同学们，大家积极开动脑筋，非常好。数学是一门科学，需要我们不断钻研。我们学习时不能人云亦云。可爱的孩子们，请大家再看看电子白板上的题，对照自己的答案，确定后，就站起来，阐述你的理由。等别人说完后，就接着说，好不好?”

“好——”学生们异口同声。

“我先说。乔老师出的题看起来很简单，好像是不需要我们五年级的学生来回答。题目中说的是‘假如’，说假如给了，就可能没有给，所以我的答案是‘0’。”楚盈盈说完后，大家露出了惊讶的神色。

回答1个、2个、3个的同学的思维与楚盈盈大体一致，他们也理解成有的给了，有的没有给。

“题上面说得很明白：张三、李四、王五和赵六各给了一个苹果，四个人之数相加，和就是4。”吴罡强陈述后，多数人点点头。赵天宇终于发言了：“我个人赞成吴罡强同学的分析!”吴罡强环视了全班教室，又特地回头看了一眼班长，感到自己的同盟很多，心里暖暖的。

按顺序该全承远说了。此时的全承远一改往日的洒脱劲，脸竟然有点儿红了，表情显得有点儿窘，还开始扯起自己的衣角来。他的心里不亚于揣了一只小兔，不断地撞击着，“嗵嗵嗵”地跳个不停。突然间，他觉得刚才回答得不仅有些实诚，还有些唐突了。按照内心的直白，他就会将藏于心中的小秘密再次公之于众了。李老师与他约定：凡是他进步了，李老师就会收下他送的一个苹果。

前天，学校青少年足球队在天都市举办的“‘未来之星’天都地区青少年足球梯队人才邀请赛”中，五小以邻岷市集体第一名的成绩代表邻岷市参加天都市的比赛。全承远带球穿过全场，第一次利用他自身的短跑速度优势摆脱三名防守球员的围堵，晃过出击的门将后小角度推射得手。后面两次从中场带球再次上演了“贝尔”式超车，破门成功。学校足球队取得集体奖第二名，他个人获得“最佳射手”奖。

不过，他转念一想，李老师以前公开过他们二人之间的约定，这也没啥。乔老师美丽和蔼，自己要实话实说，有一说一，不能有半点隐瞒；否则是对她不尊敬，自己心里也不踏实。

主意已定，他一下子如释重负，大声地说道：“我有 5 个。”

先前他说这个答案时，乔一兰就觉得有些蹊跷，听课的老师感到很好奇，其他同学也是满脸狐疑。现在再次听他说起，大家更想听听全承远的缘由。

“全承远同学，请你大胆说明理由！”乔一兰凭她的教育经验，在教学过程中处理过不少偶发事情，她镇定地鼓励道。

“他们给 4 个，我自己本身有 1 个，加起来就是 5 个。”全承远边说边从自己的书包里掏出了一个鲜红的苹果。

听课的老师和乔一兰都一怔：幸好老师没有主观臆断！谁也没有料到全承远本来就已有了一个苹果。

“同学们，请你们永远记住：在探讨数学答案的过程中，不能因为习题复杂而不敢探讨，不能因为习题简单而怀疑自己的思考。要认真思索，坚持自己的体验，有理有据地分析，不盲从任何人，做到理由充分，分析正确。今天，让我们把掌声给答案为 4 和 5 的同学！”

掌声一片，听课老师也在喝彩。

全承远为自己的诚实感到高兴，心里像喝了蜜一样。

放学后，全承远参加一个小时的足球训练后回家。他一放下书包，就想把今天受到老师表扬的事告诉娘。仔细一看，他却发现了异样：娘在落泪！他默默地走到娘身边，轻轻地摩挲着娘的肩膀，并按摩着娘的颈椎。突然，心里一惊，发现娘的头上已长出了白发。

晋三姐拭了泪，定了神，对儿子说："告诉你，你爹死了。"

"爹啊——"全承远一听，大哭起来。真没料到那次他进城来找自己，竟是永别。

过了一会儿，晋三姐告诉儿子，老家打电话来说，是他爹酒后出了车祸。明天是星期五，她叫儿子给李老师请一天假。赶回去为他爹送葬，再处理一下事故赔偿事宜。

李叶对全友忠的去世表示慰问，希望他们一家人节哀。同意全承远请假，并说耽搁的课回来再补。

回家安葬了全友忠。在处理丧葬费、赡养费、抚养费等费用时，发生了一些纠纷。没料到谭素香的大儿媳妇也回来了，她也想分得一部分钱，其理由是当年她丈夫在世时，照顾过兄弟全友忠。晋三姐坚决不同意大嫂的要求。大嫂说，我得不着钱，你也休想得一分，你是离了婚的人。晋三姐说，我自然不会得的。大嫂说，你休想哄人，你儿子得钱和你还不是一样的。晋三姐说，按法律来断，承远得抚养费是合法合理合情的。最后，农业社社长作证，并处理相关费用。全友忠办丧事后余下的费用和赡养费给谭素香，抚养费一半给晋三姐做儿子的日常生活学习开销；一半给全承远，在银行存了定期，等他十八岁后自己处理。

不料，祸不单行的事发生在全承远身上。

一个星期六中午，骤然刮起了大风。全承远想到娘在外晾晒的衣服，赶忙去收。可刚抱着收拢的衣服往屋里走的时候，只听"咔嚓"一声，一截较大的枯枝从天而降，直接砸向他的头。他慌忙一闪，树枝掉在水泥地上，发出"啪啦"一声巨响。不幸的是，还是有一枝较小的树丫将他太阳穴近处的面皮擦刮下一块，这块皮有两三厘米长，万幸的是这块皮没有完全脱落，还连在脸上。可是，一股殷红的鲜血直冒出来。

一个社区干部听到响声，忙跑出来，发现了受伤的全承远，叫他用手捂紧伤口，自己开着车迅速将全承远送到医院。医生给全承远止了血，缝了几针。医生说，因为伤口较深，估计会留下疤痕。建议过一段时间进行整容。整容费大概需要八万元，报了保险后还差六万多。李叶想起以前看过的电视节目《今日说法》中的案例，通过律师，找到树木主人小市林业局，赔偿了一万多元。最后在班上“五小希望大家庭”家长微信群发出倡议，向全承远献爱心，又筹措了三万多元。整容费用还差两万多元。

“李哥，请您找一下您那个同学，救救我!”听到张三少那似乎带点夸张语气的电话，李叶忙问道：“张哥，您别急，慢慢说。”

原来，张三少同自己的几个小学同学相聚，因有个同学的侄儿子的女儿在他班上，想顺便了解情况。在餐桌上，他经不住劝，喝了一瓶啤酒。回家时，请了一个代驾。这个代驾还没到张三少住的小区时，就设置了一个圈套。

这个代驾嫌这个月挣的钱不到两千元，于是与另一个代驾勾结，先把张三少的车牌号和车行至张三少小区的时间告诉同伙。在距离张三少小区还有一百米时，代驾故意说，自己在闹肚子，便提前下车。张三少启动车刚行了几米，代驾的同伙便来“碰瓷”，看似做得天衣无缝。

一看出了车祸，小区出来了几个人。代驾的同伙听到有人叫张三少“老师”，便以公职相要挟。对目前这场“事故”，张三少很快就反应了过来。此时，他更加义愤填膺，绝不能让恶人阴谋得逞，便自我报警。张三少乘警察没赶到时，打电话给李叶，希望他找一下公安局的同学，通融一下。边说还边诉苦道：每天早晨要送女儿张思思到天都市一中去读书，晚上又要去接。前不久，天都市还发生过一个女学生失踪的事。自己的老婆又不会开车。李叶思量了一下，这种低级错误是不可原谅的，如果人人都这么将法律置若罔闻，那定会害人害己。张三少若有了这种侥幸心理，说不定某一天自己就可能会成为贻害他的凶手。于是，在接完张三少电话两分钟后，他下狠心回了电话："张哥，不好意思，他说出差了，今天为多地警察交叉检查，认不得人，没有办法。"当时，张三少沉默了一下，说道："好的，谢谢了！"

张三少验血后属饮酒，考虑到他主动报案，态度积极，免于拘留，结果被罚款一千元，暂扣驾照半年。

第二天，李叶在校找到张三少，安慰了他好一阵，表示每天清早，定会先将张思思送到她学校。下午放学后，就叫她自己坐地铁回家，并顺手将一张公交卡交到张三少手里。张三少再三推辞不收，李叶笑了笑："这张卡还有一百多块钱，我知道您是不在乎的。不过，思思是我的侄女，关心下一代，人人有责嘛。"张三少望着离去的李叶，心中感动良久。他狠狠地捶了捶自己的脑袋：你为什么这么冲动，还给自己的哥们儿添负担。

星期天中午，从学校回家的杨柳依躺在家中贵妃沙发上休息了一阵，然后，打开中央电视台科教频道，观看《大千世界》和《百家说故事》两个栏目。还没看完，手机铃声突然响起。她拿起手机，见电话是曾媛打来的。曾媛在电话中焦急地说道："杨校长，李叶老师出车祸了，正在市一医院抢救！"

10. 车　祸

时间一晃又到十一月下旬，下个月就要迎接省教育信息技术实验学校和省平安校园两个牌子创建的检查验收工作。这一年，仅是市教育局、市应急办、市综治办、市公安局、街道办事处等单位就安全事项向各学校和幼儿园发文、转发文就多达一百五十份，上报各类统计报表一百多份，计划总结共二十多份。学校安全处主任觉得身体吃不消了，自己的课程教学进度也耽误了，于是，坚决辞了行政职务，不愿再加班。为了学校发展，李叶不得不暂时接手安全主任的部分工作。从周六到周日，学校其他行政、教研组长、部分班主任都在学校加班。

周日的下午，李叶推窗一望，眼前马路上的车时隐时现，远处城中也是灰蒙蒙的一片。他习惯性地打开手机，点开“天气”图标，手机显示：22℃，阴，霾。滑动一下屏幕，显示空气质量为重度污染，PM 2.5：230。今天上午在家里已写完其中部分材料，马上要去办公室，修改另一部分材料。他将口罩戴上，出了门。

穿过公园，过了几条街，来到通往学校的路口。众人都在等红灯。李叶随意一看，今天大多数人都成了“口罩族”。

绿灯亮，人们鱼贯前行。

李叶突然发现对面马路右边有一辆 SUV，正发疯似的狂奔过来，眼看就要接近过马路的人群了，车却没有半点减速的迹象。他的目光迅速转移到前行的人群，发现有两个戴着口罩的小女孩走在最前面！最要命的是两个小女孩浑然不觉，边走还边在看手机！危险！他的心猛地一缩紧，已来不及呼喊提醒，一个箭步冲上前去，伸出双臂将两个女孩使劲往后一拦一倒搡。车从他身边冲过，他被轿车擦刮带出几米远，重重地摔倒在路边……

路虎车急刹时发出了刺耳的尖叫声，滑行到十几米远的地方停下了。

“撞人了！”“出车祸了！”“快报警！”“打120！”“打110！”“打122！”“……”

李叶躺在路上，人已昏迷。后脑勺好像在流血，口罩已散开，还有一边系带挂在耳朵上……

前面的那两个小女孩突然间被一股强大的力掀倒在地，不知发生了什么事！当她们爬起来时，发现手机已摔裂在路上，刚捡起来，正要发问，旁边有个老太太对她们说：“好险啊，闺女啊，以后过马路别看手机了。”一个中年男子又指着躺在路上的李叶说道：“要不是那个被撞倒在地上的人救了你们，你们可能就没命了！”

此时，其中一个个子稍矮的女孩赶紧将口罩取下来交给另一个戴口罩女孩：“曼姐，你拿着，我过去看看！”

她从人群中挤进去，急着要见自己的救命恩人。突然，她瞪大了眼睛，一下子跪在地上，拉着李叶的手，大哭起来：“李老师，我是楚盈盈，您醒醒！”

“小同学，别急，别乱动！李叶老师应该不会有什么危险的。我已打电话了，救护车马上到！”那个中年男子走到楚盈盈身旁，轻轻地拍拍她的后背。随即，他又给亲戚曾媛拨了电话。还在学校加班的曾媛接到电话后，立即放下手中的工作，急忙拨通了校长的电话。

“哦，他就是五小的李叶啊，真是好人！”

“但愿他吉人天相！菩萨保佑！菩萨保佑啊！”

“那个司机，在市区内开这么快，纯粹是故意杀人！”

“把他弄出来，打一顿！”

一时间，人群议论纷纷。

120 救护车赶到了，医生和护士抬着担架下车来。医生简单观察了一下，然后一挥手，李叶被抬上了车。

那个被楚盈盈叫作“曼姐”的女孩走过去，将楚盈盈拉了起来。

聚集的人流开始向肇事车辆围拢。

只见楚盈盈挣脱表姐的手，跑到车旁边，对着驾驶室门窗拼命地踢着，拍着，哭着，骂着：“混蛋！王八蛋！胆敢开这么快！还把我们老师给撞了！”

“快开门！太嚣张了，我们就要看看里面坐的是什么东西？”外面的人，有的终于忍不住了，也开始拍打车窗。

车内如死一般沉寂。面对外面激怒的人群，里面的人如坐针毡，也不敢把车门打开一条缝。

“怎么办？”司机感到很惶恐。

“不要慌，反正现在不能出去。现在围观的人群素质不高，还可能失去理智。一旦出去，就完全可能像公共厕所扔石头——引起公愤（粪）。再等一下，如果警察来了就没事了。”

“晓得了。”

“等下你不要乱说。我在公安局里有熟人。”

“谢谢张局长！谢谢张局长！”

一会儿，交警赶到了。

那个叫“张局长”的人从容地从后排下了车，快速绕到车头叫司机下来，不等司机开口，便抢先对交警说道：“警察同志你好！我是×局副局长张骁，刚从下面检查工作回来。我们局长在北京学习还没回来，我马上要代局长去参加市委书记主持召开的紧急会议。这个司机涉嫌酒驾，你们要认真处理。我先走一步。”他回头用威严的目光扫了司机一眼，夹上公文包疾步如飞地离去。

警察愣了一下，才开始询问，拍照。再叫人拖车，带司机去抽血。

“爸，您在哪里？我们出车祸了！”楚盈盈的手机已经摔坏，她抓起表姐的手机拨通了楚贤成的电话。

“盈盈，你伤着没有？你在哪里？”电话那端传来父亲焦急的声音。

“我，没有。可是，李老师，为了救我们，他已经被送去医院了。我们在堪培拉大道南一段……”楚盈盈哭诉道。

“幺女，别哭！我知道了，我马上过来。”楚贤成在电话里安慰着女儿。

在赶来的路上，楚贤成和医院联系，请他们全力抢救李叶，安排条件好的病房。若需要转院，也请及时告知。医院院长回话说：请楚董放心，李主任不论作为教师，还是作为我们医生家属，他都是我们的病人。抢救病人，是医生的天职。我们一定会尽心尽力。

楚贤成带着女儿赶到医院时，碰见了杨柳依、曾媛、乔一兰、阳刚等几个老师，还有几个家长和学生都在急救室外焦急地等着。李华出来给大家鞠躬道：“李老师没有生命危险了。他主要是后脑受了伤，有比较严重的脑震荡，医生正在给他做手术。谢谢大家，请大家回去休息吧！”

“李医生谢谢你！”众人听了李华的话后，稍微放心，慢慢离去。

众人刚走，报社和网站记者又来了，值班人员接待了他们。

他们了解了一些情况后，表示过两天再来。

交警大队里，警察正在质询肇事司机。司机说，他中午贪杯，结果害人害己，愿意接受惩罚。警察觉得他中午喝酒开车，情理上和逻辑上都讲不通。况且他是丰运集团老总丰自鸣的专职司机，不可能连基本常识和规矩都不懂。丰自鸣算是邻岷市企业界叫得响的人物，他也不可能使用素质这么低下的人。

最后，交警大队队长亲自审问："你已属于醉驾，涉嫌危害公共安全。如果还要隐瞒事实，就会罪加一等。你不可能不考虑你的老婆娃娃吧？如果坦白交代，还会减轻处罚。"

司机扛不住了，想到张骁说他公安局有人，说出真相也无妨，便招供了：中午，副局长张骁在检查指导丰自鸣的一个公司业务后，到了一家高档酒店。丰自鸣劝张骁喝点储存了二十年的茅台，张骁说下午要开会，丰自鸣说，就品尝一点，等会儿叫司机送就行了。一遇美酒佳肴，张骁就控制不住自己的欲望，叫道："只喝二两。"哪知二两下肚后，忍不住又喝了二两："这个年份的酒就是不一般！再抿两口。"丰自鸣自然懂得领导的意思，在张骁喝干后，又殷勤地将最后二两倒进张骁的杯里："今天，局长有事，那我们就尽瓶不尽量，将就瓶中酒，给你喝个发财酒。"其实，张骁也是不胜酒量的，要不是年份酒，他可能早就停杯了。当他又喝一口时，感觉胃里的东西在往上涌，有点不对劲，便立马叫司机把饮料一口干了，要将剩下的酒倒在司机杯里，让司机帮自己喝。司机用手遮住杯子，推辞道："局长，我要开车。""虚啥子虚？在我们自己的地盘上开车，喝点酒算什么大不了的事嘛。公安局里有我的哥们儿，一句话就搞定！"张骁夸下海口。司机听后看着老总，丰自鸣原本可以帮忙喝的，只是张骁喝过的，他不愿意喝。他是很讲究的。但是，他很清醒，其他人的账可以不买，而张骁是90°（垂直）领导，他的面子还是要买的。在一些官本位意识严重的地方，得罪了领导，后果很严重。于是，命令司机："喝了！为领导服务是我们的宗旨，也是我们的荣幸。他叫我们做什么就做什么。"司机无奈，将张骁喝过的酒接过来，当成任务喝下了。吃完饭，张骁一看表，惊叫一声："糟糕！赶紧走，要迟到了！"一路上叫司机开快点，什么都不管，红灯也闯，说下来再处理。市委书记主持的会议非同小可，得罪了上司，"乌纱帽"就飞进岷江了。不料，结果出了车祸……

过了一会儿，丰自鸣收到张骁的短信，知道出事了，便亲自到交警大队说情，希望此事到司机为止，不要波及张骁。队长平时就讨厌狼狈为奸、趾高气扬的丰张二人，直接告诉他："晚了，赵副市长亲自过问此事，结果已上报了。"

当天晚上，楚盈盈觉得房间变得连自己都有些不认识了，床也失去了往日的温馨。

变得陌生的床，没有温情的枕头，叫她离开被子的怀抱。她只好让台灯和取暖器来陪伴。穿上衣服，来到写字台前，把一天不见的日记本从抽屉里拿出来写道：

×月×日　　　　　星期天　阴

在父母和老师的眼里，我是一个聪明的孩子，但不是一个招人喜欢的乖孩子。

今天，这场车祸发生后，我才真正地明白了，他们是真的爱我，是无微不至地爱我。我原本打算这学期结束后，再转学到别的学校去看看，现在，我决定改变这个有点奇葩的想法。

以前，在许多人眼里，我就是一个独特的有点儿另类的女孩儿。读中学的曼姐姐评价我是心智过早成熟，会让自己和周围的人过得不快乐。我觉得她懂我。其实，那不是我在不停地瞎闹，也不是像《还珠格格》里面那个小燕子没事儿找事儿。我是一直在寻找真正爱我的人和值得我爱的人。到今天，我终于完成了这个心愿！

我伤过妈妈的心。她曾气得产生过不想活下去的念头，那是因为有次刘亚兰对我说，妈妈比爸爸小二十几岁，一定是贪图爸爸的财产。现在，我感到，刘亚兰在这件事情上是有点儿瞎掰了。当妈妈哭着把当年与爸爸结婚前办的公证书拿出来时，我才恍然大悟了。公证书说，将来若爸爸去世，所有财产由爸爸决定，可以捐出去或是给两个哥哥和我，但她绝不要一份。爸爸也离不开妈妈，他们是真的相爱。

我对班上的老师还是尊敬的，但这种尊敬却不是100%的尊敬。以前，我读过的学校，有个别老师常常想让我爸爸给他们办点事。有时还让我带话，我心里烦。但到了五小后，我觉得这里的老师不一样。他们到我家做家访，一般都是吃了午饭才来，坐上一两个小时就走了。有次，妈妈诚心把国外带回来的小礼物送他们，他们却一个也不收。爸爸和妈妈几次邀请过他们来家做客，他们都推辞了。

上次，爸爸又托杨校长帮忙，我班老师才来参观我家的文物展览馆。李老师他们还赠送我两套书籍，一套是四大名著精装版，一套是百科知识全书。那一次，让我对老师的尊敬多了一些。

今天车祸后，曼姐竟然问了一个挺让我反感的问题：李老师在救我们之前，知不知道是你？我回答说：如果要是在学校，也许猜得出是我。今天我没有穿校服，不可能引起他的注意。在大街上的人群中，我们和不少人戴了口罩，情况又是那么危急，单从背影上一瞬间是不可能认得出我的。接着，我又反问她：至少他不认识你，为什么也会救你呢？她一下愣住了，回答不上来。等了一会儿，她高兴地对我说，她终于明白了一个道理：一个优秀的老师，不论他在哪里都是优秀的。

我现在心里稍微不太难过的是，我们被李老师救了，李老师也没有大碍！他还能听到我100％尊敬他的心里话。

李老师，您要早点好起来！过两天，我们全家人都来感谢您！

“贵宾来了，快去开门!”楚贤成在客厅里听见院子大门的门铃响了，便对女儿说道。

躺在楚贤成怀中撒娇的楚盈盈调皮地说道：“爸爸，不应该称尊敬的人叫‘贵宾’!”

“那该怎么说?”楚贤成反问道。

“该叫‘贵客’。”楚盈盈仰着头。

“为什么呢?”楚贤成故意皱起眉头。

“我们同学家里养了一条宠物，就叫‘贵宾’。”

“哈哈哈，你这个疯丫头!”楚贤成笑得前仰后合，又忙着催促，“快去，快去!”

这天，齐之乎到楚贤成家，二人交往已久。

两年前，家住天都一环路市中心柳江河畔别墅区的中祥集团董事长楚贤成经多方打探，最终决定将自己现在老婆宁晓慧生的爱女楚盈盈转到邻岷市第五实验小学就读。邻岷市第五实验小学并不是全市最好的小学，其实，大家公认的质量最好的还是天都市实验小学。为什么他会选择把爱女放在一个县级市的学校？原来，他采纳了在天都市教育局人事处当过处长的齐之乎的建议：“择校不如择班，选班不如选班主任。”齐之乎向他郑重地推荐了自己的同学李叶。李叶是大学时期的优秀学生干部，德才兼备，有教育情怀，现在又是天都市优秀班主任。齐之乎对楚贤成说："教育成功的关键，不需要看教师的智商，只看他的情商就足矣。"楚贤成说："教育上的事，我听您的；建筑上的事，您听我的。"

"您是教育行业的专家，我还有个疑问：娃儿经常转学究竟好不好?"楚贤成希望齐之乎将他的心病拿掉。

"主要看效果。楚董，您的这个爱女有个性。她转学后的成绩始终拔尖，说明她适应能力强，那就尊重她的想法。这样，还有个好处就是可以集聚不同的先进思想和智慧，更有利于她的成长发展。我还打听过，恰好李叶班上只有两个女教师，其余为男教师，搭配也很合理。"

三年级开学前一天，乔一兰不知从哪里得知本学期要转学到班上的小女孩是一个"转学神女"。仅仅是读幼儿园就转了十二次园，小学两年，就转了四个学校。这种有点儿奇葩的学生，将很难管理。教好了是应该的，没教好就说不清了。李叶听后，面有难色，说是校长安排的。乔一兰自告奋勇说去找校长，该班基本上是"关系户"，谁也不便得罪。当班主任的李叶的确有难处，但她作为这个班的科任教师就无所谓，即便冒犯了人，班主任还有回旋余地。

杨柳依听乔一兰诉说后，立即打电话叫李叶过来。李叶来到后，杨柳依先笑道："李主任，您班老师的集体荣誉感都很强啊!"

"谢谢杨校长！他们很支持我的工作。"

"李主任，一兰老师，我当着你们的面说具体一点。本学期转到你们班上的学生楚盈盈，是市教育局人事处原处长齐之乎打过招呼，又向家长推荐过来的。其父楚贤成你们都比较熟悉吧，是全市最大的慈善家，我们学校就是直接受益者，文庙第三层大殿的巴蜀名人铜像就是他捐赠的。我们也应见贤思齐，教育本是慈善的事业，我们也要把它做好吧！传闻楚董的女儿有点特别，但你们大可放心。我了解过，她的'特别'是对人和事的标准较高，喜欢挑剔，有时近似苛求，这似乎与她的年龄不相符。但这是一个爱学习、守纪律的学生，也不会给班上带来什么麻烦。”

如果我们教出来的每个人都是人云亦云、亦步亦趋的，那和生产出来的机器人有什么差别？那就是教育的失败。听了校长的介绍后，李叶觉得楚盈盈的思维可能属于逆向求异的，这种思维若从小引导好，将来定会造福社会。他感到这个女生有自己小时的一些影子，甚至比自己更好。李叶属那种敢挑战，想尝试，特别喜欢做那种别人看似不可为之事。他想起了尼采说过的话：要与雄鹰为邻，与白云做伴，与太阳为友，像风一样掠过天空，才不负人生好时光！此刻打定主意，希望这棵好苗子能到自己的班上来。于是，看着乔一兰说：“乔老师，您看怎么样？”

乔一兰听了校长的话，心中的石头也落了地。她心里已接纳了楚盈盈，表态说：“李主任，听了杨校长的介绍，我觉得这个学生有个性，我喜欢！”

就这样，楚盈盈顺利地转学到三年级三班就读。

第二天中午，李叶给阳刚打电话，问去送张三少女儿上学没有。阳刚说：“李哥，您放心养病。以前我们约好的，您没空，我就去。昨天，听说您出车祸了。我来看您没看成，今天一早我就直接去送了。”“谢谢您！小阳。”

打完电话，李华就进房了，打开保温提锅，拿出饭缸，再倒出熬好的鸡汤。等李叶吃完后，又拿出一张报纸对李叶说：“快看，你又出名了，成了舍己救人的英雄。”“哪是什么英雄，普通市民罢了！”李叶接过《邻岷日报》，看到一版报眼儿的位置登了一条消息：

人民教师见义勇为救行人

> **本报讯（记者易小天　林洋）**　昨日下午，我市堪培拉大道南一段与成都路东一段交叉口发生了一起交通事故。当一辆急驰的小车快要撞上过马路的人群时，我市第五实验小学教师李叶奋不顾身，毅然冲在行人最前面，保护了行人，自己却不幸受伤。现场市民紧急拨打电话，救护车及时赶到。目前，李叶老师已脱离了生命危险。肇事车辆被扣，事故原因正在调查中。

李叶将报纸放好，问李华："我什么时候出院?"

"主治医生说，要等你后脑上的伤口拆线后才能出院，至少要一个星期。"

"唉，又要耽搁一个星期。"

"担心什么，你不做，事情又不会跑。到这里就得听医生的话，安心养病!"

"是是是，我也要听你的话。"

"又耍嘴皮子了!"

李华笑了，李叶一直笑到心里。以前，电影里常常有这样的镜头，男女主人公总有一个要生一场病，在病中，二人的感情日渐加深。看来，编剧还是懂生活的。为什么会这样呢？人在困境中，对情感的渴望度比平常要高得多。对，在忙忙碌碌的城市生活中，面对纷繁复杂的世界，甚至包括出乎意料的不幸，使得我们的学生在情感上，是不是也存在饥饿感呢？想到这里，他脑中闪现出一篇谈教育管理的论文选题。一闪之念，有时也会忽而消失，他赶紧叫李华将抽屉里的笔和纸拿过来，草草地在病情告知书的背面写了一串字——"给情感饥饿的学生加餐"。

不知不觉，李果推门进来，第一句就宣布道："爸，我的物理竞赛得了省上一等奖。”

“祝贺祝贺！学校的人才！”李叶听到儿子报告的喜讯，就像服了一剂良药，觉得身体就要痊愈一般。

“你这个娃娃，怎么不关心一下你老爸，反倒是自己先嘚瑟起来！”李华嗔怪道。

“儿子也懂得治病的！”知子莫若父，李叶笑道，“他的这份捷报，胜过一副补药！”他心里明白，儿子记住了他讲过的“五分钟报喜法”。人和人相见，在最初的五分钟内，要讲令人愉悦的事，避免提一些消极负面的东西，造成不好的氛围。

“爸，我班的好多同学都在传，说您是一个英雄哩！”李果坐在床边，喜不自禁。

“我看你们父子俩是个个都不谦虚哈，还在相互恭维哩，我都看不下去了！”李华打趣道。

“对，这叫相互吹捧，共同提高。”李叶说完，一家人大笑不止。

“爸，您感觉怎么样？”

“唉，你不说倒不觉得，是不是我老了，怎么现在觉得伤口有些隐隐作痛了！”

“儿子，我们走算了，让你老爸睡一觉。”

“爸，您多保重！有时间我再来。”

“别来了，不要分心，我很快就出院了。”

入院第四天，护士进房来换药后，便将李叶推到放射科复查，经过CT检查，脑中没发现淤血等物质，伤口愈合度好，只是还有轻度炎症。

星期四中午，李叶看了一档小品节目后正准备休息，来了一拨家长，临走时还硬是将装了慰问金的信封塞在枕头下面才离去。

下午六点，楚盈盈一家人来到病房。她提着一个保温提锅，楚贤成提着一篮水果，宁晓慧抱着一束康乃馨。

“楚董，你们好！”躺在床上的李叶正要起来，楚贤成赶紧劝他：“李老师，躺好躺好！”然后，他将床摇高了。

“楚董，你们那么忙，不好意思把你们惊动了！谢谢你们全家！”在李叶的心里，对这位企业家一直很敬重。上次，他和班上老师应邀去参观楚贤成建的文物馆时，不经意发现了在楚董的办公室办公桌旁边的墙上贴了一张淡紫色的小纸片。李叶走近一看，原来是一张天都市邻岷市道路停车记录告知单，记录了某年某月某日某时某分钟未按要求违规停放车辆。时间已隔三年了，这张告知单却一直像一面镜子一样挂在那里，照亮着人的心。

“李老师，谢谢您！您是我们全家的贵人哩！”宁晓慧双手合于胸前，给李叶作个揖。

“李老师，我今天要亲自喂您吃一口！”楚盈盈打开了保温提锅，一股含有中药味的淡淡清香飘溢在整个房间，令人神清气爽。

“盈盈，谢谢你！老师可以自己来。”李叶第一次清楚地听到楚盈盈叫他老师时在前面加了一个姓，心里十分愉悦。

“李老师，您就不要客气了。这是女儿咨询了她的一位老中医爷爷后，加了上好的药材，炖了一只她姥姥养了多年的老鸭。喝了汤，对伤口恢复有益。您一定要领下一个学生爱戴老师的心意！”楚贤成补充道。

“李老师，趁热，我来喂您！”楚盈盈用一根洁白的小汤匙去舀鸭肉，快要舀上来时，手一颤，这块带骨肉落了下去，保温提锅发出清脆的响亮声。她又重新舀了块肉，小心翼翼地递到老师嘴边。

李叶张口慢慢咀嚼着。突然，他感觉有东西在眼眶转动，急忙转过头去，说了声：“谢谢你！盈盈。行了，我自己来。”

“好吧，晓慧，盈盈，我们走，不影响李老师休息了。”

楚贤成一家离去后，李叶将润湿的眼睛擦了擦，心里久久没有平静……

过了一会儿，市委宣传部一位副部长和市教育局文局长、杨柳依来医院探望。市委市政府表彰授予李叶“邻岷市优秀市民”称号，副部长给他带来了荣誉证书。文局长送来市教育局工会的慰问金，杨柳依给李叶送来学校工会买的营养品。

当天的《邻岷日报》刊载了评论员文章。文章说：

> 一个有希望的民族不能没有英雄，一个有前途的国家不能没有先锋。李叶同志临危不惧，在关键时刻见义勇为，挺身而出，挽救了人民群众的宝贵生命，这种精神值得大家学习。这也是我市精神文明建设取得丰硕成果具体的生动的体现。市委市政府授予李叶同志“邻岷市优秀市民”称号，给大家树立了光辉的榜样。我们这座城市是全国文明城市，让我们在市委市政府的坚强领导下，团结一心，真抓实干，早日把我市建设成有高度、有温度的世界田园大城市……

李叶病房外的墙根摆放了几篮鲜花。

相邻病房的一个病员家属好奇地来到李叶病房，看到房内摆满了鲜花、水果，打听了李叶的姓名、工作单位后，连连夸赞道：“李老师，你真是个大英雄！佩服佩服！”

这两天，每天是换药输液，李叶感觉也没什么大碍了，清闲起来反觉时间难熬，换了几个频道的节目也觉无趣。于是，便想起了自己工作室本月要为小市的十位语文学会会员举办一次讲座，他下床，在一张桌子上摆上笔记本电脑，确定了题目，然后，简单列了一个提纲。

学生作文指导之八：漫谈“小题大做”与“大题小做”

谈“小题大做”——

所谓“小题”，是指作文题目涉及的内容是日常生活中常见的人、事、景，如《老师的一天》《妈妈的微笑》《家乡的春天》。“大做”是指作者在写作中进行一定深度的挖掘，体现“大”的思想，“大”的境界，给读者以“大”的启迪。

提倡“小题大做”，要求文章有所指，具有一定的价值意义的主旨，对作者本人是个再思考、再认识的过程。读者看罢，可从中获取一定的收益。

小题大做可从三个方面入手：

一、确定有积极意义的中心思想。积极的中心思想要求作者站在社会、民族、国家、集体、大多数人利益上考虑问题，用发展的眼光来评判事物。如果中心思想不高，或境界低下，那给人的启迪就小，甚至会有负面影响。

二、选择自己最集中、最突出、最深刻的思想感受作为文章的中心。纷乱的思绪导致无中心，肤浅的感受难以打动读者。

三、借议论、对比等手法，画龙点睛。借助议论、衬托、反复、反问等手法，挖掘材料自身的思想性，挖掘隐藏于事物背后极有价值的东西，以小见大，起到画龙点睛之功效。

注意：小题大做切忌不切实际地拔高主题，或无病呻吟。

谈“大题小做”——

在平时训练或考试时，难免会遇上一些所谓的“大题目”作文，如《我和班集体》《尝试》《家》《考试》《财富》

等。此类作文的特点是内容不具体、范围广、容量大。有的人遇到这样的题目就似野猫咬老牛——无处下口。

要写好此类作文，就需要化“大”为“小”，大题小做，具体可以从四个方面着手：

一、从“大”推“小”，找相关内容进行类推。

二、变“大”为“小”，给主干添枝加叶。冬天落叶后的秃树，给人一种孤零空荡之感，不像春夏之树让人觉得鲜活实在。“大题”让人难以捉摸，如果给它添加些“枝叶”，便可以使它变得丰满。

三、以“小”衬“大”，在细微处显深远，用局部展现整体。有的大题目，给人的想象空间实在很广阔。而要想写成功，如果面面俱到，那肯定难以把握，且不易表达清楚，特别是那些体裁不限的题目更属此类。只要对此类作文没有过多的限制，就可以选其某些独特现象来展示整个风景，选其典型细节片段来展现整体风貌。

四、以“小”代“大”，变粗为细，化抽象为具体。善于展开联想，充分发挥想象，从丰富的内容中选取一个适宜自己的内容来表达发挥，变复杂为简单，将题目内容锁定在一个较小范围内，作文才不至于显得空洞。

注意：有的文章在题目中明显限制了主旨的就不能变“小”化“无”，如《祖国山河无限美》不能变为《祖国山河真美丽》，文章的主要内容也不能变“少”化“无”，如《家》不能变成《我家有个好亲戚》。

简单拟了一个初稿后，李叶感觉有些累，便上床歇息。

下午，护士又挂上一组液体。

为庆祝新年，邻岷市委宣传部已发出征稿通知，欢迎广大市民踊跃投稿，通过自己的亲身经历，来反映时代变迁、社会的进步。优秀稿件将刊登在《邻岷日报》。李叶乘输液的时候，思索着选题。输完液时，已是下午四点。李叶坐到桌前，将自己的腹稿写成一篇散文《无权挑食》：

挑食是人与生俱来的一种本能。对能挑食的人来说，是一种幸运。我虽比父辈有幸，却与挑食无缘，我生在了一个无权挑食的年代。

让我铭心刻骨的是生吃辣椒的那幕情景……

放学回家，已是饥肠辘辘。锅是冷的，灶是冷的，灰也是冷的。

幻想着从灶膛柴灰里掏出一块烧熟的红苕，哪怕已焦了大半也无所谓，照常可以像嚼甘蔗节巴一样，嚼出无限的滋味来，可是，连过屠门而大嚼的感觉也无从找到。

缓缓起身，踱步到门外，又转身回来，揭开锅盖，看着始终在桌上待着而从未享受过住碗柜待遇的碗们，除了盛有几根泡菜外，一无所有。泡菜是断断不能空腹吃的，一是本已吃厌；二是老人常讲，同院子的王三姐就是因饥饿吃了一段时间而患上喉炎的。

默默迈过门槛，来到屋檐下，眼巴巴望着那一排挂着的花生枯藤，企望着生产队的社员在出工时不要“出心”，漏掉几颗花生就好了。用手翻来覆去，仔仔细细地触摸着，除了一些黄泥颗粒外，并没有发现所需要的东西。快要泄气时，一块不太扎手的东西出现了——一个二鸡（截）豆花生！盯住一看，可怜巴巴的花生布满了皱纹。捏在手里，轻轻吹几口气，把泥土吹去，掰开一看，小的一头只有一点花生仁的影子。抠出来，似一片枯叶，还没拿稳，便被一阵讨厌的风给吹跑了。赶紧把剩下的那颗抠出来，分量倒比枯叶沉一点，吝惜地放在手掌中，欣赏了半天，真不忍心一口将其吞下。慢慢放在嘴里，狠心咬下一半，咀嚼一阵，享受一番。走了几条地埂，才将其享用完毕。

美好的心境随着花生没了而消失，只有一个感觉——饿。此时，暂不想回家了。家里还有十多斤生产队分的借来的储备粮，虽难吃，想着还在地里流汗的父母，也不忍心偷着去煮。

茫茫然地向田野望去，发现不远处的地里，还有辣椒。心里一喜，奔了过去。大的带酱紫色了，摘下几个，便跑回家。用菜刀把辣椒剖开，将里面的籽抖掉，再轻轻将盐粒撒在上面，腌一下，便往嘴里送。第一口，特别辣，似乎有股火焰往喉咙里窜，还钻到胃里去了，眼泪也流出来，口水也不断涌出……稍停一下，又嚼，却不敢嚼得太碎，不敢让它在嘴里停留得太久，一连吃了三个辣椒，眼泪流出几串，肚子不觉得饿，嘴里胃里却全是一团火……

生吃辣椒这件事一晃就过了三十多年，想起儿子小时候吃东西挑这挑那的情景，我暗自庆幸。时代进步了，社会发展了，人们过上了好日子。孩子是有福的人。

挑食是不需要学的。已被历史剥夺挑食权利的我，不希望孩子失去这种满足口欲的正常权利。但是，我希望他学会劳动，学会创造，让后来的人也能享有挑食这种正常的权利。

快要出院了，李叶叫李华帮忙清理一下亲戚、朋友、领导、同事、家长来探望时随的慰问金或是前来还的礼，叫李华一一登记，以便将来还礼。

经纪委调查，张骁因中午上班时间喝酒，违反规定，给予记过处分，并扣除一部分目标奖，作为典型案例发文全市各机关单位进行通报。

这个消息传出来，有的人觉得痛快，说对这种拿国家的钱又败坏国家干部威信的违纪人员就是应该受到惩处。有小道消息流传，说张骁早就该被收拾了，利用职权到处吃拿卡要，上级已经在暗地调查，他张狂的日子要画句号了。

不久，有几个教师向市委组织部实名举报张骁诬蔑教师，败坏公务员队伍名声，要求组织部好好教育他。张骁对教师一向没有好感，起因是他在读邻岷第一高中时，班主任见他学习懒散，用了一个激将法对他说，你要是能考上大学，我就在手心里煎鱼给你吃。他认为这个班主任严重刺伤了他的自尊。如今，他仍耿耿于怀，不能释然。他到处宣扬道：当教师的要知足！算一算，一天才上几节课，我们公务员一天早九晚五要上七八个小时班，有时还要加班。凭什么教师的待遇要和公务员比？教师的工资都是我们公务员挣的，他们还拿着工资去耍寒暑假……组织部干部科收到举报后立即对张骁进行诫勉谈话，他当面表示不再信口开河，背后却埋怨组织部多管闲事，怨恨教师落井下石。

一天，张骁和一个亲戚喝酒，亲戚把自己在医院看见李叶住院期间的情景告诉了他。张骁不仅不感恩——因为李叶的举动避免了一场重大交通事故的发生，反而怨李叶逞能。李叶被撞，倒是名利双收；就是因为他，才害得自己摔了一个大跟头，让自己招致飞来横祸。张骁马上向纪委举报李叶收受服务对象的礼品礼金，希望纪委调查处理，整肃不正之风，给大家一个交代。

11. 作　业

这一天，李叶收到邻岷市教育局纪检科的通知，等会儿要派人来陪他到市纪委谈话室去一趟。他觉得有些惊奇，便将此事向杨柳依汇报。

此时，一场天都市的学术研讨会就要在学校举行了，李叶既是主持人又是主讲人。杨柳依对李叶说："李主任，您放心去主持活动，不会有什么大不了的事。我先代您去看看。"

杨柳依跟着市局一位纪检干部到了纪委谈话室，一个干部模样的人向杨柳依热情地打过招呼，然后问她有什么事。当杨柳依说明来意时，那个干部一下子火了，"啪"地拍了一下桌子："杨校长，你也太不像话了！我们约谈李叶，那是有人举报他在住院期间有严重的违纪违规嫌疑。你来代替他算怎么一回事！你是不是太护短了？"

杨柳依也"啪"地拍了一下桌子回敬对方：

"作为天都市人大代表，我请你注意自己的作风！请注意你的说辞！说我'护短'，你有什么依据？我来纠正你一下，若说我'护犊子'倒还有一点像。但是，我告诉你，一个干部，如果不能爱护他的职工，没有丝毫担当，国家和人民培养这种干部来有何用？若说李叶有其他什么嫌疑，我还不敢打包票，但仅就这次他受伤住院这事，他绝对没有丝毫违规的言行。

"李叶老师这次舍己救人的英勇壮举，在我们全市闻名，家喻户晓。市委市政府表彰他，号召大家学习他。因为有了他，让人们再次感受到我们这座城市的温度。我们这座城市的人不但一点儿不冷血，反而是充满热情和豪情。说起他，谁个面上都有光。请你们尊重英雄，不要让英雄流血又流泪。我最憎恨的是，有人在前面拼命冲锋，却有人在后面使绊子。现在不少有识之士忧虑有的人缺少信仰，社会各界在不断呼吁：今天是不是亟待要培养一点‘士’的种子。李叶老师的举动，说明他就具有‘士’的风范。”

杨柳依口若悬河地说了一通，看见那位干部的脸有点挂不住了，就停止了演讲，马上回到谈话的主题上来：“抱歉，我有点激动了。下面，我再准确地把我掌握的情况给领导们汇报一下。”

李叶出院后就到校上班，当天就把住院收到慰问金的事向校长兼党支部书记的杨柳依汇报了。

那天，李叶和李华清点了所有慰问费数目。领导、教师、家长、李华医院同事、亲朋好友和已工作了的学生来看望李叶的慰问金，一共有三万多元。

“我住院治疗费是不需要我支付的。留下组织给的慰问金和我们没有随过礼的朋友的慰问费，余下的钱就给全承远这个学生整容吧!”李叶想到全承远整容所差费用有了着落，心里长长地松了一口气。

“好的，听你安排。”李华留下一万元。将余下的费用打在晋三姐的银行卡上。

李叶传递爱心，解决了全承远手术费不足的困难。

那个干部听了杨柳依的叙述后，对杨柳依说：“杨校长，对不起，我有些冲动。这件事我清楚了，但还是需要李老师来一趟。”

“好的。刚才我的态度也急了点。就按程序办吧，等活动结束，我立马通知他过来。”

斗转星移，白驹过隙。暑假又到了，李叶给班上的学生布置的语文学科作业题有四道：一是将他整理编写的叙写“时间·机会”的七十七个成语作为练字内容抄写五遍，并尽量理解背诵；二是至少写十篇以上日记；三是至少读两本书；四是到新农村去，开学后，交一篇自命题作文。他自己表示也要写一篇作文，到时交给全班同学检查。

这四道作业题，受到了学生的欢迎，全班家长表示一定配合。

赵天宇父亲单位一个职工小宋，他的老家在另一个市较偏远的农村。赵副市长和他商量，请他帮忙，让赵天宇在他家住半个月，好好体验农村生活。小宋满口答应，说正好大哥的儿子也在读小学。

临走前，赵副市长拍拍儿子的肩膀说：“没晒黑，就别回来。”

车行驶了两个小时后，又翻过两座丘陵。赵天宇眼尖，在前方不远处，发现了马路上有一群鸭子。急忙叫道：“叔叔，快刹车！”小车在距鸭群二三十米的地方停住了。赵天宇将玻璃摇下，一幕景象映入他的眼帘：一只鸭子躺在路中央，血肉模糊。一群鸭子低头肃立在它的周围，像是在哀悼被车轧死的同伴。他心中涌起了一种难以言表的情感，为鸭子的惨死而伤心，为开车人的残忍而气愤。小宋没有说话，也没有按喇叭。他把车熄了火，足足停留了几分钟。等鸭群缓缓离开后，赵天宇和小宋才下车，将死去的鸭子埋在了山边。

赵天宇到了小宋家，小宋的大哥安排儿子宋敏陪赵天宇。初次见面，二人理了理年龄：赵天宇为弟，读小学五年级；宋敏为哥，读四年级。

赵天宇安排好时间：上午读书，下午自由活动。

第二天，赵天宇和宋敏一起读《水浒全传》，计划要将梁山好汉一百零八将找出来，并将其绰号一一对应进行排列，然后，要对每个好汉写几十个字的印象认识。

“小宇，我们上网查一下不就得了。”宋敏嫌麻烦，又耽搁时间。

“敏哥，耐心一点。我们用两个星期的上午来做这一件事，时间够了。网上有现成的，是省了不少事，但那是别人做的，说不定还有错误。我们要亲自动手查，相信自己。”

宋敏有些不情愿地点了点头，看着赵天宇很认真的样子，也跟着翻起了书。

快到中午时，二人放下书本，聊起了城市生活和乡村生活中的一些趣事。

“小宇，小敏，开饭喽——”

听到宋敏母亲秦勤的喊声，二人嘻嘻哈哈来到水龙头旁边洗手。

坐上八仙桌，望着香喷喷的饭菜，赵天宇连连说道：“谢谢阿姨!”

秦勤看着赵天宇，高兴地说道：“真懂事！小敏，要多向弟弟学习。”

赵天宇又要了一双公筷，先给宋爷爷夹了菜，再给几个长辈夹菜，最后往自己的碗里夹。

“小宇，味道合口不?”秦勤问。

“味道好！阿姨您辛苦了!”

“不辛苦，不辛苦！只要你吃得惯我们乡下的菜就好。”秦勤又特意夸道，“你太讲礼（客气）了!”

坐在旁边的宋敏也拿起公筷，给长辈们夹了菜。

宋爷爷看着两个孩子，眉开眼笑："小伙子，不错不错。"接着，又问赵天宇："你爸爸是干什么的?"

秦勤听了，赶紧插话道："爸，你问这些干什么。"

"我爸和小宋叔叔在一起上班。"赵天宇回答道。

"上班好啊，你爸教得好!"宋爷爷知道儿媳妇的心思，本来那些事也与自己无关，便不再多言。

"谢谢爷爷夸奖!"赵天宇又用公筷给老人夹了菜。

突然间，宋敏叫道："糟了，我要去'唱歌'。"

"你这个娃娃，赶快吃饭，饿着肚皮唱什么歌哟!"秦勤不解地说道。

"来不及了!"宋敏没时间解释，起身下桌就跑出去。

"这个孩子，真是……"秦勤摇摇头。

赵天宇听了，微笑了一下，也没说什么。

午饭后，两个孩子将宋爷爷搀扶下桌后，便争着去洗碗。

"你们小孩子，到一边去休息。"秦勤说道。

"妈，您煮饭，我洗碗是应该的。"宋敏道。

"阿姨，哥哥说的对!"

"要得要得!"秦勤竟然被两个孩子感动了，不知说什么才好了。于是，和两个孩子将桌上的东西收拾完毕，第一次像督查官一样，注视着两个孩子劳动。

按照分工，赵天宇先用洗涤剂搓洗，宋敏接着用自来水冲洗。没有消毒柜，筷子放进一个不锈钢筷笼里。赵天宇看见宋敏放的筷子不标准，便笑着纠正道："有的'天''地'弄反了!手握的粗大的部分叫'地'，夹菜用的细圆的一头叫'天'。'天'在上，'地'在下。如果夹菜的一头朝下，水顺流下来，不易干。长期这样，还容易变黑，产生病菌。"宋敏听后点点头："谢谢!记住了。"

休息时，宋敏将赵天宇给他介绍的就餐文明要求和讲的故事说给了母亲听——凡是影响进餐情绪和食欲的言行习惯都要改掉，还讲了赵天宇曾到海南旅游后，记下导游讲过的“唱歌”故事。秦勤夸奖了儿子：“你做得好，以后多向弟弟学习哈。”

这周六，李华休假。李叶早早到菜市买了条钳鱼，买了两斤生态猪肉，用一半猪肉绞成做圆子的碎肉，买了几样水果，还到超市买了调料。然后带着李华、李果回老家去。

途中，李叶的手机响了，他靠边停车。原来是老家小学同学打来的电话，问带的脸谱啤酒有几种、各有多少听。他记不清了，忙打开尾箱看看，竟还发现有一口袋绿色葡萄！这可能是在超市里，某个顾客将买的水果放在李叶买的一堆东西里面，当时自己没注意，离开时一起提走了。李叶立即折回超市，将水果交给营业员，表示歉意。营业员激动地说道：“不怪你，谢谢!”

刚启动车子，又有一个电话打来，李叶一看，是家长打的。“你的电话多，我来开。”李华换到主驾驶位子上。

过了一会儿，李果问李叶：“爸，我昨晚做了一个梦，不知是啥意思。”

“说来听听。”

“我打开衣柜，发现里面挂了几件没有干的衣服。”

李叶思索了一会儿说道：“晾衣趁天晴，读书趁年轻。”

“可是，我早晨打电话问了班上有个同学，他叫他亲戚翻了《周公解梦》，求解为：梦见干净的衣服，表示是好兆头。你解的答案跟他们不一样呢?”

“解梦的思维不一样，答案肯定就有差别啰!”李叶笑道，“不过，重要的是要言之有理。我的解，也是好兆头。”

“您快说出来吧，免得我忐忑不安。”李果按捺不住地催道。

“你想，天晴忘记晒衣服，湿衣服就会越来越多；阳台晾不完，那只能放在衣柜了。年轻的时候不多读书，年纪大时，负担增加后，想读书充电时，就会越来越感到力不从心。”

“你爸的分析，我都信了。”李华侧头插话道。

“谢谢李老师，我懂了!”李果顽皮起来。

一家人都乐了。

到老家后，全家人一齐动手做饭。李果亲自下厨弄个家常鱼，将父亲教给他的烹调方法用上。饭后，三人配合，三下五除二，洗涮完毕。李叶携李华到菜地里去转。

李果留在家里陪奶奶。他烧了两壶开水，灌满四个保温瓶，找来洗脚盆，要给奶奶洗脚。开始，奶奶不答应：“你的作业多，还是歇一下，看看书吧。看把你已经累瘦了。”隔辈儿亲，祖孙情深，人类的血脉就是这样一代一代地传承着。

“瘦是瘦，有肌肉。奶奶，请看!”李果做了个健美亮相，把奶奶逗乐了。说完，李果蹲在奶奶膝前，拿起奶奶的手放在自己的手心里，央求道：“奶奶，我小时候，您不知给我洗过多少次脚。我现在做得不好，一年还给您洗不了几次哩。放假了，我正好陪您说说话。”

“你呀，小时候，我洗你那个脚呀，真怕弄疼你。你那个小脚板儿呀，像个红萝卜样，白里透红，鲜嫩鲜嫩，真想啃上几口哩。”李果的话引出奶奶的话题，奶奶抚摸着李果的头，十分感慨。“现在你长大了，想抱你也抱不动了。唉，人老了，不中用了。”奶奶情绪里夹杂了淡淡的忧伤。人生啊，生老病死，就是这么个规律。

“奶奶，您一点不老。”

一辆普通桑塔纳从一条高速公路绕出，在群山中盘旋了二十多分钟后，在一幢绿树掩映的别墅前停下来。司机先将后排车门打开，一个俊俏的小姑娘下了车。这个小姑娘就是楚盈盈。

“外婆，我回来了！”楚盈盈对着院墙大门喊道。

“盈盈呀，是你们啊。我都出来看了好几遍。”系着围裙的老年妇女走了出来，把铁门推开，叫司机把车开进院子。

司机下车，对盈盈外婆说道：“阿姨，我就不进去了。我马上要返回，楚董还在等我。再见阿姨，再见盈盈！”

“跑这么远，水都没有喝一口。别急，等一下。盈盈，快把客厅里剥开的那个大橘子给叔叔拿来。”

李果奶奶说：“唉，人老了不中用，现在的事记不住，以前的事忘不掉！”

“奶奶，您在说假话骗小孙子哩！”

“我说什么也不会骗我的乖孙子哩。”奶奶有些不高兴了。

“奶奶，您听我说，您的记性真好！记得去年我得了一张三好生奖状回来，您就对我说：果果儿，你千万千万不要翘尾巴哟，争取下次得两张三好生回来嘛！”

听到这里，奶奶乐了：“哈哈哈，是哩是哩！我还记得，你爸爸听了，走过来对我说：妈，你还是要大方一点，别人家的孙子也想当三好生哩，一个班评不了几个。哈哈哈……”

“爸爸说的是！”

“你爸爸是个有福气的人。”奶奶脸上乐开了花。

“我爸爸是沾了奶奶的光！奶奶是最有福气的人！”李果顺势补了句。

“还是我孙子懂得孝顺，这句话，听起来顺耳。”

李叶牵着李华来到菜地里，看见母亲种的蔬菜又丰收了。只有几分宽的菜地，让母亲给划成一小块一小块的，地里长着蕹菜、南瓜、丝瓜、莲白、茄子、花生，还有藿香、三萘、土姜。

突然，李叶听到李华叫道："李叶，你看，灰灰菜都快长成树了！"

顺着妻子手指的方向看去，挨着自家菜地的一片斜坡上，有一小片灰灰菜树林哩！有几十株，大多有一米多高！李叶顿时心中一阵狂喜，他离开土地已有三十年了。上班以后，因工作繁忙，更难得到家里的田间山地来逛逛。如今，看到这些似曾相识的灰灰菜树，一种温热的东西充盈着他的眼眶……

"灰灰菜，怎么长成树了？太迷人了！太迷人了……"李叶自言自语道，有点儿情不能自已了。李华没有说话，她知道一定是灰灰菜触动了先生某一根神经，唤起了他以前的记忆。

"走，回家！我要完成与学生约定的暑假作业了！"李叶似乎产生了一点灵感，生怕它们很快会飞走。灵感这东西真是神奇！有时，等了半天它也不会来；却会在不经意之间降临，马上又稍纵即逝。

李叶兴冲冲地回到屋里，提把椅子到楼顶露台。在宽宽的女儿墙面铺上一叠白纸，奋笔疾书起来：

灰灰菜树

今年，我回到老家。漫步于山地间，我的目光突然被一株"树"吸引了——灰灰菜树！似曾相识的感觉让我当时惊喜地喊了出来。我轻摇它的枝，紫红紫红的；摩挲着它的叶，粉绿粉绿的。竟有一米多高！虽然只有一米多高，但毕竟可以称之为"树"了！

紫红的茎枝，翠绿的叶面，灰白的叶底，这就是我的故乡常见的一种野菜——灰灰菜。

三十几年前，我还是个孩子。春末夏初，我便提着篮子四处寻觅野菜。熬上半天的工夫，也能采摘到一些茼蒿、马思苋、苦油菜、南瓜花，但给我印象最深的却是灰灰菜。灰灰菜，有着童话般的名字，常使我联想起灰姑娘的故事来。

儿时的我，认为灰灰菜是野菜中长得最美丽的，还隐约地感到它还有梦，它绝不满足被人们作为充饥下饭的食物，它多么想成为一棵树啊！

在贫穷与饥饿的岁月里，灰灰菜的命运如同灰姑娘，如同农人。刚发出的新叶便被柔弱的小手摘掉，乍长出的嫩枝就被粗糙的手指掐断……灰灰菜匍匐于地上，带着满身的伤痕，呻吟不已。那时，花儿没有芳香，鸟儿常在哭泣，蓝天不再美丽。灰灰菜总也不见长，没有春雨的滋润，它的梦落空了。

挨过青黄不接的日子，灰灰菜稍稍挺了挺腰，隐约地想起了自己做过的梦。在一片嘈杂声中，老家仅存的二十亩山林被改造为一亩亩梯地。望着高大的树木也难逃斧钺之灾，灰灰菜蜷伏着身子，不敢做梦了。

许多年过去了，灰灰菜已被人遗忘。偶尔，在吃腻了大鱼大肉、想返璞归真的人们的菜盘里，还可见到在农人眼里并不起眼的灰灰菜。

竟想不到，如今故乡的山地间的灰灰菜，竟也见风似的疯长起来，居然还成了一株树！这种树虽不能做栋梁，却可以为农人编织篱笆，它的叶与嫩枝也依然可供人们食用。

饱受饥饿折磨的我，在自己的眼里，灰灰菜树是一道奇丽的风景，是时代变迁的一种见证。

一天晚上，宋家村下起了暴雨，天空雷电交加，狂风在村头怒吼了一夜。多少村民一宿未眠，秦勤握着电筒起来两遍，察看了两个孩子，又察看了房屋四周，没啥情况。赵天宇和宋敏睡得安稳，一觉到天亮。

吃罢早饭，雨还在下，只是变得温柔了。宋敏提议说：“小宇，我们这里下雨后，田里河边的泥鳅都要起来游水，你跟我去捉泥鳅，我教你!”

赵天宇一听动心了，可又犯难了：“我们的《水浒全传》今天要看十回。”

“这有啥嘛，我们把时间调换一下就得了。上午玩耍，下午看书。”

“对，我的脑子怎么一下子没转过弯来呢!”

宋敏将出去捉泥鳅的打算给秦勤说了，秦勤不同意：“下雨涨水了，河边沟渠湿滑，不安全。小宇对这些地方又不熟悉。”

“妈，没事儿的。我带着他，保证平安无事!”宋敏拍拍胸脯说道。

“阿姨，您放心。我不会乱跑的，出去就听敏哥的指挥。”赵天宇也过来帮腔。

秦勤迟疑了一阵，看到两个孩子企盼的目光，心软了。于是说道：“小敏，给你敲个警钟，一定要保护好小宇！早点回来。”

“记住了，记住了。”宋敏蹦跳着进屋找雨伞、靴子。

秦勤又翻出两件雨衣，给两个孩子披上：“不要伞，穿雨衣，要方便些。”

遇到不平的地方，两人都走得较慢。在田边缺口流水的地方，就有泥鳅。赵天宇拿着抄网，提着小水桶，宋敏用竹篾编的撮箕在水里舀，逮住后就倒进桶里。连续走了几块田，看得赵天宇眼馋，手心也痒痒的：“让我也来试试!”宋敏答应了赵天宇的要求。可是，赵天宇连续撮了两次，眼看就要撮到了，结果，泥鳅还是给溜走了。他有些泄气了，宋敏教他，动作要快，最好是对着泥鳅的头部逆向去撮，就容易成功。

赵天宇照着宋敏教的办法，果然连连得手。

一会儿来到河边，沟渠流下的水太急了，泥土又松软，两个人摇摇晃晃站立不稳。河水深，宋敏说不能下去，只能站在岸上或是较稳固的地方，用抄网舀。

快到中午时，雨停了。桶里的泥鳅有两三斤，二人便折回。

走到沟口，两人一下子被前面的惨象给惊呆了。眼前的房屋已倒塌，各种家具散乱在地上。一个老人颤巍巍地在捡拾各种物件。赵天宇说了声："我们去帮老人捡一下东西。"宋敏介绍说，老人姓武，家有两个人。有个儿子，外出打工，几年都没有回来。昨晚，可恶的狂风暴雨将老人的房子给毁了。还好，老人没受伤。

两个孩子放下东西，就帮助老人捡起东西来。赵天宇正捡着，听得宋敏喊了声"爸爸"。原来宋敏的父亲是这里的社长，他在外面工地上做工，听说老家下了暴雨，一大早就往家里赶。宋敏将赵天宇介绍给父亲，父亲很高兴。宋强说："娃儿们，别捡了，这起不了多大的作用。原来，我们叫武大爷到敬老院去，他说自家有儿子，嫌丢人，不肯去。敬老院院长也说，按政策，我们不能接收有儿子的老人。"

"小宇，我们把今天捉的泥鳅送给武爷爷吧？"

"好的好的。"赵天宇满心欢喜地赞成。

"你们那点东西抵不了什么事，提回去煮算了。"宋强说道。

"不嘛，爸爸，这是我和小宇靠自己的劳动换来的，有意义。"宋敏坚持着。

"行，有这点心意就难得！这桶泥鳅可以卖二三十块钱。"宋强对孩子们的表现感到很满意，并说道："这里的事，我来想办法，马上报村两委，把武大爷安排到敬老院暂时住下，另外找人赶紧把房子给他修起来。"

"武爷爷，这桶里的泥鳅就送给您拿去卖。"两个孩子将泥鳅提到武大爷面前。

"多谢了，太能干了！"武大爷连连夸奖着孩子，抖抖索索地接过桶。

回到宋敏家，午饭后，赵天宇抓紧时间给父亲打电话，他知道，平时父亲总习惯午后睡一会儿。赵副市长听说了儿子的举动，当即表扬了他。赵天宇说："武爷爷遭了灾，有点儿惨，想多帮他一下。"

"你打算怎么办?"

"我把压岁钱和挣的奖金拿出一半给他。"

"这很好，但解决不了大问题。"

"那怎么办?"

"你请宋敏父亲将武爷爷受灾情况写一份情况说明，报当地民政部门按政策给予解决。"

"谢谢爸爸!"赵天宇心里很欣慰，觉得办了一件济困扶危的大事，这就像梁山好汉的所作所为!

"小敏，你明天带小宇去赶场，逛逛古镇。"秦勤对儿子说道。

"阿姨，'赶场'是什么意思?"

"小宇，我们这里说的'赶场'就是'赶集'的意思。"宋敏主动当方言翻译。

"哦，懂了。阿姨，你们这儿赶场的时间多吗?"赵天宇是热炒热卖，现学现用"赶场"一词。

"不多。不像你们城市是百日场，每天都可以赶场。我们这儿是二五八。"秦勤回答道。

"怎么回事?按星期来说，明天是星期一；按日期来说，明天的日期与二五八都无关呢。"赵天宇看见墙上挂历，皱着眉头说出了心中的疑惑。

"小宇，你不晓得，我们这儿的赶场时间用的是农历日子。"秦勤解释道。

"哦，懂了。但是，这样多不方便啊。我们国家早就和其他国家一样用公历了。”赵天宇若有所思地说道。

早晨，赵天宇和宋敏看了一阵书。见太阳已升高，宋敏说：“皮皮虾，我们走。”赵天宇笑着应了声：“老铁，我们走！”合上书，二人起身。宋敏提了两把伞，赵天宇叫只带一把伞，宋敏说两人一把不方便。赵天宇说，今天就晒晒，好早点实现目标。宋敏觉得奇怪，也没问。

赶集回来，赵天宇和宋敏一起讨论农历的事。然后，给这里的乡政府写了一封信：

敬爱的乡长：

您好！我们是小学生，今天到街上赶集，还兴致勃勃地参观了古镇，心里十分高兴。但是，我们要给您反映一个问题，那就是希望乡上把这里赶集的时间由农历改为公历。

现在，我们绝大多数地方都使用公历来计算时间。可是，这里却还是用的农历。与其他地方的时间不统一，就会有几个不好的情况：一是农历计时不方便，比如赶集时间尾数为二五八，具体哪一天，还要去查看对应的农历时间又是哪一天？二是现在很多年轻人不习惯用农历，好像用农历的时候，主要是用来记老一辈的生日，用来记春节正月的时间。三是与其他地方的时间不统一，就不利于旅游活动的开展。比如一个摄影队要来拍古镇风景，有时要选人少时候的镜头，若恰好遇到赶集就难办了。

我们就说这些，仅供参考！

此致

敬礼！

宋敏　赵天宇

×年×月×日

过了两天，午饭时，宋强兴奋地对两个孩子说："小伙子们，不错不错真不错！林乡长收到你们的信后，很快就安排负责文旅工作的部门召开了讨论会，估计要接受你们的建议，也表扬了你们！还要给你们学校写感谢信。"

"唧——"听到这个喜讯，赵天宇和宋敏高兴得同时击掌。全家人一起举杯。

"哗啦"一声，可能是用力过猛，赵天宇和宋敏两人的玻璃杯都碰碎了。众人马上动手，拿扫帚和撮箕来清扫，将玻璃碎片装进黑色垃圾袋。赵天宇拿了一张白纸，写上"小心玻璃扎手"，宋敏找来透明胶带粘上。然后，大家又笑着重新上桌。

李叶这天收到吴彪威的电话："李哥好！我想请您帮个忙。"

"兄弟您好！请随便讲。"

"吴罡强说他不是很想去农村，但又担心不能完成作业，怎么办呢？"

"这好办，我叫全承远给他联系，他可以到全承远老家去。两个男娃娃，有共同语言，效果会更好。"

"全承远这个娃娃的表现怎么样？"吴彪威心里没底。

"这个娃娃有孝心，学习刻苦。正好这几天还没有安排他参加足球训练。"

"谢谢李哥！"李叶的话让吴彪威放宽了心。

全承远也有两个月没回过老家了，他想念奶奶。突然接到班主任的电话，高兴得跳了起来。他立马与吴罡强联系上，准备下午和他一同乘车回去。

"奶奶，我回来了！"远远地，全承远就看见谭素香在低头剥玉米籽，便高声喊道。吴罡强跟着全承远叫谭素香"奶奶"，并把从家里带来的苹果和一袋中老年人吃的黑芝麻糊送给谭奶奶。谭素香接过东西，笑得合不拢嘴："哎呀，你太讲礼（客气）了！

我又多了个孙子啦!”

孙子一回来，谭素香欢喜得在屋里进进出出，一会儿拿甘蔗，一会儿抓花生，一会儿又去拿橙子，忙得双脚不着地，双手不闲着。

下午，全承远带吴罡强去钓鱼。全承远在竹林边有点潮湿的地方挖蚯蚓，吴罡强把蚯蚓装进一个大口玻璃瓶。然后，他们又用塑料袋盛了半斤米，拿上原来用竹子做的钓鱼竿兴冲冲地来到池塘边。

一到池塘边，全承远先将米撒了几把到水里喂窝子。然后，将饵料蚯蚓挂上鱼钩，“呸呸”吐了点唾液在上面，还口中念念有词:“口水就是糖，丢下去鱼来尝!”随即就向水中央抛去，鱼钩饵料沉下，鸡毛浮漂露在水面。

吴罡强觉得有趣，也学着全承远的样子，将钩甩了出去。等了一会儿，也不见什么动静。吴罡强有些不耐烦了:“怎么还不上钩?”

“别急别急!”全承远劝道。

过了一会儿，吴罡强发现浮漂在水面上不停地晃动，便问道:“咦，是不是鱼上钩啰?”

听到吴罡强在问，全承远仔细一看，说道:“不慌，可能是小鱼在捣蛋，或是大鱼在试探。沉住气，当看见浮漂猛地一沉时就赶紧往上拉。”又等了一会儿，不见鱼上钩的迹象。全承远钓竿一提，结果，饵料都快没了。

吴罡强也提起来，已是光光的钓钩了。“这些鱼太狡猾了!半天也不上钩，还将东西吃光了。”

“可能是鱼还不饿，或者是大部队还没发现这里有粮食。我们再撒点窝子。”全承远站起来，将口袋里的米又撒了几把下去。这时才觉得腿上有些痒，原来是被蚊子叮了，出现了几个红红的包块。于是，他问吴罡强，吴罡强说也被蚊子叮了几个包。吴罡强说："下次出来时，就要带风油精。"

"口水就是盐，丢下去鱼来衔！"全承远换上蚯蚓，吐了点唾液，念了一句又扔出去。吴罡强也模仿全承远的做法，将钓钩扔进了塘里。

"快拉！"全承远看到吴罡强的鱼漂猛地栽下去，知道鱼咬钩了，大声提醒道。吴罡强迅速一提，一条白花花的鱼就钓了起来。乐得他不停地说道："运气来了，开张了！"他小心翼翼地将这条鲫鱼取下放到小水桶里，转身一看，全承远在慢慢移动着钓竿，好像也钩着鱼了。

"是不是拉不动？我来帮你！"吴罡强走到全承远身边，伸手就要帮忙。

"不要动，这是一条两斤多重的草鱼，在水里它的劲大。蛮干，会将钓线绷断的。只有耐着性子慢慢顺着它移动，等它筋疲力尽时，再用抄网将它舀上来。"

"哟，稳住，我们能赢！长知识了！"吴罡强感觉他又有了新的收获。

接着，二人又钓了几条鲫鱼。眼看时间不早了，于是收竿，从另一条路往回走。

"你看，那里有一条狗！"吴罡强眼尖，突然发现路边草丛里有一个小家伙在搐动。

二人于是跑过去。"哎呀，快死了，都臭了！"吴罡强捂着鼻子。

全承远定睛一看，原来是一只白黄杂色吉娃娃，头部是黄色，白色的身上有几块黄斑纹。眼睛已没有什么神采，好像是几天没吃过东西了，臭味是从它的背上发出来的，这是一只被丢弃的宠物。他蹲下来，仿佛看见了自家以前的纯黄色吉娃娃乐乐，爱怜地抚摸着狗的背，发现这只狗身上系着背带，带子已深深陷进肉中，可能是伤口发炎了，挨着带子的肉已腐烂。"我们把它抱回去，救它一命。”他叫吴罡强带上渔具，提着鱼，自己抱上狗，慢慢回到奶奶家。

二人先将狗身上的背带给剪断，找来白酒洗伤口。谭素香又找来药膏敷上，然后喂了饭。第二天清晨，两个孩子一起床就去看吉娃娃。吉娃娃的精神好多了，可以随便跑动了。

饭后，全承远说：“先看一会书，等露水干了再出门玩。”

吴罡强答应了，又忙问道：“今天，我们又玩儿什么?”

“好玩的多着哩，到时你就知道了。”全承远故意卖了个关子。

他找出《格林童话选》和《新编动物十万个为什么》，让吴罡强选。

吴罡强心里像是猫抓一样，巴不得立马就出门。他随意拿了本《格林童话选》，装模作样地翻着书。当他看到《大拇指》这篇童话时，却被深深吸引了，看完一遍后，再看一遍，还激动地对全承远说：“这个大拇指真是太能干了!”

全承远也看入迷了，摆摆手：“等会儿再说。”

大约过了一个小时，全承远站了起来，伸伸懒腰，说声“休息了”，吴罡强就应了声“走了哇”。全承远说：“不慌，先编个笼子再走。”

“编来做啥用?”

“装东西。你也跟着编，学点儿手艺，免得将来失传了。”全承远笑道。

全承远到柴屋抱了一捆麦秸秆出来，教吴罡强编一个装叫咕咕的笼子。

第一步，整理麦秆。摘下长麦穗那节空心秆，下面一掐，上面一拔，再一掐尖节，就算完成。将掐好的麦秆筒放在水盆里浸泡着，以增加其柔韧性。这一步，类似于准备建筑材料。第二步，削两条软硬适度的竹条，将两头削平削细，穿上麦秆筒。这一步，相当于修建房屋打地基。第三步，开始编织，将两根串好麦秆筒的竹条做十字交叉形状贴紧，另取一支麦秆筒大的一端从十字交叉处缠绕着，从内向外编织，一支麦秆筒快要用完时，便再拿一支麦秆筒套上，继续编织。就这样，快要编到竹条四方端头时，就要用上串好的四支麦秆筒了。然后，依次折压编织，不停地加麦秆筒，越编越小，一直到收口收顶，最后做个提手。当然，提手也可用其他织物来做成。注意：如果想将笼子编大一点、高一点，在折压麦秆筒时，与下面麦秆筒的间隔缝隙不要太宽；为了方便打开笼子和延长笼子的使用寿命，不要选太细软的麦秆筒。

“嗨，这个叫咕咕笼子真像一座宝塔，是一座高级别墅唧！我都想变成一只叫咕咕住在里面了。要是我们人也变成昆虫这么小，就不用去买那么贵的房子了！”吴罡强很是欢喜，又有点感慨。

出门时，全承远对吴罡强说：“皮皮虾，我们走。今天先去稻田边逮蚱蜢，抓螳螂，再到地里捉蟋蟀，最后到竹林里去找笋子虫。”

“真是太好玩了！我举双手赞成。”

全承远带着吴罡强，各自提着一个笼子出发了。不料，吉娃娃也跟在身后。在路上，吴罡强说给狗狗取个名字。全承远想了下说道：“就叫‘乐乐’吧！”吴罡强连连说道：“‘乐乐’，乐上加乐，太给力了！”

“看，那个就是螳螂。我们这里的人又叫它‘猴子’，因为它的前爪很长，长有锯齿，抓东西抓得牢。逮它的时候，小心它把你的手抓出血来。”来到田埂上，全承远看见稻谷上有一只绿螳螂，一把抓住，它的两把大刀般的前爪不停地挥动着。“快把你的麦笼子打开，你的笼子装这些吃不得的东西。”

吴罡强已学会开关笼门了，随意挪动一角，隙开一道门来。全承远把螳螂放进去，吴罡强立即合拢了笼门。

全承远折了一支长长的青蒿枝条，轻轻地在稻叶上拂动着，在草丛中拨动，一只只蝗虫、蟲斯、蚱蜢、叫咕咕跳将出来，飞到不远处歇着。两人忙个不停，转了几块田，两只笼子都快装满了。

由于吴罡强老家的田地被规划成公园了，难得见到这些昆虫。

从田野来到地间，两人又捉了几只棺材头和黑红头蟋蟀。

不知不觉到了竹林，两人各自瞪大眼睛去寻找笋子虫。

全承远告诉吴罡强，笋子虫的幼虫和成虫都可以抓。幼虫寄生在冒出地面的竹笋体内，成虫主要附着在竹笋和竹枝上。找幼虫时，主要选有虫眼、有竹子粉渣的竹笋。一般受到笋子虫侵害的竹笋就基本废了，发现这种竹笋后，就将竹笋踹折或掰断，捡出里面的幼虫。成虫会飞，它那长长的像钢针一样的喙很尖利，并且细长如同大象的鼻子可自由转动，所以，笋子虫也叫竹象鼻虫。成虫常在竹笋上吸食竹浆，有时也会在竹枝上栖息。他们转了几个林子，收获了两只成虫、十几只幼虫。

中午时分，二人满载而归。

谭素香看见小狗四脚沾满了泥，就把它拴起来，对两个孩子说："它的伤没好完，跑出汗不好。"

饭后，全承远又把笋子成虫逮出来用竹签穿上再插在一截高粱秸秆上，放进一管小竹筒里，两只笋子虫"嗡嗡嗡"地就像飞机似的旋转起来，形成一股凉凉的风。"啊，可以当风扇啰!"吴罡强拍手叫道。

过了一会儿，他们找出一个盒子，将五只螳螂放出来，放到盒子里。咦，竟然发现螳螂分别穿了不同色彩的服装：绿色的、褐色的、灰色的。螳螂们十分警觉，随时都提着弯刀似的前爪防备着。因为自带兵器，显得很神勇威武。两个孩子又用竹签挑动几只螳螂争斗，螳螂应付式地打斗几下就不动了。吴罡强觉得有些腻了，便说："逮去喂鸡算了。""不，螳螂是益虫，还是放了让它们去上班。"二人便端着盒子走到庄稼地里，放飞了这些勇士。

第三天，全承远又带着吴罡强去捕蝉。

蝉在乡下是最常见的，最常见的蝉是黑红色鸣蝉。它那嘹亮的歌声传扬很远，健硕的身材引人注目，宽大的羽翅振动有力。蝉没有利齿，让孩子们爱不释手。在小朋友手里，鸣蝉就成了一种高级的玩具，不需要充电，它会爬，会飞，还会唱。

早晨，全承远拿着一根小竹竿在自家和邻居的房前屋后，跑上跑下，用竹竿前面削出的竹签将蜘蛛网缠绕在上面形成一坨，加上人的唾液，黏性十足。然后将小竹竿绑在一根长竹竿上，准备工作就完成了。他擦了擦额头上的汗，便叫吴罡强拿起一根短竹竿，提着麦秸笼，寻着蝉声奔去。

发现蝉在一棵高树上，全承远屏住呼吸，谨慎地握住长竹竿往上移动，瞄准蝉，再一移，偏了，又缩一点，再用力一摁，听到"哇哇哇"的惊叫声，哈哈，成功了！蝉在竹签上不停地扑腾翻飞着。全承远不敢大意，又缓缓地将竹竿退回地面。喊了声："罡强，快帮忙抬着竹竿。"吴罡强也兴奋地过来搭把手，全承远一步迈过去，左手揪住蝉，右手轻轻地将蝉翼从蛛丝上挪开，一边用双腿夹紧竹竿，一边吩咐吴罡强将笼子提来把蝉子装进去。

看到同学有收获了，吴罡强也心里痒痒的，摩拳擦掌地说道："让我来粘。"

这时，恰好一棵矮一点的树上有两只蝉在叫。

“注意点儿!”全承远将小竹竿换在短竹竿上系好，递给了吴罡强。

吴罡强第一次捕蝉，兴奋而紧张。他举着竹竿，对着蝉子一摁，一下子却冒过头了。蝉停止了鸣叫，但好像有点儿欺生，却也没动，想看看树下这个毛手毛脚的家伙要表演出一个什么名堂来。吴罡强手心已出汗，竹竿有些抖动，他稳了一下神，揉了揉眼睛，对准蝉伸过去，大概碰了一下尾部，蝉子终于沉不住气了，惊飞起来，唤着另一只也飞走了。吴罡强一声叹息，说：“挨着了，怎么粘不住呢?”

“尾巴是光滑的，必须要粘翅膀才行。再来!”全承远鼓励吴罡强不要泄气。

不远处的一棵大树上，又传来蝉的阵阵叫声。吴罡强迅速换了长竹竿，激动地走过去，长长地呼出一口气，再举起竹竿向蝉靠拢，屏住呼吸，对准翅膀用力一摁，终于粘牢了。蝉不停地鸣叫，拼命翻飞着，结果两只翅膀都粘上了。由于粘得太牢，挪开时将它的翅膀边缘给扯掉了，只得细心将蛛丝上的残留物除掉。要不然，杂物积累太多，黏性就变弱了。

一次成功后，吴罡强的兴趣越来越浓，经验越来越丰富，收获也越来越多。快到中午了，笼子里也装了几十只，变成了一个高分贝的音箱。吴罡强觉得手臂软了，脖子酸了，眼睛花了，蛛丝也不怎么黏了，于是说道：“老铁，我们走。”全承远笑道：“OK，过了瘾，就回吧。”

笼子放在园子里，蝉声就像大合唱，吸引了左邻右舍的小孩子。他们跑过来目不转睛地看着笼子里的蝉，有的蹲下来想看个明白，还有的禁不住用手触摸笼子。全承远懂得小朋友的心思，就向奶奶要了几条线，叫吴罡强从笼子里逮几只来系好，送给他们玩儿。

小朋友各自带着一只飞舞的蝉高高兴兴地跑开了。

三天下来，两个同学玩得很尽兴。全承远问吴罡强还去不去下田捕鳝鱼，寻岩穴找蜂蛹，挖地洞捉老鼠。吴罡强说明年吧，这次玩得够开心的了，该是静下心来看看书了。他竟然催全承远去借几本六年级的课本来预习，让全承远开始重新审视他了……

眨眼之间，新学期开始报名。楚盈盈向班主任交上了自己的假期作业——《新农村印象记》

八月中旬，我回到了日思夜想的外婆家。这次我回来看到新农村的变化，感到很惊讶，很高兴。

我刚进外婆院门，就直接跑到楼上，四周的美景看得清清楚楚。扶着阳台一望，前面最低洼处是一片田园，道路两侧是菜园，房前屋后是花园，前边不远处是果园。下到地来，蔬菜长得茂盛，紫色的茄子谦逊地垂向大地，只是朝天椒太顽皮太骄傲了，竟然将脚和屁股翻转过来向着天空。太阳见了，生气地用火来烤它们，有几棵辣椒树上的一小半辣椒被烤红了。花更艳更香，墙角边的一大丛三角梅，像一团火焰，映红了半边院子。月季和黄桷兰也在努力展示自己的美。

几种花散发出不同的香味，沁人心脾。李子树笑微微地看着我，核桃和橘子一个个从树叶中伸出脑袋来迎接我这个小客人。

在外转了一圈回到厨房，我看外婆在做什么，想帮她做点儿力所能及的事。外婆正准备做饭，问道："盈盈啊，今天想吃什么呢？"

我没有直接回答外婆的问话，而是一本正经地模仿妈妈对外婆说道：

"女儿啊，外婆老了，你回去不要给外婆添麻烦。外婆，我看您年纪比妈大一点，却一点儿也不老，妈妈是不是说错了?”我说完忍住没笑，却把外婆逗笑了。外婆也有点老顽童似的，马上又板着脸对我说：

“我女儿说的没错，我老了，你就不要惹我生气。否则，我就告诉给你妈!”结果，刚一说完，我们祖孙俩一起大笑起来，外婆的眼泪都笑出来了。

一会儿，外婆又说道：“我是问客杀鸡，你快说，想吃点什么?”

我回答道：“将就弄一点就可以。”外婆夸我说：“这一点倒像我女儿生的女儿，不挑食。不过，盈盈呀，现在的条件好了，就像上次专家来讲座时说的，生活也要有质量，不能‘将就’，要‘讲究’。现在，我们城镇里的胖子比你们城市里的胖子都还要多了，这可不是好兆头。”“外婆，您变了，您就像我们李老师说的‘与时俱进’！我给您点一百个赞。”“孙女儿啊，我还报名在学习哩。专家说，再不学习，我就‘奥特曼’了！天都市老年大学在我们镇办了一个文化班，学费交的少，主要由公家补贴。过两年，我也是大学生了。”“好啊。外婆，我预祝您顺利毕业！您学的什么课啊?”“跟你说，我学的是营养课程，今天，我就给你露一手。早上，你外公上班前将鸡杀好了。我要做一鸡三吃，汤已煲着。”

“谢谢外婆！您在灶上忙，我在灶下看柴火。”婆婆笑了：“早就不用柴火了，免得把你的脸弄成花猫儿脸了。现在烧的是天然气。”

我好奇地问外婆：“烧天然气，那以前的柴是不是都不要了?”外婆笑着对我说道：“还是要的。我们的资源有限，除了将一些庄稼秸秆用来腐化做肥料外，其余的由公司收购去造纸，也可制作成建材或新型燃料。这样还能增加一点收入。”

接着，外婆开始忙碌起来，我给她打下手。过了一会儿，香喷喷的饭菜就做好了。莲子煲鸡汤、三椒煎鸡丁、凉拌鸡块、木耳炒山药、熟拌莜麦菜，四菜一汤摆放在餐桌上，红黄黑白绿，让人垂涎欲滴。

“盈盈，你看怎么样?”外婆的脸上露出得意的神色。

“简直是御厨！色香味形俱全!”我把从妈妈那儿学到的词语拿来夸她的妈妈。

外婆的脸上开了一朵花。她看着我说：“乖孙女儿，快吃菜!”

“给外公留菜没?”

“乖孙女儿有孝心！留了。你看，菜的分量少，多吃点。除了汤，其他的都不要剩下。”

午休后，外婆带着我去参观了新小区。村民们已经搬迁入住，家家户户和外婆家一样，都是一楼一底的小别墅。小区的每户人家，前后都有一片土地，种有各种各样的菜，栽着高高低低的树，养了五颜六色的花。整个小区道路和城里一样铺的是草油，路较宽，两车相向会车也方便。整个道路很干净，路上还碰见了几个穿着印有“城市美化人人有责”字样黄褂子的清洁工阿姨，还有一身制服的保安叔叔。小区有医疗所、文化站、广场、公交站、菜市、超市、农家乐、旅馆、幼儿园、小学。文化站里有图书室，市文旅局在这里建有图书分馆和自助借书还书点。广场边有小型运动场，有健身区。

家家实现了“五通”：通水、通电、通路、通信、通气。老人们也会耍微信，搞视频通话了！这里就像一个小城市，实际上就是一个城市。就连少数像我外婆这样的单地户，照常是实现了五通。

我不禁问外婆：“这里人家都有房屋，建旅馆还有用吗?”外婆介绍道：“现在不少人家来客，基本上都住在旅馆。既方便，又不贵。外地的游客在这里的农家乐品尝了特色菜后，有的也住在这里。他们夸这里空气新鲜，风景好。”

后来，外婆专门带我来到一户人家。原来，这户姓“山”，家里有一个和我同龄女孩，叫山青青，凑巧的是她也和我读同一个年级，学习成绩好。外婆早就打听好了，特意给我找了一个同伴儿。这样，我们每天都约在一起，我们谈了很多话题。她自信地对我说，相约七年后同去国外留学，毕业回来当一名教师。过段时间，我当校长，她当副校长。我答应了她，对她说出了我心里的一个秘密：将来，我就是要当一个像李老师那样的好老师。我还告诉她一个梦想：将来在这里办一家医院式的康复中心，让外公外婆、父母健健康康地享受幸福的晚年。还要让更多的病人解除痛苦。

过了三天，外公请人来收稻谷。我的任务就是配合外公用木耙将晒在院里的谷粒推平，过一会儿再推拢，再摊开晒。一来二去的，在火辣辣的太阳暴晒下，汗水不停地流。

这满坝子的谷粒，就像黄灿灿的金子。此刻，我脑中闪现出《锄禾》的诗篇，看到了人们脸上写满了劳动带来的喜悦。

这个假期，楚盈盈没有将家里发生的一件重大事件写进她的暑假作文里。她承担了“爱的使者”这一关键的角色，让她的母亲感动良久。她在外婆家住的这段时间，让她的母亲得到了失去的母爱。

当年她母亲出嫁，遭到外婆的强烈反对。其理由是楚贤成比宁晓慧大近三十岁，并且楚贤成的两个儿子已成家立业。但是，二人不顾一切，还是坚持在一起了。在宁晓慧老家，这种婚姻是不被人们看好的。按宁晓慧的相貌和才华，随便都可以找一个年轻才俊，何须找一个可以当爹的人？更让宁家二老怄气发火的是，村里传出流言，说是宁家女儿贪图别人的财产，甚至还有不堪入耳的流言蜚语。宁晓慧再三向父母说明二人是真心相爱，屡遭二老斥责。楚贤成多次登门想表明心迹，发誓不会让二老失望，可每次都吃闭门羹。结果，二老以断绝亲情关系相逼，宁晓慧为了心爱的人暂时不得不中断了与家人的来往。直到楚盈盈出生，两边的关系还是没有和好。楚盈盈读小学二年级时，宁晓慧父母才同意孙女一个人回来。以前，每次都是宁晓慧派一个司机将女儿一个人送到外婆家。

假期临走的前一天晚上，楚盈盈去挨着外婆睡觉。在她的记忆中，外婆还从来没有到过她家。妈妈每次说："外公在办公司，很忙，外婆要照顾家，所以没时间来看你。"今天，楚盈盈想问原因。她躺在外婆的怀里，把妈妈说的话重复了一遍，问外婆："外婆，您想不想到城里来住？"外婆说："现在我们也是天都市的市民了，生活条件蛮好的，跟城市差不多。有的大城市的人也来我们小区租房子长住，说是空气好，物价低，交通方便。我已经习惯住这里了。"

"那您什么时候来看我呢？"

外婆想了一下说："你来看我不是一样的吗？"

"不一样，不一样，根本不一样嘛！"楚盈盈拉着外婆的手摇着说，"妈妈每次提起您，总是眼睛红红的，她说她很想您哩。"毕竟是血浓于水，打断骨头连着筋。

外婆沉思一阵，声音有些哽咽："那你就跟她说，等春节到了，过来接我。"

冬月，一天中午，刚在办公室把今天的学生作业批改完，李叶就接到吕美艳的电话："李老师，我在家里发现了丰亮写的遗书！您快帮我看看他现在怎么样了？我马上就到学校来！"不等李叶问话，吕美艳已将电话挂断。李叶也顾不得多想什么，心中只有一个念头：先找到丰亮！

李叶刚出办公室一会儿，刘亚兰就到了。不见班主任的身影，刘亚兰一转身到了乔一兰办公室，也没见人，她更加着急。一调头，飞跑到了吴一凡办公室。刘亚兰完全失去了往日的矜持和礼貌，咚咚咚地敲开了门，竟然把想要说的话忘记了，没头没脑地对自己的英语老师冒出一句："吴老师，我好失败啊……"

12. 心　愿

这段时间，丰亮成天郁郁寡欢，想到父母的现状，一种难以名状的悲伤袭上心头。说自己有父亲呢，却总是难得见他一面，他又与母亲离了婚，住在另一个女人家中。自己跟着母亲过，还得叫其他三个女人生的小孩叫姐姐妹妹！说没父亲呢，他久不久地又回来一趟，和母亲在一起。母亲争强好胜所表现出来的丢脸面的事常常让他无地自容，他觉得生他养他的人已不值得留念了，他是一个被人遗弃了的孩子……

那天早晨，他还没出家门，就听见父亲和母亲在寝室里大吵大闹。听得母亲说了一句："丰自鸣，你就不是一个人！"随后就是一阵哭泣。只听得父亲高声吼道："我丰自鸣一不偷，二不抢，三不放火，四不尿床，五不亏待爹和娘，那我就想干什么就干什么！别人管不着！"

见此情形，吓得他提上书包赶紧走人。

中午，刘亚兰显得有些神秘地走过来，告诉丰亮一件惊动全城的传闻：两天前，丰自鸣和第一个妻子生的女儿丰彩，在家长吵闹中对生活感到绝望，竟然从家里别墅的第三层楼跳下去，离开了人世。丰自鸣得知消息后，从外面悄悄回到第一个妻子家里看了现场后，没有吭气，又若无其事地溜到学校，到女儿原来的初二（一）班去打听教师体罚过自己的孩子没有。有几个学生说，上地理课时，地理老师用书敲过丰彩的头。而事情的原委是丰彩无心上课，老师见她在开小差，顺手用书轻轻地拍了她的头，算是提醒。哪知这个动作成了索赔的证据，丰自鸣用手机录了音，并煽动部分亲戚在学校大门口摆花圈，设灵堂。学校为了息事宁人，赔偿了八十万元。

“丰彩姐姐，你怎么就走了啊……”丰亮听罢，悲从中来，放声大哭。在四个孩子中，丰亮与丰彩的感情最好。她成绩好，心地善良，又不娇气。

放学回家，见母亲坐在沙发上一言不发，丰亮有些害怕。他屏住呼吸，战战兢兢地走过去，拉着母亲的手，觉得母亲的手比外面的天气还要冷！

丰亮把同学告诉他的消息转告母亲，可刚一提及丰彩的遭遇，他就泣不成声，双泪长淌……

吕美艳不想将丰自鸣把学校赔偿丰彩的钱拿去还赌债的事告诉儿子，见儿子的表情，心里也难受极了，便劝儿子：“你也不要太伤心，我们去给你姐上炷香，祝愿她在另一个世界过得快快乐乐！”

到了大妈家的小区，在灵堂前遇到了二妈的女儿丰悦和四妈的女儿丰严。姐妹两人面向来宾跪着，有人来上香，她们便代表主人家还礼。看到二姐惨白的脸，丰亮更是伤感。听说二姐丰悦患了白血病，在国外也治过，至今不见好。大妈已昏倒在主卧，父亲好像守在里面，没有出来。丰亮默默走过去，挨着姐妹并排跪在一起，有人来时，便机械地做着与姐妹相同的动作。他感觉到呼吸困难，却也无法离开……

回到家，丰亮怕惨剧在自己的身上重演。他竟然冒出一个念头来，鼓起勇气劝母亲，但声音却很低。吕美艳还是听清楚了——“妈妈，我们离开爸爸吧，不要和他来往了。”

“不行，儿子。你听我说，当年，你爸爸跟我离婚时有保证。如果我们现在离开他，他就会断了我们的经济来源，也正中他下怀，便宜了他。”吕美艳是不会放弃她的富贵生活的，她早就下定决心就是赖，也要赖他丰自鸣一辈子。

丰亮见劝不动母亲，更加觉得无奈，无助，无望……

他在三楼的阳台上徘徊了好一阵子，看见姐姐丰彩若隐若现地在前面走。一会儿，丰彩在楼下园子的花丛中像蝴蝶一样在飞，他跟在后面竟然也飞起来了。他想抓住姐姐的衣角，却总是够不着。他一着急，大喊一声：“姐姐，等等我!”一头栽下去，丰彩姐姐用力反推了他一掌。他瞪大眼睛一看，丰彩全身血淋淋的……他猛地被吓醒了。丰亮赶紧打开电灯，不敢再睡。

他觉得一身冷汗，睡衣浸湿了。他愣了很久，才起来换了一套睡衣。坐在电脑桌前，想了半天，觉得活着太没意思。于是，写下了遗书。他又呆呆地坐了一阵，便迷迷糊糊地睡了过去。

午饭后，他来到学校操场。操场上的人并不多。学校足球队有几个人在练习，也有人拿着书本在操场边回廊上看书。刘亚兰正在花园边的橱窗里看宣传资料，丰亮想让刘亚兰陪他走上最后一圈。他们边走边聊，丰亮说：“现在的爸爸妈妈很少考虑我们的想法，随随便便就离了婚。既然不喜欢我们，为什么又要生我们？让人觉得活着太没意思了。”

“你是说，他们生我们的时候，没有征求过我们的意见就把我们生下来了？你真是有点逗!”刘亚兰听后哈哈大笑。

丰亮一时答不上话来，苦笑了一下。

“你真是个小学生!”刘亚兰把头一扬，颈后的马尾巴也飘逸地画了一个圈儿。刘亚兰的父亲在她读三年级时去了国外，走之前，与她的母亲办了离婚手续。但刘亚兰却从不悲观失望，一直很阳光，很直爽。

她劝丰亮说：“离就离嘛，这年头，有什么大不了的。天空飘来六个字儿——‘那都不是事儿’！新生活，各管各。大人之间的事，小孩儿少掺和！这也不可能把我的心情弄得多么坏。神马都是浮云！你哩，总还比我好一点嘛。我亲爹到国外，那就叫作‘黄鹤一去不复返’，再也不回来了，每个月给我们寄两千美元回来。我就不信，我找不到一个好爸爸！”

丰亮用羡慕的目光祝福自己的同学：“我衷心祝愿你早日找到一个好爸爸！”

“我祝你长命百岁。”刘亚兰俏皮地回了一句。

“唉，我的心里每天都有一个‘烦’字！我真不想回到那个家……算了，我不想说什么了。”

刘亚兰看到丰亮耷拉着脑袋离去了，联想到他的姐姐，突然有一种不祥的预感涌上心头。她心里一下子害怕起来，她和班上绝大多数同学一起学习生活了五年，不愿意任何一个同学离开这个班级，更不用说离开这个世界了。她想帮帮丰亮，却觉得无能为力。此时，她只有求助班主任李叶了！

吕美艳中午去儿子的寝室，看到儿子的遗书，吓得整个人都快瘫了，只觉得浑身无力。这已经有半天了，该不会发生什么吧！等一会儿，她缓过气来，急忙给李叶打电话。打完电话，便急忙开着车，不顾一切往学校赶。

丰亮的遗书这样写道：“我死后，请妈妈不要悲伤！幸福不会从天降，妈妈不要等待，要勇敢地去追求。我有遗产两份：一份是我的日记本，里面夹有几张奖状，这个留给妈妈。第二份是我床头柜里的储钱罐，还有两千元，这个用来买一棵树种在我的坟头，我喜欢绿色的植物。剩下的钱作为工钱，请工人一定要把树种活。”

李叶在教室里没看见丰亮，便打听他的下落，有人说他出教室了。李叶觉得事情刻不容缓，马上对坐在教室里的学生说：“同学们，请大家都去帮我找一下丰亮，他的妈妈给他带东西来了。”一听班主任这么说，大家都起身出了教室。

此时，全承远与丰亮正在操场边的花园里打得不可开交。

原来，全承远在足球场上练了一阵球，抱着球向教室走去。他看见丰亮从操场上蔫不唧地走过来，便跟丰亮开了个玩笑："小土豪，你是不是丢了银子？"

丰亮此时丝毫没有心情去理会全承远，沉默无语地独自往校门口走去。

"小土豪，家里有矿，不理会我们平头儿百姓嗦？"全承远不甘心，又逗了一句。

再次听到"小土豪"这个词，丰亮禁不住联想到他家那个"大土豪"父亲！可他不想与父亲有半点儿关系，他心里对父亲既埋怨，又愤恨。现在全承远是哪壶不开提哪壶，一下子把他心中的火点燃了！"你说这些，你的良心不会痛吗？咦——"他咬紧牙关，声嘶力竭地叫了一声，攥紧了拳头向全承远直冲过来。

全承远被丰亮的反常举动吓蒙了，不自觉地后退了两步。丰亮见打不着他，又飞起一脚，冲着全承远踢去。全承远一闪，丰亮的脚将全承远手肘圈着的足球踢飞了。只见那个足球像一个发出膛的炮弹，射向旁边一幢教学楼。伴随着"哗啦"一声，教室里传出了一阵惊恐的叫声，只听见有人喊道："糟了，玻璃碎了！"

听到响声和喊声，全承远知道惹祸了，心底顿时来气了："丰亮，你娃犯什么神经病了？"一脚将丰亮踹倒在花园里，丰亮的鼻子撞到花台上，磕出血了。丰亮像要拼命似的，一手将鼻血一抹，一手掰下一枝树丫，向全承远横扫过来。全承远此时，回过神来，没有躲闪，嘴角被划破了，血也流出来。丰亮还不解气，又挥舞着拳头冲向全承远。这一下，全承远闪开了。丰亮扑了个空，眼看就要撞在花园中矗立的一块大石头。"危险！"

说时迟，那时快，全承远从丰亮身后伸出双手立即将他抱住掂起来。丰亮有点儿恼羞成怒，脚在乱蹬乱踢。全承远不断向丰亮赔礼道歉："别闹了，我错了还不行吗！"丰亮腾空乱动了几下，也没劲了，全承远刚把丰亮放在地上，就来了一群人。

"丰亮，全承远，你们在干什么？"赵天宇跑到操场边，看见二人的模样，不解地问道。然后，又转向丰亮说："李老师叫我们找你，原来你在这里。"

这时候，李叶、吴一凡、刘亚兰、吕美艳也赶到了，大家看见丰亮，心里如释重负。

在场的人注视着丰亮和全承远，只见二人脸上和衣服上都沾有泥土，丰亮鼻子和全承远的嘴角旁边都有血迹，地上还有散落的树叶和断了的枝条，明显是经过了一番打斗。

吕美艳急忙打开挎包拿出两张消毒湿巾纸来，递了一张给全承远："同学，你自己擦擦嘴。"然后，给儿子擦拭了一下鼻子和脸。

大家还没有来得及询问发生什么事情时，只见两个小朋友来到李叶面前，其中一个抱着一个足球。另一个女生行了队礼，说道："李老师，您好！我们是二年级一班的学生，我是我们班的班长。我们通过观察，发现打碎我们班教室玻璃的人，就是您班的学生。这是您班的哥哥踢的足球。我们代表我们班上的同学向你们班上的哥哥提出抗议！要求赔偿。"

"谢谢你们！损坏公物必须赔偿。小同学，今天下午放学时，就叫师傅来给你们教室安上和原来一模一样的玻璃。"李叶笑道。

"谢谢李老师！拜拜！"交涉成功，两个学生又行了队礼，走了。

"你们听见没有？"李叶瞪了全承远和丰亮一眼，说，"先去准备上课，放学时，你们两个到我办公室来一趟。丰亮，你先和你妈妈说两句话。"

丰亮和吕美艳留下来，其他人都向教学楼走去。

吕美艳将表情漠然的儿子一把搂在怀里，哭诉道："儿子，千万别做傻事啊，没有你，妈也不想活了。"好久都没有如此零距离地享受过母爱了，丰亮渐渐感觉到母亲怀里的温度，将他变得冰凉的心捂热，他内心冻僵了的念头开始融化……

"李哥，我们觉得全承远成绩倒不错，就是经常惹是生非。干脆，叫他转回去得了。免得后来又发生什么意想不到的事情。""丰亮呢，不想学也懒得管了。若是怕他影响班级，就动员他转校。学不学无所谓，反正他家有用不完的钱！"李叶来到教师办公室，有几个老师听说中午发生的事，纷纷议论，劝着他。

"是啊，我也想过这么做，这样做可以说是最省事的办法。"李叶想了片刻，说道，"不过，我赞成这种说法：教育是一种愉快而艰辛的职业，每天带着学生在学海里畅游。有时，游了一段时间，你会发现只有大部分人上岸了！然后你还得返回去，把没上岸的一个一个地捞上来。有些昨天捞上来，今天又掉下去了。在你喘息时，你竟然发现，还有往回游的！教育就是这样，不可能一蹴而就。全承远和丰亮还不属于'往回游'的，算是'昨天捞上来，今天又掉下去'的那类吧！"

李叶的一番话把大家逗乐了。几个老师应和道："那我们就把又掉下去的捞上来，再往前游吧！"

"对，我代表家长谢谢大家了！"

放学时，全承远来到李叶办公室。办公室里没别人，李叶从饮水机里拿出一个纸杯，给全承远倒了一杯水。全承远喝了一口，站在那里，没有说话，静候着雷霆风暴的到来。他准备等老师训完后，便离开学校。他觉得愧对老师，没脸再见李叶老师了。"李老师，今天打碎玻璃，不是我干的，却是因我而引起的。

我赔。我……我……”全承远说着说着，欲言又止，眼泪都快掉下来了。

“你先坐！玻璃的事，你和丰亮各赔一半。你还想说什么?”

“李老师，我对不起您，我不想读书了!”全承远低着头说道。

“你不想读书了？这么小你就不想读书了，看看人家孙悟空，五百多岁还去西天取经呢!”李叶不愠不恼，和颜悦色地问道。

全承远忍不住被老师的话逗乐了，他停一下，回答道：“我不想在城市里读书，想回老家去读。”

“难道你不喜欢这里的老师和同学吗？或者是其他什么原因?”

“不是，这里的老师都特别爱我。有的同学现在也不嘲笑我只有两套校服了。只是，我觉得老是管不住自己，给您和班上丢脸。我都写过五次保证书了。”

“如果誓言只是一时的失言，你觉得写保证书不起作用，那这次就不用写了。”

在优秀教师的眼里，每一个学生都是可造之才，都是可以实现生命价值的人。只是，各自生命的轨迹和呈现的形态不一样罢了。李叶想起当年在乡下教书时遇到的一件事：有个同事的女儿正在读初二，同事把女儿写的一篇文章拿来给他点评。文章写女孩种植的一棵桉树长到十多米高时被狂风吹折了，女孩伤心极了。大雨中，桉树却安慰女孩不要太难过：“我虽然不能成为栋梁，但还可以成为柴禾。”当时，李叶看罢拍案叫绝，点评道：立意高，见解深。后来，他帮助推荐去参加全国中学生写作大赛，还获了奖，被收录到优秀作文集里。

李叶在这二十多年的教育教学中切身感受到，教书育人来不得半点虚的，没有用的形式再迷人也属于花里胡哨的东西，该毫不犹豫地摒弃，何况那些简单粗犷的老套管理方式！当老师的，一定要把自己该说的话，说给学生听。要把自己的审美、社会的审美，告诉学生。

全承远惊讶地看着李叶，没想到班主任会说出这样的话来，他一时竟无言以对。

办公桌上摆了两只透明的茶杯，里面都放了茶叶。桌子旁边放了两个保温瓶，一瓶盛的是两天前的温开水，另一瓶是下午烧的开水。李叶对全承远说：“你仔细看，认真闻，看这两杯茶有什么区别?”

他山之石，可以攻玉。李叶要演示一遍古代浙江普济寺释圆禅师开示一个失志青年的沏茶情景，并以此来帮助全承远和丰亮。先用两天前的温开水冲泡，结果，茶叶在杯中懒洋洋地漂浮着，闻不到什么味。再用今天烧的开水冲泡另一杯茶叶，只见茶叶在杯中上下翻滚沉浮，一阵阵清香四溢。

“你愿意喝哪一杯茶?”

“开水泡的那杯。”

“哈哈，这就对了!”李叶看着全承远说，“人生就如同一杯茶，茶叶必须用沸腾的水去浸泡，才能将清香逼出来；美好的人生必须经过挫折和压力来磨炼，所以不要害怕犯错误，不要害怕失败。”

看了两杯茶的变化结果，全承远点了点头。

李叶看见全承远若有所悟，满意地叫他出去等着，一会儿再去一个地方。

丰亮进来后，李叶将之前给全承远演示沏茶的情景重新演示了一遍。接着，讲了一个作家林佩芬写的《白头吟》的故事，给他引用了故事中的一句名言：“打算要自杀的人，连死都不怕呢，难道还怕活吗?”还继续开导说：“家长有家长的生活，做孩子的要正确对待，更多的是理解与尊重。对待别人的目光与评价，不要太在意。记得不，我曾给你们讲过的那个幽默故事——祖孙卖驴。如果凡事都要顾忌别人的议论，就会变得无所适从。最后，很可能一事无成。”

听了班主任的开导，丰亮觉得眼前出现了亮光，他垂下的头慢慢抬起来了。

李叶见自己的劝导奏效后，马上叫丰亮将全承远叫进来。他将温水茶杯里的东西倒掉，重新倒上水。指着这只无茶的玻璃杯说：“你们两个仔细看一下，这个杯子里的水像什么？”晶莹透明，什么都没有，两人瞧了一阵，又对望一下，没有想出答案。

“就像杯子吧……”过了一会儿，丰亮怯生生地回答道，以前，从来没有人问过他这类问题，他心中无数。

“你呢？”李叶对丰亮的回答不置可否，看着全承远问道。

“我想，也可能像杯子……”

李叶马上表扬了两个学生，拍掌道：“你们说的完全正确，加十分！”

两人对视一下，脸上曾有些僵硬的肌肉放松了，会意的笑容露出来。

接下来的答案就可以类推复制了。

“像饭盒。”“像塑料桶。”“……”

带着两个学生来到花园，在贯穿学校的通江河边驻足观看一阵。河水清澈见底，清风中夹杂着水汽，让人神清气爽。李叶又驾车带上两个孩子穿过城区，转到一处已规划的城市工业园区用地。住户已搬迁完，有一口鱼塘还剩下一沟浅浅窄窄的污水。塘底一片污泥，里面躺着各种废物垃圾。一阵阵腐臭夹在风里吹来，令人作呕！

两个孩子此时胸中早已是微波荡漾，他们已能领悟到老师今天带他们出来观察的目的。

而此时的李叶，觉得离真正的成功还有一步之遥。他不想功亏一篑，要趁着孩子们已步入正轨的时机，再加一把油，把孩子们送到更远的地方去！

李叶和杨柳依在学生家长会交流过，为什么不少聪明的孩子对学习不太感兴趣，沉不下心，没有取得理想的成绩呢？总结得出的结论是教育有其特殊的规律性，正如一个人的成长也有其规律性一样。一架飞机尽管有充足的燃料，但当它没有进入跑道时，还是不可能飞起来的。在此时，即使你给它不断地加油，也无济于事，它还是不能起飞。只有当飞机进入跑道后，它才能翱翔蓝天。家长和教师的责任就是要千方百计引领孩子进入"跑道"。

"这里也是水，你们愿意做这种让人厌恶而毫无用途的水吗？"李叶指着这片烂泥塘里的水问道，两个孩子的头摇得像拨浪鼓一样。他们都没有说话，渴望继续聆听老师的教诲。

"人生有不同的状态。进入了不同的状态，就如水进了杯子、饭盒、塑料桶、通江河、污泥塘。你们的远方有一条大河，叫长江，长江最终流向大海。我希望你们像学校里的通江河，这条小河来自岷江，又流向岷江，再注入长江，它的目的地也是大海啊！退一步来讲，即便不能像通江河一样联通大江大海，也可以做杯子、饭盒，做一个对社会有用的人。你们两个都很聪明，希望你们做出正确的决定和选择！"

全承远和丰亮此刻心中波澜起伏，眼界豁然开朗，禁不住热泪盈眶，他们向自己最可敬的老师深深地鞠上一躬……

全承远和丰亮打架的事传到班上，有的学生不服气，认为老师没怎么惩戒他们，有包庇全承远和丰亮的嫌疑，至少也算是溺爱！

李叶了解到这件事后，决定在班会课上对学生们进行心理疏导。班会课上，师生问好后，李叶拿着一支粉笔在黑板上列出两个算式：

$$1-\frac{1}{10}=0 \qquad 1-\frac{1}{10}=1$$

大家觉得很奇怪，按数学等式讲，这两个等式显然是错误的。但不知老师葫芦里卖的什么药，直勾勾地看着老师，没人发言。

李叶转身对大家说：“第一个等式与一个数学成绩不好的高中生有关，这个等式是那个高中生总结出来的。当年，那个高中生和另一个同学一起打扫公区卫生，他负责清扫，另一个同学负责倒垃圾。当时，他扫完就走了。结果另一个同学没有倒垃圾，学校检查卫生时，给了班上一个零分。尽管打扫任务完成了很多，可垃圾摆在那儿，十分之一的任务没有完成，那打扫卫生就不能画上句号。高中班主任对此很生气，批评他没有集体观念。这事，他好像是有点儿冤枉。但是，尽管他清扫了，可结果就等于零。想到这里，他的心慢慢平静下来，决心改正。一天放学，他发现教室有些脏了。晚上两点，他悄悄起床，提了半桶水，打着电筒，推开窗子，翻进教室，把地面扫得干干净净。然后，又悄然回到寝室睡了个安稳的觉。

“可能有同学心里会这么想：你怎么知道得那么清楚？告诉大家，那个高中生就是我。一个人不可能不犯错，但只要能自己反省，有了集体观念，就不再会因为个人的过失而影响集体的荣誉，就可以把事情做得更完美。

“下面，我再解释一下第二个等式的意思。我们每一个人都不是完人，不可能一点儿缺点都没有。当年，我作为一名高中生都会犯下过错，何况今天你们这些小学生？在现实生活中，很多人的缺点只占他的十分之一，优点占十分之九。只要努力上进，改掉这十分之一，那么他又是一个完美的人。同学们不要害怕犯错，只要你在教师、长辈和同学们的帮助下，改掉了这十分之一的缺点，是不是又是一个优秀的人了呢？我们班的同学，更要有宽广的胸怀和长远的眼光，相信有不足的同学会改掉他们自身的缺点，会越来越好的。多欣赏和学习别人身上十分之九的优点，少指责和纠结别人十分之一的缺点。大家说，这样做如何？”

“好——”声音在教室里回荡。

全承远和丰亮听了，心里感到轻松起来。

邻岷市教育局田科长正在看一部热剧《小别离》，在第一集里，主人公童文洁从老师那儿得知女儿方朵朵成绩考砸了，与丈夫方圆谈论到学习成绩的重要性：“你今天要是进不了前一百，你就进不了重点高中；进不了重点高中，你也就进不了重点大学；进不了重点大学，你等于是这辈子完了！”

现在孩子在学习方面的攀比与竞争更加激烈了，文化课优秀已经不能满足父母的胃口，都说小孩不能死读书，要学会一门艺术或者掌握一种技能，而且现在很多重点私立中学会给特长生加分。于是，不少家长要求孩子，针对钢琴、小提琴、古筝等乐器选择一种精学考级，学习拉丁舞、民族舞以培养气质，体育、书画也不落下。在邻岷市，各类培训机构就有一千二百多家，孩子也成了很多机构心目中的摇钱树。

阳刚带着儿子阳强来到一家跆拳道培训机构，刚到大门口，就碰见教育局的田科长带着女儿走出来。田科长曾是三小的数学教师，大家很熟。打过招呼后，田科长先指着阳强问道：“怎么，他也来学这个？”“到这里学，免得我下不了手。”田科长尴尬地笑了笑：“我也是让孩子来体验一下，免得她将来埋怨。马上，我还要带她去上一节奥数。”说完，带着女儿匆匆地走了。

课外补习和择校竞争，形成了一种“剧场效应”：在剧院看戏，前面一排人站起来，后面的人只好跟着站了起来，结果大家都站起来了，所有的人都被自己前面一排人所“绑架”。

阳刚看着田科长离开后的背影，想起刚才看到小女孩脸上的愁容和缺乏灵气的眼睛，他心中莫名其妙地冒出了一句曾经流行过的话：“理解万岁。”

一天，刚从北京大学培训归来的高中班主任谢宗才发了一条朋友圈：“!”配了一幅低头行礼图，依稀看见夹杂着白发。

当时，附有几个朋友的点评：“头发多了。”“好多黑头发啊!”“挑染。”

自评：“岁月，将头发挑染成这个样，看见大家机智而幽默的点评，内向的我忍不住笑出了声。”

李叶翻到这条信息，想了一下，也给谢宗才评论：“增广先贤语多智，又忆先生俯首诗。感谢宗师育英才，银杏含笑校园绮。谢老师，您好！您这就像给我们出的一篇看图作文。”

“李老师，谢谢您的鼓励式点评！您提到看图作文，我倒是想让学生随意练练笔。顺便也请您写段范文，咋样?”谢宗才灵机一动，向李叶发出邀请。

“恭敬不如从命，那我就斗胆冒昧地写上几句哈！这是第一中学班主任谢宗才在北京大学培训两个星期回来在微信朋友圈发的一张照片，不少朋友点评了，我也说了几句打油诗。他们弄的是现实主义，我整的是浪漫主义，乐观而豁达。《增广贤文》汇集了无数先人贤达的名言警句，其中有句讲‘人见白头嗔，我见白头喜。多少少年亡，不到白头死’。因为主人公是低头拍的，所以自然是‘俯首’，便联想到鲁迅先生名句‘横眉冷对千夫指，俯首甘为孺子牛’。这也是暗含对主人公为学校教育发展所做贡献的褒扬。主人公在中国顶尖级学府聆听学界泰斗教诲，培训后定会有一番作为，同时充满了感恩之情，故有了这句——感谢宗师育英才，也自然嵌进了主人公姓名——谢宗才。这里的‘宗师’也泛指优秀的教师，自然包括为国育才的谢宗才老师。因主人公是第一中学人，银杏是邻岷的市树，银杏在校园一片金黄，景色美好宜人，前程似锦。”

“谢老师，最近很忙吧?”

“大家都有些忙。我们年级组的一位美女老师东方霞，都快三十一岁了，还没有处上对象哩。”

教育培养人才与农业种植庄稼相似。它急不得，急也急不来。要取得较为满意的成效，需要班科教师配合同心，需要家校衔接同认，需要师生努力同向，需要教师更多的付出与奉献。教师的工作不只在课堂上、校园内，还在八小时之外，忙于各种检查，参加各种培训，写论文、评职称，承担上级相关部门安排的各种考试，争创各种牌子，所以，他们的工作用“忙”这个字来概括最为贴切了。

李叶清楚地记得，李果读小学时，他们上班忙没时间照顾他。于是将家门钥匙系上带子，挂在儿子脖子上。放学时，李果都是自己回家。有一天晚上，李叶在办公室加班，李华也在医院值夜班。李果在家里做完作业后，一人待得无聊。便想试一下家里新买的剪刀是否锋利，竟用剪刀将床单剪了几道缝；接着，又想试一下菜刀和阳台谁硬，结果是两把刀和阳台都砍缺了。快十点时，李叶回家发现后，气得给儿子一巴掌。但看见儿子的委屈状，他的心里也是酸酸的……

“大家看到的在网上热议的‘996’说法，其实并不新奇。在我们许多学校，比‘996’更甚的‘7115’‘7116’也是普遍现象。小学要略好一点，除了有检查工作，加班要占星期六外，一般一周上 5 天。‘7116’主要指中学教师早晨 7 点上早自习，晚自习下来工作到晚上 11 点，一周上 6 天。所以，我知道，不少适龄青年教师成天都在学校里转，哪有时间去相亲?”

“谢谢同行的理解！今年团委、妇联都组织过单身青年联谊会，东方霞的确抽不开身去参加。但愿这些大龄青年老师早结良缘。”

说者无意，听者有心。李叶一下联想到吴一凡，吴一凡不是在职业规划中明确要到高中学校教英语吗？不知他们有没有缘？他将自己的想法告诉了谢宗才。

“这个简单，先叫他们加微信，聊聊，找一下感觉，怎么样？”谢宗才表示赞同。

“好啊。就让我们学当一次红娘怎样？不过，好像东方霞比小吴大三岁。”

“这又是一门新课程，别搞得太复杂了，我们就是牵一下线罢了。现在青年人的思维一点儿不僵化，只要有眼缘，‘三观’合，年龄不是问题，身高也不是距离！何况‘女大三，抱金砖’嘛。”

谢宗才说罢，二人大笑起来。

“李哥，我想回家了！”电话里传来乔一兰有气无力的声音。

“好的，您告诉我是哪天，我叫上班里的老师来接您！”李叶抑制着心中的悲痛答应着。他知道，乔一兰患胃癌到了晚期，已在医院住了半个月。她住院期间，只有杨校长、工会主席和他到医院探望过。她不愿更多的人知道她的病情，弄得他们还得为她保密，对外宣称她外出开会培训。这一次将面临诀别。

第二天，李叶请班上几个老师同去医院接乔一兰出院，其他老师第一次听说乔一兰的病情都感到很惊诧。

来到医院，他们先到李华办公室了解乔一兰的病情。李华这次是乔一兰的主治医师，李华说道：“老师们好，你们都是明事理的人，不需要我隐瞒什么，我想你们已做好心理准备，尽量少留遗憾。乔老师的病情没有得到及时的控制治疗，已恶化扩散，她的时日已不多了。她有预感，也不愿意待在医院，我给她开了止痛片，以备急用。唉，这么美丽善良又有才的人……可惜了，可惜了！”见惯了伤痛生死的医生，也是眼中噙泪。

大家都沉默了，曾媛忍不住抽泣起来。

“难道一点儿希望也没有了吗？”李叶的心中堵得慌，他企望着能有神奇的事情出现。最近两年，乔一兰因为各种原因没有去参加学校组织的体检。前一年体检后，医生建议她住院治疗，结果，她又忙于工作，舍不得请假，给耽搁了。

李华摇摇头，迈着沉重的步子离开了。

来到病房，大家脸上强装欢笑。乔一兰画了点淡妆，看起来气色还好。李叶的心却猛地一沉，这是不好的征兆，脑中闪现出“回光返照”这个词语来。

梁益新给大家端来凳子，倒水。

大家打过招呼后，曾媛先走上前，拉着乔一兰的手说道：“乔姐，您今天的精神真好！我们来接您回去，再休息几天，我陪您出去走走！”

“谢谢大家！看，又耽搁大家的工作了。”乔一兰说道。

“乔姐，看您说的！工作是做不完的，您就有点儿像个工作狂！”曾媛故意嗔怪道。

“您这个全校闻名的‘表姐’，还不是一样的。只是以后也要注意，身体最重要。唉，我怕是没有机会了……”乔一兰说着叹了口气。

“乔姐，您别这么说！您会好起来的……”曾媛终于忍不住了，说话带着哭腔，将头扭向了一边。

“谢谢您！谢谢你们！我知道自己的情况。我有点儿累了，我想单独跟李哥说几句话……”

众人出了病房。

乔一兰示意李叶到床边坐下。乔一兰提及上次李叶到家里做客一事：“李哥，其实，当时，我已感觉到自己的时日不多了，就想将女儿托付给您。我知道，益新也很爱梁好的。我想有您的引导，即使我倒在工作岗位上，九泉之下，我也放心了……”

“一兰，您放心！梁好是个乖孩子，我会永远把她当成自己的女儿的。明天，我就到您家认下这个女儿。”

乔一兰望着李叶，幸福地点点头，说：“十年来，有幸做您的搭档，我知足了。我从小失去了父亲，又没有兄长。在我心目中，我一直把您当成我的父兄。我真想您现在抱一抱我，好吗?”乔一兰深情地望着李叶。

面对这个转瞬即逝的生命，面对这个一生最后的请求，为了她不带走太多的遗憾，没有理由不尊重，没有言辞去拒绝……此时的李叶，心中在流泪，却毅然伸出了温暖的手臂抱着乔一兰靠在床头。他用低沉的声音唱起了自己写的《校园之蓝》：

> 你是天边那一片蔚蓝，你精心点缀美丽的图案，你和七彩装点孩子们的童话，轻灵滋润校园的梦幻。
>
> 当阳光欢笑百花争艳，我们回味你纯洁美好的情感，忘不了忘不了你，那明亮醉人的笑脸。
>
> 最美还是你的那片蔚蓝，最美还是你蔚蓝的心田，用感恩的心蝶绕着你，我的人生再不孤单。
>
> 我的朋友我的朋友啊，生命有了支撑就闪耀光环，我们握紧双桨奋力划船，将事业之舟送向彼岸。

乔一兰最喜欢这首赞美教师之歌。她的闺蜜曾开玩笑说，是李叶专门写给她的。她不置可否，却说：“青，取之于蓝，而胜于蓝。荀卿不欺吾辈!”

李叶有个朋友，在农村租了二十多亩田，修了一个十多亩的水塘。这些年，他吃上了自己养殖的生态鱼。他只喂稻谷、麦麸。怎样建立自己的心灵养生场，完全是个人自己的事。生存是需要智慧的，不要一味地去责怪环境。从动物界进化而来的人类，有些带着一些动物本性中的懒惰、自私和贪婪。但我们的社会，为何养育了那么多心胸宽广、情操高尚的人呢?

乔一兰向李叶提出，她要回校给自己班上的学生上最后一堂课，再到李叶班上最后一课。

李叶深知乔一兰的心，她难舍自己的学生。在重病期间，又凭着顽强的毅力坚持工作了一年多；在生命的最后，她还想陪伴孩子们再走一程。想到乔一兰的心力快耗尽了，到自己班时，就不让她上教材内容。

压抑着悲伤，他回到学校，召开班委会。李叶没有将乔一兰的病情透露给学生们，决定用一节课搞一次数学智力活动，以表示对乔一兰这些年来教育孩子的敬意和谢意。

班会课上，班委干部组织了一次数学智力游戏。

猜字谜：

3 天（晶）15 天（胖）60 天（朋）

移一笔，让等式成立：

101—102=1（将等号一笔移在减号下面）

9+9=13（将一个 9 的一根小棒移到另一个 9 上面，一个 9 变 5，一个 9 变 8）

添符号，让等式成立：

7　7　7=6（三个 7 之间，前一空添减号，后一空添除号）

加一笔，让等式成立：

5+5+5=550（将第一个加号斜添一笔变为 4，等式就成了 545+5=550）

这几道题，经过学生们的一番精心思考，全都做出了答案。

此时，赵天宇提议道："同学们，我们请我们的乔老师讲个故事怎么样?""哗啦啦——"教室里掌声雷动，同学们欢呼雀跃，叫道："乔老师，来一个!""乔老师，来一个!""乔老师，来一个!"

"谢谢同学们!"身着深蓝衣裙的乔一兰款款上台，在她微笑的目光中，教室一下子变得出奇的安静。

"同学们，你们刚才在班委干部组织的活动中，已感觉到数学变化之美。现在我要给大家讲一个……有关德国著名数学家高斯小时候的故事。

"高斯小时候，家里很穷，但高斯特别喜欢看书。后来他不仅成了杰出的数学家，还是一名……物理学家和天文学家。有人说高斯是天才，高斯却说：'我的知识和成功，全是靠勤奋学习取得的。'大家可能知道，流传最多的故事说，高斯三岁时，帮助过父亲……计算几个工人的工资。九岁时，迅速算出老师……布置的作业题：从1到100的求和，答案是5050。

"有一次，高斯到舅舅家做客。舅舅非常高兴，要招待外甥。舅舅兴冲冲地带上……鱼竿去河边钓鱼去了。高斯留在舅舅家里看书。

"快到中午时分，舅舅提着黑胶袋和鱼竿回来了。高斯放下书本，忙问舅舅钓了多少鱼?

"舅舅朗声说道：'我钓了9条无尾鱼，6条无头鱼，8条半截鱼。'聪明的高斯一下……就知道了舅舅钓鱼的数量。同学们，你们也猜猜：高斯的舅舅……究竟钓了多少条鱼?"

全承远举手说："乔老师，我知道，高斯的舅舅一条鱼也没有钓到。"许多人都惊讶地看着他。

"请你阐述理由!"乔一兰为全承远的答案感到高兴，微笑着要问个明白。

"我在乡下钓过鱼。无尾的鱼都不能活，更不要说是无头鱼，或是半截鱼了。”

“这个分析……联系生活，回答正确。还有没……别的思考?”

只见楚盈盈站了起来，朗声说道：“乔老师，同学们，我的理解是高斯舅舅说的话，包含了一个数学知识。9 条无尾鱼——‘9’无尾，就是‘0’；6 条无头鱼——‘6’无头，就是‘0’；8 条半截鱼，就更好理解了，‘8’的一半就是一个‘0’。所以，答案是：高斯的舅舅没有钓到鱼。”

刚刚等楚盈盈分析完，乔一兰带头鼓起掌来，望着这一群可爱的学生，她抑制不住内心的激动。她吃力地说道：“同学们，数学与生活密不可分，多体验，多思考，学习数学……会越来越有趣。你们是……一群爱动脑筋的小精灵!”

“乔老师，您就像蓝精灵。”吴罡强想起了自己看过的动画片，冒了一句。

大家看到乔一兰一袭蓝色的衣裙，愣了一下，个个开怀大笑。

“你们还是……一群……小高斯，一群……未来的……数学家!”乔一兰笑了，断断续续地说道，话音显得有些沙哑。

“对了，今天的班会活动圆满结束。乔老师有些累了，梁好，楚盈盈，你们俩送乔老师到办公室休息。”李叶在后排一直观察着。他今天是现场最明白的人，他鼓着掌从教室后面走上前来说道。

过了两天，传来噩耗：乔一兰老师在家中病逝。

杨柳依当天召开行政办公会和校务委员会，决定成立乔一兰治丧委员会，在校内举行追悼会。一天后，市教育局工会主席、部分家长、全校教职工和乔一兰所教的两个班的学生参加了悼念活动，沉痛悼念优秀的人民教师乔一兰。

这一晚，任安的心里一点儿也不安宁了！

中午，他从超市买点东西回天都市宏伟实验学校。在校门口，看见自己班上的一个生活老师黎小茗提着一个大提包出来，好像还哭过。他关切地问道：“黎老师，发生了什么事?”

“任老师，我被开除了。”原来，昨天她检查寝室，发现班上有个学生钱占鳌在豪华单间寝室里吃苹果，刚咬了一口就扔在一个垃圾桶里。她觉得这个学生太不懂得爱惜劳动果实了，便亲自从桶里拣出来，在面盆冲洗后，又削了一层，叫钱占鳌吃。哪知，钱占鳌不肯，“哇”的一声大哭起来，边哭边给父亲打电话。黎小茗还是坚持着：“就是告诉你爸，也得吃。太不像话了!”

结果，钱占鳌的父亲怒气冲冲地赶到学校。来到校长办公室，只提出了一个要求：开除临时工黎小茗！理由只有一个：严重伤害了他儿子的自尊心，侮辱了学生的人格。不答应这个要求，他就会撤走股份。校长紧张地将此事汇报给学校董事会，董事长得知此事后，立即给学校施压。校长不得已，答应了家长的要求。

任安听后，大怒。勤俭节约是中华民族的传统美德，也是学生守则所规定要遵守的。他要为黎小茗打抱不平。他跑到校长办公室，要求留下生活老师，并要求学生钱占鳌向黎小茗道歉，否则，就转到别的班上去。作为一介书生，任安总归是认死理。

校长正在火头上，无处发泄。听了任安的诉求后，对着任安劈头盖脸地就是一通训：“你以为你是谁？看不清告示嗦！只要钱副董一撤资，这所学校就得关门！你我两人能拿多少钱出来给大家发工资啊？谁叫她不懂事呢？竟然忘记了自己的身份是‘临时工’！什么人不管，偏偏去招惹钱占鳌。钱占鳌就是把他家败光了，也不关她黎小茗半毛钱的事!”

真是砍竹子遇到节了，任安被校长训斥得哑口无言，没精打采地回到办公室。他顿时有种感觉——不管怎样拼命，不管怎样付出，在这里，他的角色早已确定，他就是一个打工仔！是一个为老板创造财富的高级打工仔，实际上也是一名“临时工”。“临时工”是没有话语权的。在一些势利的人眼里，等级意识根深蒂固。他们习惯将人分成三六九等，“临时工”大概就是社会上最低等的一类人。可是，那些对别人咋咋呼呼的人，完全忘记了这个世界上所有的人，都是来到地球上走一遭就回到另一个世界的“临时工”！只有在“死亡”面前，任何人才可能平等。不论他是富翁还是乞丐，都逃不脱这两个字。

他心里矛盾着，对这所学校失望了。在这样的学校挣再多的钱又有什么价值？如今，人们还在赞美孔圣人的高足颜回、闵损、冉有、曾参、商瞿等七十二贤，为什么一个小小的私塾能培养那么多名流贤达？还不是孔子对他们严格要求，有教无类，因材施教的结果？

躺在学校暂时分配给他的住房里，望着有些惨白的灯光，他觉得自己像一只迷途的羔羊，拼命跑出来，追求的却不是他全想要的和想要看到的！不知不觉，布艺沙发湿了一片……

他开始思念邻岷市五小了，他想起了杨校长。在他递交辞职申请时，杨柳依没有签字。和颜悦色地对他说：“您的事我理解，您别着急，我给您两年的时间来考虑，若两年后您仍不愿再回来，我就给您办。您不必担心，您走后的课，我来上。”

一个地方待久了，也就成了家。他在邻岷市那座城市已教书六年，没有一丝孤寂的感觉。他早已融入那座城市的每一个角落，每一缕阳光和每一棵小树都让他觉得是那么亲切。

一个新的决定在他心里诞生了，他要迷途知返。现在学校已在复习阶段了，此时离开，他不会有什么愧疚感。他立即写了辞职书。第二天一大早，他揣着学校住宿钥匙和辞职书到了校长办公室……

邻岷市教育局办公室的座机响了，田科长接起电话："喂，您好！这里是教育局，有事请讲！"电话里，传来奶声奶气的声音："是教育局吗？我是学生的家长，我要举报。"田科长笑着问道："你要举报什么？我看你不是学生的家长，应该是家长的学生。"打电话的人迟疑了一下，说道："我们学校搞的课后延时服务，影响了大家的健康。""市上要求课后延时服务是自愿参加，你们学校是哪所学校？在搞强制参加没有？""学校名字保密，没有强制。""那就好。小同学，你想一下，学校课后延时服务都是严格按照教育部门的规定来开展的活动。各学校制定有科学的方案，老师牺牲了自己的休息时间，根据你们成长规律和需求开展一系列活动，能够参加，好处很多。既然那么多的同学都没有影响到健康，你也不会吧。若的确身体感觉不舒服，可以请假，老师会同意的。""懂了。谢谢老师！""不客气，祝你学习愉快！"

过了一阵，田科长又接到一个电话，这个电话真是家长打来的。家长反映说："听说五小老师允许学生带手机到学校，你们教育局有没有这种规定？"

"因为法律上没有规定不准学生在学校使用手机，我们也没有这种文件。至于是否允许学生在学校使用手机，各地可以根据实际决定，我们没有硬性规定。"

"我们建议，最好你们教育局发一个文，不准带手机到学校。"

"谢谢家长的建议，我们发文也是要讲依据的。我们可把你的意见记下来，告诉学校，请学校具体处理一下。"

"好的。谢谢！"

接着，田科长向杨柳依打了一个电话，希望学校慎重处理此事。杨柳依说："谢谢领导关心！我立即调查一下，再给领导们汇报。"

13. 城　市

看到小区老漆在骂偷鱼贼，吴彪威走过去，拍拍老漆的肩膀："又在生气，不想养生了？"

"哎呀，吴队长，你不知道，我老婆今天叫我买条鱼去丈母娘家。四十块钱一斤的鳜鱼，我算是豁出去了，买了一条。刚走到车边，又想起忘记买佐料了。也是我大意了，以为放在我的车后没关系，哪知道买了佐料回来，鱼已经不翼而飞了，你说气人不气人！"

"你肯定有人把鱼偷走了？"

"死鱼不会跑路，当然是人偷了。"

"哎，你看有这么多监控，走，我去帮你调出来，不就明白了！"

吴彪威的话提醒了老漆，老漆自然不甘心，想弄个水落石出。跟着吴彪威来到门卫处，结果发现，鱼是被一只肥猫给叼走的。

"怪自己打了个懒主意，怪自己太冲动了！"老漆苦笑着，向吴彪威作了个揖。

"赶快重新买，免得挨老婆的训！"吴彪威笑了笑，转身回了家。

吴彪威吃完饭，进了茶楼。他刚端起茶杯，一个门卫来报告说，有个来找亲戚的富婆抓住一个学生娃娃不放，快要打起来了。吴彪威赶紧放下杯子跑回小区。只见一个衣着华丽、珠光宝气的女人抓住一个中学生模样的人说："至少得赔我三百元。"中学生说："我不小心的。我也没钱。""那就叫你家大人来。"旁边蹲着一只捷克狼犬，倒放着一辆自行车。

吴彪威了解情况后说道："这位美女，常言说得好：大人不计小人过。我说，这事就算了。单看这条狗，就知道你'家里有矿'，不差这三百元。这个学生娃娃，给个教训就是了，叫他以后不要在小区内骑车。"

"那不行，他的车轧了我宠物的脚。狗不是禽，禽是扁毛；狗是圆毛，和人一样，待遇自然就高。"贵妇人不答应。

吴彪威瞥了狗一眼，马上说道："行，就按你说的办。他赔的钱我来给。"他转过头叫那个学生走了。

"你知道最近市上下发的文件规定：凡是要遛狗的必须带上防疫证。你这狗要系带子，并且只能系一米长的带子，为什么不系？万一伤着人怎么办？不系带子的必须罚款，还要给保证金。你这狗的情况，我们门卫处必须要收你五百元罚款。"说到这里，吴彪威大声吼道："门卫，她做登记没有？"

"没有，她说进来待几分钟，见一面就走。"

"混账，没登记，就先请她出去，登记了再进来！"

那个门卫毕恭毕敬地走过来，请女人出去。女人被吴彪威几句话抢白得脸更白了，觉得浑身不自在，只得带着狗默默离开。

看着女人带着狼犬狼狈而去，吴彪威笑了，拍了拍门卫的肩："学着点儿！"

吴罡强下午放学回家，门卫叫他到茶楼把吴彪威买的菜带回去。他找到父亲，顺便说了老师叫明天带手机到学校的事。

"你是不是又在撒谎？想要手机，谨防挨打哈！"吴彪威瞪了儿子一眼。

"又在提过去的事了，我早就改正了。李老师的话，我已带到了，您不借就算了。”吴罡强嘟着嘴。

“强娃儿，我记得你们李老师说过，孩子不要和家长攀比。有的孩子看到自己的家长打麻将，就误以为自己就可以打游戏，其实各人在不同的人生阶段的任务不一样。当年，我们读书时，就没有打过什么电子游戏。”

“你们读书那阵，连手机都没有！”吴罡强撇着嘴。

“算了，不说那些了。只要是李老师说的，我肯定照办。儿子，心思要放在学习上哈。”吴彪威转怒为喜。

晚上，全承远对晋三姐说：“娘，明天请把您的手机借给我用一下。下午有班会课，李老师叫我们带手机。”

“什么？老师允许你们带手机到学校？”晋三姐还是第一次听到这种消息，她有点儿不相信自己的耳朵。

“真的。您若不信，可以亲自问老师嘛！”

“我当然要问，这件事不是不相信你。但家长要为孩子负责，免得你成绩考不好，将来做梦都怨我。”晋三姐笑了笑。

“亮亮，你放在电视柜上的手机怎么不见了？”

“妈，我怕明天早上忘记，已装进书包了。”

“你胆敢忘记你的承诺？”吕美艳将放在抽屉里的保证书拿了出来。

保证书

不考上重点初中，就不再玩手机。若有违反，服从惩罚。

保证人：丰亮

×年×月×日

“我不会忘。带手机是李老师安排的。”

“真的吗?”

“当然是真的。”丰亮低头做着作业。

“我马上问。”

“您随便问。但是，请不要打搅老师休息。”

“晓得，我自有办法。”

晋三姐拿起手机，调出李叶的电话号码，对方却是占线，连拨两次，依然占线。她只好打开“五小希望大家庭”微信群，发现群里已经很热闹了，有不少家长在发表自己的意见。

吴彪威：李老师，只是明天带手机，还是从明天起，天天都允许学生带手机到学校?

刘玉明：我担心，娃儿带手机，会控制不住自己。请老师考虑!

姚旺：最怕学生不懂事，天天拿着手机搞攀比，变得爱慕虚荣。

李远飞：@姚旺　不怕，只要能用就行，不喜欢，就让他自己去想法。

闵天亮：对，就把大人的旧手机拿给他们用。

夏忠群：我那个女儿本来是个假性近视，如果用上手机后，恐怕会弄成真近视哩。

覃永清：我还担心娃儿小，带手机容易遭人抢。

魏胜岚：其实大家没有必要担心这个治安问题。我市综治办协调公安派出所整治校园周边秩序，收效良好。另外，我市各条大道路口更是严密布控，所有公园、街道、小区、公交车辆都有监控防护。学生通行主要在白天，使用手机的安全性不容置疑。

苏秋云：学生最好不要用手机，当年我们没用手机才没有影响成绩。

晋三姐：@苏秋云　禁止耍手机不是个办法，专家不是说过，这种做法反而会让孩子产生逆反心理吗？你不要他耍，他反而会偷偷地耍。

余晓愚：是呀，我小姨的孙子才八个月大，离开手机他竟然不睡觉。如果学生用手机成瘾，家长又惯纵，就会成问题。我家孩子以前竟然半夜躲进被子里用手机打游戏，被我痛打一顿，终于改了。现在的孩子不耍手机也不可能，我规定，手机每天必须放在客厅的茶几上。每周星期天，允许玩半小时游戏。

梁益新：我赞成学生用手机，关键是要引导督促他们正确使用。李老师会有办法的。

……

过了一会儿，在“五小希望大家庭”群里，出现了李叶发的一条信息：“@所有人　谢谢各位家长关心支持！明天班会课需要学生带手机。其他疑问，稍等一天，统一解答。恕不一一回复！”

晨曦微露，天边出现一道宽宽的金河。这道金河似龙一样从东南伸展到东北，将天空辉映得明亮亮的。李叶禁不住驻足观看了一会儿，一些行人也在对着天空指指点点，显出兴奋的样子。还有人掏出手机拍照，发朋友圈。

公园里正热闹。亭子边有几个退休老人在摆弄各式乐器，奏着曼妙的音乐。假山边，穿着浑白浑黄浑红绸缎服装的老人有两队：一队在练太极，一队在练剑。宽阔的广场上，市老年大学舞蹈队学员在挥动网拍，转动彩球，随着歌曲的节奏将胸中的喜悦舞动成朝阳般的灿烂……穿过公园，又见一群人在围观什么。走近一看，只见一个矍铄的老者，提着一支自制的斗笔在地砖上写着大字。他戴着一顶鸭舌帽，外穿一件青色的马甲。笔杆是用废旧铝铁拖帕杆做的，下面的笔毫是用废旧布料缠紧后，外面套了一个尖锥形红绸布套做成的。一辆老旧的永久牌自行车架在一旁，可能是他的“专车”。车上挂了一个一千毫升大小的雪碧瓶子，塑料瓶上面部分已削去一半，盛有半瓶水。他写完一段话后，便将斗笔放进瓶里。李叶看到，地上已写了几列字，是明代文学家四川人杨慎所作的一首《临江仙》词：“滚滚长江东逝水……”一笔一划，笔锋分明，雄健有力。一个个行楷，十分流畅。老者休息一会儿，从车上拿起斗笔，又开始写着：“海纳百川……”周围的人点头称好。李叶怀着敬意离开了，这又是一道迷人的风景！

前年暑假李叶和几个学生同游内蒙古，有一天全承远和吴罡强去买东西时，迷了路，他们没有带手机，无法定位联系，弄得大家忧心忡忡，四处去找，耽搁了一阵时间。在成吉思汗陵园参观时，由于人很多，为了积累一些历史知识，刘亚兰等人就用手机拍照，节约了许多时间。如今，作为小学高年级的学生，已有一定的自控力，可以借助手机来学习知识，也给生活带来便利。于是，李叶决定在班上引导学生正确使用手机。

他和班委商量，准备利用一节班会课来完成这件事。

“同学们，今天我们班会的主题是——小学生与手机。手机已成为目前人们特别是成人不可缺少的必备工具，若一天不带手机，就像与这个世界失联了，就像丢了魂儿似的。在办公室、机场、车站、码头、集市，甚至走路，都有不少人在用手机，人们用手机上网、办公、学习、交易、生活、娱乐。但是，人们发现了手机的危害也有很多，前段时间网上流行一句话——世界上最远的距离是：你坐在我身旁，你却在看手机。其意思很明白，手机阻隔了人们之间的某些交往交流，‘低头族’越来越多。有的学校明文规定，学生不能带手机进校园。究竟我们小学生该不该使用手机？我们今天开一场辩论会，最后，请大家讨论总结出一个结论。下面，请正方与反方出场！”辩论会由梁好主持。

正方代表赵天宇出场：“我的论点是：小学生可以使用手机。理由之一，我国并没有相关的法律法规明文规定学生不能使用手机。”

反方代表楚盈盈出场：“我的论点是：小学生不可以使用手机。理由是不少学校口头要求，不准学生带手机到学校来。”

正方：“手机作为社会发展的高科技的产物，确实可以给我们的生活带来许多方便，已经成为普及的现代化沟通工具。如今，出门不带手机，好像有与世隔绝的感觉。让学生使用手机，可以培养学生利用高科技的能力。”

反方：“现代高科技新产品很多，在家里，我们可以通过电脑就能够学习许多东西。”

正方：“使用手机的好处很多，主要有四种：一是通话功能，可以随时保持各种联系；二是拍摄功能，可以随时拍下一些有意义、有价值的东西，也方便保存；三是时间功能，可以代替手表与闹钟计时；四是录音机的功能，可以记录讲话、唱歌，可以播放音乐。”

反方：“小学生使用手机的坏处很多，主要在四个方面：一是不利于健康，因为手机有辐射，对眼睛伤害最大；二是不利于安全，走路时低头看手机，容易出事故；三是影响学习，手机可以玩游戏，可以上网聊天，这样会浪费大量时间；四是会产生虚荣心，手机的品牌价格不同，容易使人产生攀比心。”

“目前，正反双方各自列出使用手机的好处和害处各有四条，不分胜负。还有没有补充的?”

全承远说:“有手机好,上次我陪我爹,没回家,当时如果有手机,我娘就可以直接联系到我,也不会打扰老师休息了。”

“学生使用手机不好,我前年考好后,妈妈奖励一部手机给我。结果,一个假期下来,我的视力下降了。”丰亮发言道。

“同学们,刚才经过双方辩论,还是没有得出一个统一的结论来。现在,我们欢迎我们的裁判——李老师点评!”

李叶在热烈的掌声后,环视全体学生娓娓道来:“各位同学,今天正反两方的同学代表都讲得好,他们事先做了很好的准备,概括得比较准确,观点有理有据。下面,我说说自己的想法,请大家思考讨论。其实,楚盈盈同学也是赞成使用手机的,由于辩论活动的需要,她成了反方辩手。手机已进入我们的生活,我们不可能装着没看见,或者对手机一点儿也不动心。重要的是要正确文明地使用手机。正确地使用手机,就会给我们的学习和生活带来许多便利,比如:当你遇到违法事件、突然出现的伤病员、房屋起火,你就可以用手机拨打110、120、119报警,就不需要亲自到公安局、医院、消防队,大家说是不是这样的?当你去旅游时,你来不及记录图片介绍或导游的宣传时,你就可以拍照或录音,休息时或到家时再整理。有时,你想学一首感兴趣的歌曲时,就可以在手机上下载音乐软件来听。还有,明天要上学时,考虑带不带伞或口罩时,就在手机的‘天气’软件上找参考意见。你父母亲戚在算账时,你可以打开手机的计算器帮忙……像这种益处还很多,由于时间关系,我就不再一一列举了。

“下面,我和大家交流一下我们学生可以用的部分微信功能,请同学们把手机打开。推荐同学们用好以下功能:一是语音视频功能,二是定位功能,三是扫描功能,四是支付功能,五是搜寻公交车功能。”

紧接着,李叶和学生现场练习了这些用法。特别是学生对扫描很感兴趣，除了支付、翻译外，大家觉得支付项目中的城市服务中的“车来了”很有实际用途。李叶说：“打开微信，点开‘我’→‘支付’→‘城市服务’→‘车来了’，看见‘车来了精准实时公交’，可以选好你方便坐的公交车线路并收藏起来，或在历史窗口中去查，定好等车地点，最后确定，既可以查找公交车辆的车次，又可以准确地了解公交车与自己所处站点的距离与时间，做到心中有数。如果时间稍长，还可利用等车时间做点其他事或看一下书。但是要注意‘换向’，不要把方向弄反了。

最后，李叶强调：“我们提倡使用手机，主要是懂得运用高科技产品来美化我们的生活，方便我们的学习。但在使用前，我先强调一下不正确使用手机的危害：一是自制力差而沉迷游戏，或使用家长手机充值、买游戏装备，乱花钱；二是乱上网，盲目扫二维码，好奇地点击不知来源的链接而上当受骗，缺少防范意识；三是随便将自己和家人的电话号码等信息泄露给陌生人，造成财产、人身安全隐患。要树立正确的消费观念和安全防范意识。通过班委会商量，现在由班长来宣布我们班学生使用手机承诺书。”

“重要的事情说三遍：手机可以带，但要正确使用。下面，我来读承诺书。”赵天宇上台，强调之后，念道：

邻岷市第五实验小学六年级三班学生使用手机承诺书

为了有利于学习，有利于生活，我们班允许学生使用一般智能手机，并承诺做到以下几点：

一、使用手机的时间为上学和放学途中，星期六和星期天在家完成学习任务和家务后。

二、手机用于联系家长和教师、坐公交、上网查信息和知识，按相关规定为了学习积累知识进行拍照、录音。

三、严禁上课时间和走路的过程中使用手机。

四、早上到校和下午离校期间一律关机，并交到班上统一管理。

五、使用手机不得影响健康和学习、打游戏、骚扰他人。不得浏览、传播不良信息。

六、违反上述规定，禁止带手机到学校，并建议家长收管手机。

承诺人（签字）：××

×年×月×日

全班同学分别在承诺书上签字。李叶专门将这份承诺书发在家长微信群里，欢迎家长提出更好的建议。

结果，此消息在校园很快传开。其他班级学生纷纷仿效，要求家长给买手机。于是，有家长非常担心，便拨通了市教育局值班电话询问。

杨柳依了解这个情况后，赞同李叶班上的做法。她在全校升旗仪式结束后，对全校班主任讲道："关于学生是否需要带手机到学校来，不做统一的硬性规定。建议一、二年级暂不使用手机。特别强调，是否可以使用手机，只有一个检验标准，如果出现了'两升两降'的情况，就不能用手机了。'两升两降'指的是'不安全事件数量上升，违纪数量上升；视力下降，学习成绩下降'。"

晚上，李叶去赴了一个饭局。待同事父亲七十寿宴结束后，李叶叫了一辆出租车。

走了一段路后，只听得导航提示说："前方是学校，控制油门车别叫，别把孩子吓一跳。"李叶听后赞许道："这个导航提示得好！"

出租车司机自豪地说道："这是我上个月新装的系统，让外地人也感觉到我们这座城的市民素质！"

“师傅，今天跑了多少单了?”坐在后排的李叶习惯性地问道。

“跑了十几单，钱够我用了。”司机略带骄傲地说。

“就是比尔·盖茨，也不会说他的钱够用了！我们都不能骄傲。”李叶觉得这个司机有点好玩，于是逗乐着说道。

“师傅，我喝了酒，不会影响您开车吧。”李叶换了话题，又逗了一句。

“‘酒坐’又不是‘酒驾’！警察不管的事，原则上司机也不管。”司机反应快，也幽默地说道。

二人聊着聊着，不一会儿就到了距家不远的一条新街。李叶想散散步，便对司机说：“师傅，给您打个五星好评。”司机连说感谢，李叶又说：“应该感谢您把我送到了。”

下车后，李叶沿着街步行。街灯全亮了，一盏盏，一排排，光辉连成一片。一会儿，到了公园。

李叶出了公园，穿过马路便到了小区，和保安打过招呼，径直上楼。

夜色浓厚，星光闪耀。站在高楼临窗远眺，月光下的城市就像一块巨大的翡翠。或许是家境太阔绰，或许是主人嫌这件饰品不够豪华，竟在本是稀有的玉石上又镶嵌了不少的奇珍异宝，炫目的光彩着实让人疑虑它的真实存在。李叶有点儿不相信自己的眼睛了，竟也下意识地怀疑起是不是玻璃在协助城市要做魔术般的表演，给人以惊喜与幻觉？于是，他推开隔音玻璃窗，一幅绚烂无比的城市美景更加真实地展现在眼前——静默的公园华灯明亮，不远处的车流、人流、河流，构成了城市独有的风景。

再一细看，高楼、树林与湖水形成了一块巨大的砚台。远处的高楼与身边的高楼围成了砚边，公园里高高低低的树林形成起伏的砚额，砚额到处是闪烁着各种色彩的一件件珠宝。园中一汪湖水似油漆般闪亮的墨汁静静地淌在砚池中，周边树木的倒影隐隐可见。恍惚中，感觉有无数只巨大的手饱蘸着浓墨在书写着城市的绚丽华章。

城市的夜是灯火灿烂的世界。天上的繁星撒落人间，一颗颗、一串串、一片片，红橙黄绿青蓝紫，缭乱着夜行人的眼，陶醉着茶客酒友的心，放飞了异地人怀乡思亲的愁绪。远处高楼顶上的航空示警灯，似颗颗红玛瑙串成一圈闪烁着异彩，装点着这座崛起的城市，座座高楼似重峦叠嶂的山峰，起伏绵延到天边，络绎不绝的飞机从天边升起……

这天中午，吴一凡来找李叶说："班上那个全承远，不知怎么的，今天上课无精打采的。"

李叶听后，来到教室，就有学生喊道："李老师好！"李叶看见全承远伏在桌上睡着了，赶紧将手指竖在嘴边："不要再出声。"一看班主任来找全承远，赵天宇轻轻地推了一下他。全承远好像没有反应，李叶摇摇手："不要惊动他。"接着示意赵天宇出教室，了解全承远的情况。赵天宇说，不知什么原因，全承远不像是生病，只是显得有点儿困倦。

下午放学时，李叶特地来教室门口等全承远。原来，是晋三姐患了痔疮，轻信电视广告，来到天都市环球仁慈肛肠医院，结果，医院安排她住院治疗，一住就是两个月，动了三次手术，花了五万多元，仍在复发。出院回家后，晋三姐又到附近医院看了中医。晋三姐住院时，托社区干部时不时去关照一下儿子。全承远基本上学会了自己照顾自己。现在娘回来了，他有时帮娘熬药，还要做作业，看书，自然就耽搁了一些睡眠时间。

听了全承远的叙述后，李叶决定去看望一下晋三姐。

李叶到了小区地下停车场，发现一辆车停在自己的车前。走近一看，车前有张纸写着一串字："对不起！有点急事。需要挪车时，请拨打 136……257。”

过了一阵，李叶驾车径直来到晋三姐租房处：“三姐，谢谢您！您经常叫承远给我送来一个红的苹果。”李叶故意将此事归功于晋三姐，“听说您的病还没好利索，我今天特地来看看您。”说着便给了晋三姐一个印着“康”字的红包。晋三姐推让了几下，见李叶态度诚恳坚决，于是收下。

“我爱人听说这事后，说您这种常见病应该不会拖这么久的，并给您介绍了她认识的一个有名的肛肠科医生。我今天没事，就送您去看一下吧！”

“李老师，您就像我的亲人！”人世间，最感人的事莫过于跟你非亲非故的人，在你处于生活的低谷时不求回报地伸手拉上一把。言为心声，晋三姐有些哽咽。

“住在我们这座城市里的人就是一家人，什么事都该相互照应着。上次，你们回乡下，带来的有机蔬菜，李华还夸赞了半天哩，说以后有机会到你们那里去看看青山绿水。”

“李医生真是太客气了！承远他奶奶种的菜都是没有打药的。只要你们不嫌弃，以后节假日我陪你们到承远老家看看。”

李叶赶紧开车将晋三姐送到省城医院。肛肠科的主任在门诊室接待了晋三姐。他先安排一个医生过来，给晋三姐注射麻药。等了一阵，主任便过来了。谈笑间，晋三姐的手术后遗症就在门诊室处理妥当。

道谢之后，出了医院。李叶始终觉得有一块石头压在心底，觉得如鲠在喉。这就是一起不折不扣的医疗诈骗事故！现在有些医院为老百姓所诟病的不仅仅是高额的医疗费，更有一小撮医德沦丧的不配穿白大褂的人。

为了增加晋三姐的收入，李叶给她联系了钟点工的工作，给五个家庭做保洁，一周做一次，一家一个月两百元。后来，李叶觉得她的收入还是较低，起早贪黑的也辛苦，又想帮忙把她推荐到楚贤成公司去上班。

可是，晋三姐却说："李老师，谢谢您的大恩大德！我就是累一点，少挣点钱，我也不去。"

"您不愿意去吗?"李叶感到难以理解。

"我愿是愿意，但我不能去。"

李叶想知道晋三姐不能去的原因。晋三姐说出一番话来，让李叶十分感慨!

晋三姐娓娓道来："我要坚持在水果店彭老板那儿干，否则我就是过河拆桥的人，不讲义气。当初，要不是我在他店里上班，他也不会指点我来找您，那我儿子还可能在老家的乡村学校读书。现在，承远每天都想到学校去，他在学校进步很大。踢球水平长进很大，锻炼好了身体，学习成绩也提高了，这些全靠老师们对他的关心。老师很辛苦，虽然看起来不像我们当初挖田种地那么劳累，但是，更费神，更耗精力。所以，当你们忙不过来时，我就来给你们打扫一下家庭卫生。现在我没有其他能力帮你们做什么，但我能做好这件小事。还谢谢你们给我工钱。"

真诚的语言，朴素的情感！天道酬勤，天道酬善。这是自然规律，也是生存法则。一个懂感恩又勤劳的人，不论她现实处境如何困顿，世间留给她的路一定很宽广。

不久，在家长会后，当李叶同楚贤成谈起晋三姐这件事时，把楚董感动了好半天，他决定帮助她："她不愿意来，更是难能可贵。我可以帮助她推销水果。"

下午放学后，李华打电话叫先生带点菜回家。李叶来到市场，见一个老婆婆卖的菜很新鲜，便称了一把茼蒿，两个洋葱，一斤萝卜，算下来六块五角钱。李叶摸了一下衣服口袋，说道："婆婆，我这儿零钱不够了。"

“师傅，我这儿可以扫微信。”老婆婆将放在身后的一个微信二维码牌子移到前面来。

“好的。”李叶点开微信扫一扫，问道，“是‘幸福婆婆’吧?”

“对，这是我儿媳妇给我做的。”卖菜婆婆笑得很灿烂，幸福写在她的脸上。

李叶被感染了，接着话头顺便又问道：“婆婆，您可以在家中坐着享清福了。”

“哎呀，你不晓得，我坐在家中闲得慌。戏里说佘太君八十岁还要亲自挂帅出征，保家卫国哩，我都算年轻人了。”

“是啊是啊，您老身体好!”

“你不晓得，去年，我儿媳从外面回来，她说这些年在外跟人学开小吃店。她回来也开了家面馆，只卖早上一顿。面馆关店后，见一些打围的田地还荒芜着，怪可惜的，便整理了一些地来，种了这些菜。儿子在做物管，下班就去帮忙。家里吃不完，多的就拿到市场上来卖。他们说，这些菜不打农药，不浸水，吃了对身体好啊。他们也忙，只管种，收了送到市场上来，我就负责卖。”幸福婆婆打开话匣子就说个不停。

李叶看了看老婆婆，感觉好像曾与她见过面似的。正在回忆，突然见吴罡强跑了过来。老婆婆眼神好，对李叶说道：“你看，我的孙子来接我来了。”

“奶奶，他是我的李老师!”

“哎呀，怪我老太婆眼力不好！几年前我们见过的。我的孙儿全靠你的关心啊!”老婆婆说着说着，就把她身上背的一个包打开，将钱拿出来，递给李叶，“李老师，你是我吴家的恩人，怎么能收你的钱呢!”

“你们辛辛苦苦种出来的菜，这菜又这么好，必须得给。”

婆婆见李叶推搡了几下，就说道：“李老师，你得给我这个老太婆一个面子。罡强，快给李老师装一把茼蒿。”

“谢谢!”李叶接过吴罡强递过来的菜走了。

放假前一天，学校接到上级通知，市纪委因接受上级目标任务考核，参与“廉政文化进校园”活动的学校数量不够，需要补搞这项临时性活动。

当时，杨柳依推却道：“文局，您是知道的，这一年我们代表市上接受了‘××进校园’‘××从娃娃抓起’等检查活动。马上就放假了，能不能暂不搞这项活动了?”

“杨校长，我知道你们学校为市上各部门分了不少忧。这不，就只安排了一项活动给你们。希望你们顾全大局，负重前行，灵活处理工作。”文局长在电话里说道。

“那好吧，文局，您放心，我们服从安排。”

“谢谢，辛苦你们了!”

活动在五、六年级举行，学生们参观反腐倡廉图片展后，又观看警示纪录片。接下来，填写调查问卷，写观后感。学校补写计划，交总结和四份统计表。

晚上，赵天宇小心翼翼地敲开父亲的书房。赵副市长正在伏案工作，他抬起头来，满脸微笑：“宇儿，进来。有事吗?”

“爸爸，我要向您举报一件事!”

赵副市长一听，马上严肃起来，让儿子坐下说。

原来，赵天宇到超市买了一捆绘图笔。在回家途中，看见从一辆车上走下一个男子。他顿时觉得那个人很奇怪，晚上没有太阳，那人戴了一顶遮阳帽不说，还将帽檐压得很低，让人看不清脸。他鬼鬼祟祟地四处张望一下，才打开电话，压低了声音说：“我到了杭州路四段这个叫安康药房旁边的小巷子，坐的滴滴车，车牌号尾号是123。”一会儿，只见一个人提了一个大的黑色口袋来到车旁，低声说道：“张局，请收好。二十个数。”赵天宇说他记住了那辆车完整的车牌号。

“不要把这种消息随便告诉别人!”赵副市长关切地对儿子提出要求。

“能给李老师说吗?”

“这件事也不要告诉他。”

“为什么呢?”

“一是李老师太忙，让他牵挂的事太多，就会影响他的健康；二是这件事不该他负责，自有公检法来管。”赵副市长站了起来，赵天宇也起了身。赵副市长搂过儿子，抚摸着他的头，“儿子，你做得对。这件事也不要让你妈妈知道，就我们两个人来办。”

“爸爸，我知道了。您早点休息。”赵天宇点了点头，就要走出房间。

他刚要掩门，背后传来了父亲的叮嘱：“这件事，也不要写到你的日记里!”

等儿子离开后，赵副市长亲自给公安局宁副局长打了个电话。

看着元宵晚会，李叶默算了一下，寒假就要画句号。

回想一年来，发生在这座城里的一件件事，真是悲喜交集。最大的遗憾是优秀的搭档乔一兰走了……

此时，李叶怅然地打开手机微信同学群，一串信息映入眼帘：

> 1. 不脱嫌热，脱后嫌冷，此乃春天。2. 不写不甘，写了不通，此乃春联。3. 不吹嫌闷，吹了嫌凉，此乃春风。4. 不下太燥，下了太潮，此乃春雨。5. 不穿太土，穿了招摇，此乃春装。6. 不去想去，去了后悔，此乃春游。7. 不动不是人，动了好羞人！此是春心！8. 绿色是他，红色也

是他，此乃春色！9. 字面是太阳，意思是母恩，此乃春晖！10. 不编手心痒，编完怕人笑，此乃春趣。

看到这里，李叶心中轻松起来。是的，春天来了。他站起身，叫李果去带上梁好，同李华一道回老家去看母亲……

一年后。

纪委接到丰自鸣举报，张骁索贿近五百万元。公安部门还搜集了不少其他线索证据。纪委对张骁做出“双规双开”处理，经检察院审查批准后，公安局逮捕了张骁。

晋三姐成为邻岷市有名的水果批发商，只是每个星期仍要在彭老板那儿进一批货。她还开了一家“教师之家保洁公司”，招了二十个家乡人进城来公司上班。她按揭了一套商品房，在邻岷市落了户，正式成为城市人。她打算等新房装修好后，再将婆婆接进城里来同住。

全承远被选拔成为天都市教育局和体育局组建的少年足球梯队队员，被誉为“足球贝尔”，已在天都市实验中学就读。他和赵天宇、楚盈盈、梁好、刘亚兰、丰亮等同学仍然在同一个班上……

赵天宇参加了邻岷市作家协会，不久又被天都市作协吸收为会员。他以全承远为主人公原型写的小说正式出版，只不过书名不是《他叫全承远》，而是《少年球星之路》……

吴一凡和东方霞喜结连理……

李叶被评为天都市特级教师……

杨柳依被推选为省人大代表……

后　记

城市的良心

每一位城市教师，都是城市的良心和城市文明的播种者。最初，城市的良心是长在学校里面的，今天更是这样。自城市在地球诞生后，就逐渐成了古今中外人们梦想的寄居地。其中，一个重要的因素，就是它的教育优势，由教育折射出来的文明现象。教育是昨天与今天认知积累的一个总和。教育让城市更文明，城市让生活更美好。

一位教师朋友告诉我：三十多年前，他是一名乡村学校的教师，后来通过自己的奋斗，调到了县城。自此，他一年年地将教育的梦想播撒在他所教的一个个孩子心中，将善良的温度尽力扩散到这座城市的每一个角落。这样的一位老师，使我想到并构思了“李叶”老师这一形象。像李叶老师这种人，在学校是很多的，他们尽心尽力地教书育人，对生活的要求却又很少。他们几十年如一日地用纯洁的信念坚守着自己的本职岗位。

如今，走在城市的大街小巷，穿梭在人群车流中，掐指一算，我已在城市生活二十几年了。城市的四季充满了葱茏的绿色和绽放的鲜花，也有不时丢弃在路上的垃圾；常常见到排列有序的风景，也偶尔看到与行人抢道的车辆和闯红灯的人……在构成城市的众多元素中，人是最根本、最重要、最活跃的元素。城市的温情、魅力与市民的文明程度有关，文明程度高低与教育素养有关，教育素养与家庭教育、社会教育、自我教育和学校教育密不可分。

学校，无疑是教育的一个重要阵地。学校教师所扮演的角色在潜移默化地影响着一批批学生，莘莘学子在校园文化中耳濡目染。教育所及之处，孕育着人们所期许的城市良心。富有智慧的教师定能培育出关注社会、敢于担当、积极进取的下一代。他们的言行时时感动着我，作为一名教育人，我觉得自己有责任为教育发声，记录一些点点滴滴的凡人小事，让更多的人来关注教育，促进城市的和谐发展。

在2020年这个特别的年份里，除了惦记亲朋的健康，我还在默默地欣赏着这个春天抗疫最美的风景——“除却君身三重雪，天下谁人配白衣”的英雄壮举！学习科技工作者们“苟利国家生死以，岂因祸福避趋之”的大无畏气概！讴歌人民教师“胸怀万里世界，放眼无限未来”的崇高境界。夜深人静时，我继续虔诚地与无数人民教师纯洁高尚的灵魂对话，用一颗感恩的心记录下人民教师忙碌而执着地为城市良心播种的点滴故事。

由于个人水平不够，拙著涉及学校教育、家庭教育、社会教育、自我教育、终身教育等教育内容还显单薄，存在挂一漏万的遗憾。

写作过程中，我特别感谢我的恩师们对我的关爱指导！感谢我的家人对我的支持鼓励！感谢成都市双流区教育人才交流中心提供的珍贵档案材料！感谢四川大学出版社编辑们的辛勤付出！向所有关注城市教育并提供大量素材的朋友们一并致谢！

周开金

2020年8月于成都双流